— the —

LONG WINTER

BEST嚴選

奇幻基地出版

冰凍地球

首部曲：寒冬世界

WINTER WORLD

傑瑞・李鐸 著

A. G. Riddle

BEST嚴選

緣起

在繁花似錦的奇幻文學花園裡，你或許還在門外徘徊，不知該如何抉擇進入的途徑；也或許你已經置身其中，卻因種類繁多，或曾經讀過不合口味的作品，而卻步、遲疑。

BEST嚴選，正如其名，我們期許能透過奇幻基地對奇幻文學的瞭解，以及對讀者的理解，站在出版者與讀者的雙重角度，為您精選好作家與好作品。

他們是名家，您不可不讀：幻想文學裡的巨擘，領域裡的耀眼新星。它們最暢銷，您怎可錯過：銷售量驚人的大作，排行榜上的常勝軍。這些是經典，您務必一讀：百聞不如一見的作品，極具代表的佳作。

奇幻嚴選，嚴選奇幻。請相信我們的眼光，跟隨我們的腳步，文學的盛宴、幻想世界的冒險，就要展開。

獻給我的母親。儘管她離開得早，但世界因她而美好。

【台灣版獨家作者序】

親愛的台灣讀者：

感謝你們拿起這本書。

出版業有個常見的迷思：書之所以存在，是被作者寫出來的。對作者而言，第一本、甚至可能頭幾部作品確實是如此，但我們之所以繼續寫下去的理由只有一個——是因為有著像各位這樣的讀者存在。

你們手中的這本書是我的第七部作品，我花了長達兩年時間研究、寫作它。倘若沒有前六本書的讀者支持，怎麼可能會有第七本呢？我也許連動筆的機會都沒有。我和我的家人們一直十分感激大家的支持，也藉此向台灣出版社奇幻基地以及版權經紀人譚光磊致上由衷謝意。

《寒冬世界》對我個人而言別具意義，主題探討全球突然進入冰河期，又隨即有了破天荒的科學發現，結果轉變為攸關生死存亡、與時間爭逐的一場競賽。我認為好的小說皆包含了作者本身的一部分——他們的心智、靈魂，以及在世界留下的足跡等等。這本書之中便有眾多元素，源於我自身的許多經歷。

創作這本小說時，我歷經人生中的大喜大悲，也常常與時間賽跑，甚至其中有一次，我還敗下陣了。

我為本書內容做研究期間，我們夫妻的第一個孩子出生，是個女兒，取名為愛默森。她一來到這世界，生活立刻以未曾想像的方式改變了我，而我也像多數新手父母一樣，無比好奇孩子長大後會是什麼模樣，同時又爲他們要面對的世界感到恐懼。爲人父母這件事，能讓秉性最寧靜祥和的人，也不由自主地焦慮起來。

成長過程裡，我的雙親對幾個孩子的教導十分簡單：己所不欲勿施於人，爲世界帶來正面影響，待人處事保持良好態度（小時候我因爲態度問題被訓斥了不知多少次）。

以前覺得父母對價值觀和態度的嘮叨很煩人，結果自己有了孩子之後，卻也想給他們同樣的教育理念。我曾從中獲益良多，希望他們也可以和我一樣。然而，我仍然不禁爲無法控制的事情而憂心忡忡。

《寒冬世界》的靈感就來自其中之一：倘若未來世界變得不再適宜人類居住、生存，該怎麼辦？當父母的人只能根據現在所見的世界替孩子預做準備，但是環境變化的速度越來越快，有時候令人感覺危機四伏，威脅彷彿巨大到並非人類文明所能對抗。本書想呈現的就是這樣一種處境——整個地球結凍、陽光一天天減少，光明的日子不再、一切終將埋藏於冰川之下，人類存續開始倒數計時。

或許只是巧合，但撰寫這本小說的同時，我感覺自己的世界也逐漸失去熟悉的太陽和溫暖。二〇一七年夏季，我母親病了，經過好幾個月才診斷出是罕見的肺部疾病ＰＶＯＤ（肺靜脈阻塞症）。她的健康狀況一週週每況愈下，最後只能住院接受現有療法。二〇一七年秋季，父母搬來我家同住，方便母親等待能救命的器官移植手術。這段期間如同黎明曙光，女兒開始學走路、說話、展現個性，祖孫也趁此機會好好相處，回想起來，這是我會永遠珍惜的點滴時光。

我們看得出來她的病況越來越重，時間快要不夠了，那感覺彷彿太陽逐漸遠離我的生命。以前母親就像生命中恆常不變的事，如同旭日必定東升，那道光明幫助我分辨是非黑白，在最需要的時候給予我支持、鼓勵；同時間，女兒成長茁壯，越來越聰明靈動。生命的巨輪竟以這種方式在我的面前轉動。二〇一八年三月，母親接受肺部移植，可惜天不從人願，最終與世長辭。

那是我生命中最黑暗的一段日子，就像本書的主角遭受沉重的打擊與挫折，料想不到的轉折與苦難接踵而至。也因此《寒冬世界》的內容反映了我書寫當下的心境，有些事情不受控制、無法跨越，非人力所能及。但現實也和小說一樣，最終我們還是會在人生裡找到光明。現在女兒就是我每天升起的太陽，而且她還記得祖母，我想這就是生命的意義：即使面對無法克服的難關，也要盡自己最大的努力，並記得生命中的美好。這套書說的就是這樣一個故事，希望大家會喜歡。

傑瑞．李鐸

二〇二〇年十二月十三日

1 艾瑪

我見證世界走向死寂，已長達五個月。

冰河蔓延、擴增，覆蓋加拿大、英格蘭、俄羅斯、斯堪地那維亞，所經之處了無生機，亦毫無和緩跡象，科學無法預測災難何時結束。

再過三個月，習以為常的人類文明，即將隨著地球遭到徹底冰封。

我的使命是找出原因何在。

然後力挽狂瀾。

❄

被警報聲吵醒的我，鑽出睡袋、拉開廂門，走進了寢艙。

來到國際太空站（ＩＳＳ）以後，我一直睡得不是很好，「凜冬實驗」開始之後尤其如此，總是翻來覆去地想像探測器能捕捉到什麼線索，是否能為人類找到一線曙光。

我飄進和諧號節點艙（注1）操作壁掛面板，確認響個不停的警報因何而起。數據顯示太陽能電池陣列的散熱器過熱，溫度數字在我眼前持續上升。為什麼？要想個辦法——

耳機裡有人講話，雜訊吱喳作響。謝爾蓋發出的俄國腔調很濃重。「指揮官，太陽能電池陣列有問題。」

我望向鏡頭。「請解釋。」

一陣沉默。

「謝爾蓋？請回答。是太空垃圾嗎？熱能為什麼累積？」

到了國際太空站，死法要多少有多少。太陽能電池陣列一旦損毀就死定了，偏偏這種陣列的弱點很多。陣列運作的原理與一般光伏電池基本上雷同：將太陽輻射轉換為直流電，過程中會產生多餘熱能，必須透過背對陽光的散熱器將之排入冰冷太空。散熱器過燙代表熱能無處可去，將會回流到太空站內，危及人員生存，必須盡快查出原因、動手解決。

謝爾蓋的語氣有點心不在焉，可能情緒正煩躁著。「指揮官，不是太空垃圾，我確認之後回報，妳先繼續休息。」

隔壁寢間的廂門打開，安德魯．孛根博士探頭出來，一臉睡眼惺忪。「嘿，艾瑪。怎麼回事？」

「太陽能陣列有狀況。」

「情況還好嗎？」

「目前不確定。」

「謝爾蓋，你覺得是什麼情況？」

「我覺得是太陽輸出的功率過高。」他隔著對講機回答。

「閃焰（注2）嗎？」

「除此之外，無法解釋。散熱器不是一、兩臺出問題，而是全部都過熱。」

「關掉陣列，切換到電池動力。」

「指揮官……」

「照我的話做，謝爾蓋。立刻切過去。」

面板即刻顯示了如八隻翅膀的太陽能電池陣列、總共三萬三千片太陽能板一齊停止運轉，散熱器溫度數字馬上往下降。

靠電池支撐一段時間不成問題。太空站每天被地球擋住陽光十五次，那些期間也得依賴電池動力。

孛根問出了懸在我心上的問題。「探測器有收穫嗎？」

我已經在檢查了。

一個月前，某國際聯盟向太空發射了探測器，偵查太陽輻射是否異常。探測器是凜冬實驗的一環，而凜冬實驗則是人類有史以來規模最大型的科學行動，唯一目標就是瞭解爲何地球溫度快速下降。目前得知太陽的能量輸出確實減弱了，但照道理不該如此，現在的地球應該變熱而不是變冷。

探測器得到的數據最先傳回國際太空站。現在我仍然什麼也沒看到。從數據中或許能找到解

注1：Harmom，國際太空站的第二個節點艙（故也稱為二號節點艙），提供空氣、電能、水和其他系統支持國際太空站其他艙組。

注2：Solar Flare，太陽的突發閃光現象，會釋放巨大能量，約平時每秒總能量的六倍之多。

救人類的辦法，也或許只能知道剩下多少時間。

應該再睡一會兒，但我這個人醒了就不容易再入睡。

更何況我也迫不及待想看看探測器到底能找到什麼。我在地球還有家人，理所當然十分在乎他們的命運。此外，太空站裡六個成員心照不宣的疑問是：我們又該怎麼辦？世界末日在即，如果沒了能夠回去的地方，要留在這兒等死嗎？原本這個月應該有三個人踏上返家歸途，另外三人也該在四個月後輪替，但如今政府會不會心有餘而力不足？面對史無前例的巨大難民潮，各國已經焦頭爛額。

除了努力疏散數十億人口去到尚能居住的地區，執政者必須做出殘酷的決定：來不及撤離的人們如何處理？這種情況下，有多少資源能用在太空中的六個人身上？

讓我們回家不是件小事。國際太空站本身沒有所謂的逃生艙，當初大家也是搭乘兩艘聯合號運載火箭（注1）才能上來，每艘最多就載三個人。再次利用聯合號乘客艙脫離太空站雖然可行，但需要地面指揮中心的引導，降落後也得有人接應。

而且太空人不是落地就好，後續程序十分繁複。身體復健是其一，長期待在太空無重力環境會影響骨骼密度，承重部位如骨盆、脊椎、腿部尤其嚴重，就像骨質疏鬆那樣，結構真的會劣化，鈣質流失到體內變成腎結石——在太空罹患腎結石非常要命。國際太空站的早期太空人處境更艱困，每個月骨骼密度降低多達兩個百分點，後來才知道靠運動能維持骨質健康。即便如此，復健仍舊不可免除，而且沒有腳踏實地（現在可能是實冰）之前，無法做詳細全身檢查。

說穿了，我們對地表的價值就在於凜冬實驗。倘若不能查出長冬的起因與對抗之道，恐怕就毫無機會離開太空站。六個人將被困在冷冰冰的太空與結凍的母星之間，必須以此為家不短的一段期間。

所幸，以居家而言，這兒還算不錯。已經是我住過最好的地方。我手腳並用，抵著牆壁飄移，穿梭在國際太空站各個組件間。太空站結構彷彿許許多多特大號管子拼合在一起，轉角都是九十度。多數組件是實驗室，少數爲純粹連接用途。團結號節點艙（注2）是美國爲國際太空站建造的第一個組件，一九九八年便已升空，備有六個靠接埠，地位類似下水道網路的人孔蓋。

來到寧靜號（注3），裡頭有維生設備、水循環、供氧系統，以及一個符合太空標準、非常難用的廁所（太空站設計師是男性，忘記女性需求也無可奈何）。

我從寧靜號滑進歐洲太空總署設置的觀察組件，它叫穹頂艙，七十三英吋寬的觀景窗能全角度觀測太空與地球。我待在這兒凝望了好一陣子。

國際太空站位在距離地表約兩百五十英里的高空，行進時速超過一萬七千英里，每天繞地球十五點五四次。換言之，每四十五分鐘，我們就能看一次日出或日落。

太空站穿越晨昏線，進入地球浸沐於陽光的一半——此刻是南美與北美。冰雪如骨爪般伸入大湖區的湛藍水色。不久後，冰河會穿越水域繼續南進，密西根、威斯康

注1：Synith，聯合號是前蘇聯設計的一次性運載火箭。

注2：Unity，團結號是美國為國際太空站建造的第一個節點艙（故也稱為一號節點艙）。站內許多資源系統管線穿過此處。

注3：Tranquility，寧靜號又稱為三號節點艙，除了維生系統與廁所，還連接觀測用穹頂艙和機械臂操作站。

辛、明尼蘇達以及紐約州一部分地區已經撤離居民。

美國做過計算，知道地球將會剩下多少居住面積，關鍵在於：是否低於海平面。加州死亡谷已經設置超大型難民營，政府與利比亞、突尼西亞也簽署貿易協定。但大家心裡都有數，真正牽涉到自身存續時，任誰都會翻臉不認人。

各國得將八十億人口塞進漏斗之中，最後擠出少數倖存者。

戰爭爆發只是時間問題。

❄

我在跑步機上調出全站狀態報告。謝爾蓋還沒修好太陽能電池陣列，雖然我很想找他談談，但讓他自己先忙，效率反而更好。僅僅六人住在狹小空間時有個好處，很清楚彼此的脾氣與底線。

再看了一次探測器（還是沒結果）之後，我打開電子信箱，第一封是妹妹寄來的。

我沒結婚生子，但她有兩個孩子，所以我很寵那對寶貝，他們在我眼裡就像兩個小天使。

Email沒標題也沒內文，只有一段影片。麥迪遜朝著鏡頭講話，我的身體綁在跑步機上繼續運動。

「嗨，小艾，我知道影片不能錄太久，但我有好多話想跟妳說。大衛聽到一些風聲，據說……很多事情不一樣了。高層在進行一個實驗，想了解為什麼會有長冬現象，這附近的大家都賣了房子套現，搬到利比亞和突尼西亞去了。好誇張，後來軍隊都——」

影像與聲音中斷了大概一分鐘。太空站的通訊內容會遭到審查。我盯著螢幕繼續跑動，妹妹的臉回來了，還坐在沙發上，歐文和艾德琳兩個孩子擠到她身旁。

「嗨，小艾阿姨！」歐文叫著：「妳看！」

男孩跑到畫面外，鏡頭轉過去，我看見他在大概五英呎高的室內籃框灌籃。

「有拍到嗎？」他問媽媽。

「有啊。」

「預防萬一，再一次。」

我笑了出來。妹妹將鏡頭轉回自己。「上頭會送妳回家嗎？會的話……怎麼安排？我記得你們剛降落時不能開車，還要做復健。要是——要是ＮＡＳＡ那邊沒辦法幫忙，妳可以過來住我家。抽空寫信給我好嗎？愛妳。」麥迪遜把鏡頭轉到旁邊，兩個小朋友在後頭吵架。「和艾瑪阿姨說拜拜。」

歐文跳到沙發前面揮手。「拜！」

艾德琳鑽到媽媽旁邊挨著她，面對鏡頭有點羞赧。「艾瑪阿姨拜拜，愛妳喔。」

我打字回信到一半，系統忽然跳出訊息。

>數據建立中：探測器一二七。

我立刻點開，掃描太陽輻射讀數，心頭一驚。數據比地表得到的高出太多，這毫無道理可言——兩邊和太陽的距離差異沒有這麼大。難道探測器被閃焰擊中？也不對，讀數長時間一致，或許只是局部現象。

但叫出探測器的遠端影像以後，我的心臟眞的停了好幾拍。畫面上有個東西。太陽前面多了個黑點。如果是小行星，輪廓就該是凹凹凸凸不規則的，但這物體竟是平滑的矩形。

無論眼前是什麼，都絕非自然生成。

國際太空站隨時與地面保持通訊，在美國、俄羅斯、歐洲、中國、印度、日本都有聯繫單位。我開啓連線，直接與馬里蘭州戈達德網路整合中心對話。

「國際太空站呼叫戈達德。探測器回傳的第一批資料已經轉送過去，請注意：一二七號發現異常。」我斟酌著該如何描述。「根據影像初步判斷是橢圓形物體。外表平滑。不像小行星或彗星。重複一遍，該物體似乎並非天然生成，而是由──」

平板忽然暗了。跑步機也停止。太空站開始晃動，燈光搖曳不已。

我按下對講機。「謝爾蓋──」

「指揮官，電力過載。」

不合邏輯。太陽能陣列明明關閉了，現在用的是儲備電力。

站體再次搖晃，我本能地意識到是怎麼回事。

「大家快起床！快！全部到聯合號去！緊急疏散！」

太空站接著猛烈震動，我被甩向牆壁，霎時頭昏眼花，但身體自然而然動了起來，手臂一拍，竄進了穹頂艙。隔著觀測窗，國際太空站在我眼前崩裂解體。

2 詹姆斯

快要暴動了。

連空氣也很緊繃，我感覺得到。

無論走到哪裡，眾人都眉來眼去、交頭接耳，甚至偷偷傳紙條交換情報。

世界即將凍結。寒氣來襲，我們卻受困於此。再不設法逃脫，就只能死在這裡。

大家都想離開，所以開始醞釀起事。好消息到此爲止。壞消息是我不在他們的計畫之內，沒聽到任何風聲，恐怕直到最後都不會有人通知。

而且我還無能爲力，只能繼續埋頭苦幹，用耳朵追著新聞。

老電視機播放一節CNN報導，但背後的機器聲音太吵，記者說的話很難聽清楚。

邁阿密降雪進入第三天，已經打破歷史紀錄，佛羅里達州政府被迫尋求聯邦支援。消息一出，造成東北各州居民與州政府反彈，他們早就向聯邦政府施壓，要求加快疏散流程。長冬延續下去……

不知道是誰想出「長冬」這名詞的？可能是媒體、也可能是政府。反正定案了，接受度也高，總比亞冰期（太專業）或冰河期（感覺持續太久）來得好。「長冬」給人的感覺遲早要結束——它仍舊是個季節，只是特別漫長罷了。希望真是如此。想必NOAA（美國國家海洋暨大氣總署）與別國類似機構都有答案了才對，但是遲遲不肯對外發表（於是新聞熱度成爲世紀之冠）。

機器嗶嗶叫著，還不用管它。

下一節新聞，我停下手邊工作，仔細觀看畫面。

底下字幕顯示地點在蘇格蘭愛丁堡外羅塞斯港。銀髮的男記者站在碼頭上，背後有條巨大白色遊輪，登船梯已放下，人群魚貫入內。遠處森林一片銀白，彷彿急凍，大雪從天而降。

現場乍看像是很多民眾搭乘遊輪度假，但事實相去甚遠。觀眾現在看到的這艘船，原本叫做翡翠公主號，不過三星期之前由親王授權政府買下，改名爲夏日號。爲了暫時撤離國人到較溫暖的緯度，英國已經準備四十艘類似的遊輪組成艦隊。

夏日號預計前往突尼西亞，乘客會轉送到首都吉比利外的營地安置。英國與突尼西亞已經就營地簽署長期租約，挪威、瑞典、芬蘭、俄羅斯與日本也已跟進。此次計畫令人憶起二戰時代，英國也曾經實施「花衣吹笛手行動」，護送三百五十萬公民遠離納粹威脅……

赤道地區的房地產炙手可熱，其餘低於海平面的高溫地帶，也成爲了「避寒樂土」，包括加州死亡谷、利比亞阿齊濟耶省、蘇丹的瓦迪哈勒法、伊朗的盧特沙漠，最後就是突尼西亞的吉比利。換作兩年前去這些地方遊玩，在日出時打開一桶汽油別蓋上，等中午回去再看，裡頭就空了，完全蒸發殆盡。本來都是寸草不生的荒原，如今反倒成爲希望的燈塔、長冬裡的綠洲，幾百萬幾千萬人傾家蕩產也要搶到營地位置。但躲進難民營就安全了嗎？我有點懷疑。

第二次嗶嗶叫。同樣的聲音、不同的機器。我繼續等待。

第三次嗶嗶叫，我從烘乾機掏出三張床單折好。

我的工作就是洗滌。自從我被關進艾吉費爾德聯邦矯正中心，至今已過了兩年。另外兩千多個囚犯和我一樣自稱無辜，差別在於，我眞的無罪。

我被處罰的理由是因爲發明了一樣東西，但世界尚未做好準備接受它。他們被嚇壞了。我犯的過錯——說是罪行也罷——就是沒將人性計算進去。人類恐懼未知，特別是會徹底改變生活型態的新事物。

負責起訴的美國檢察官抓了一條模棱兩可的法條辦我，簡單來說是殺雞儆猴，讓其他發明家看明白人類不需要這樣的東西。

我被判刑的時候是三十一歲，預計七十歲才能出獄（因爲是聯邦犯罪，無法假釋，就算表現良好也要服滿八成五的刑期才能獲釋）。

初到艾吉費爾德時，我的腦袋裡有六套逃獄計畫。仔細調查之後，發現只有三套能成功，其中兩個機率頗高。接著，問題來了：逃走又如何？判決凍結了我所有的資產，與親友聯絡等於陷他們於不義，何況世界各國都會追捕我，被逮到很可能除之而後快。

所以我乾脆留下來洗衣服和床單，試試看在這裡能開創出什麼新氣象。我就是喜歡挑戰，之前碰壁後才有所體悟——眞正逃不出的樊籠，是人性。

❄

會露面的獄卒一天比一天少了。

我很擔心。

原因不難猜到，矯正中心的職員和警衛也逐漸南遷到可居住地帶了。這是聯邦政府推動、還是他們的自發行為，就不得而知。

即將進入戰亂時代，各方爭奪地球上最後適宜人居的土地，因此軍警背景的人才和矯正官員的需求很高。難民營和監獄的本質相同，大量人口被困在有限空間裡，無人維持秩序的話將難以存續，政府極需要受過訓練的專業人員協助。

這又牽涉到了我個人的尷尬處境。艾吉費爾德位在南卡羅萊納州，介於亞特蘭大和查爾斯頓之間。如今已經下雪了（現在可是八月），但離冰河還有段距離。若是眞的開始結冰就必須疏散，可是疏散對象不會包括囚犯。美國政府光是救援各地兒童就已忙得不可開交，連普通成年老百姓都照顧不周全，怎可能帶著囚犯到處跑（遑論得帶到大西洋對岸，北非才有能住的地方）。針對囚犯，第一優先僅僅是別讓大家逃獄以後跟著南下，否則原本就不足的資源會更吃緊。最後的結論就是只能繼續鎖著我們，或者採取更霸道的手段。

我迫於無奈，也重啓了逃獄計畫。此時此刻看來，每個人心中各有盤算，牢裡的氣氛有如等待國慶煙火，第一炮就是行動暗號。事情必會一發不可收拾，我滿擔心全體毀滅的可能性。所以更要動作快。

洗衣間的門打開，一名矯正官大步走進來。

「博士早安。」

我盯著床單沒抬頭。「早。」

佩德羅．奧法瑞茲，就我的標準來看是矯正官裡少數的好人，年輕、誠懇、不耍權謀。其實換個角度說，監獄對我而言是個好地方，特別適合觀察人性——人性是我的盲點，也是我入獄的眞正理由。

我發現多數矯正官選擇這個職業都有同樣的心態：他們想要權力，希望宰制別人。這個發現進而讓我推論這種心態源自於他們在生命某個階段曾經遭人宰制，並引申出人性終極眞相之一——兒時被剝奪的，成年後會試圖尋回。

但這條規則不適用於佩德羅，所以我接近他、建立友誼，取得資訊之後，察覺了不同的動機。我知道他的一些個人資料，佩德羅的原生家庭，包含父母與兄弟姊妹都留在墨西哥。他結了婚，妻子也大約二十七歲左右，還有兩個小孩，都是男孩，一個五歲一個三歲。最重要的是，他之所以來監獄工作，是爲了妻子。

佩德羅在墨西哥山區米卻肯州長大，那是個無法無天的地方，毒梟身兼法官和陪審團，車禍死亡還沒他殺致死來得多。妻子懷孕之後，佩德羅決定搬家，他不希望孩子在同樣的環境成長。剛開始時，他白天去做景觀工人，晚上和週末到斯帕坦堡社區大學進修刑事司法。畢業當天他對老婆表示想進斯帕坦堡警局上班，免得環境又變得和老家米卻肯一樣。趁著當地還有法律秩序，他要親手維護，一切都是爲了孩子著想。

這也是一種人性的終極眞實，父母得不到的，會冀望實現在兒女身上。

佩德羅才說完這番話，他太太便上網查了警察死傷率，接著發出最後通牒：找別的工作，不然去找別人當老婆。

夫妻妥協的結果是讓佩德羅來監獄當矯正官，傷亡機率和工時都在妻子瑪利亞的接受範圍內，而且福利制度、加班費更優渥，週日鐘點薪資增加兩成五，還適用政府的危險執法勤務條款，只要工作滿二十五年就能全薪退休——剛好是他四十九歲生日前夕。很棒的選擇，至少在長冬來臨前無可挑剔。

原本我以為佩德羅會是第一批離開的矯正官。畢竟他可以回墨西哥，家人都在那裡，也剛好算是比較宜居的地區，很多加拿大人、美國人已蜂擁而去。

不料他反而到了最後還沒走。身為科學家，我想弄明白；為了生存，我必須弄明白。

「佩德羅，你是抽籤輸了嗎？」

他朝我揚起眉毛。

在這兒只有他勉強稱得上朋友，我忍不住說出口：「你怎麼還在這裡，不是該帶著瑪利亞和孩子們南下？」

佩德羅盯著靴子。「我也想啊，博士。」

「那怎麼還愣在這裡？」

「年資不夠吧。或者人脈不夠。也可能兩個都不夠。」

沒錯，他兩者都不足，再加上高層看準一旦暴動，佩德羅正是會堅守到底的類型。人類世界始終如一，善良的人扛重擔，扛重擔的撐不久。

佩德羅聳聳肩。「不是我能決定的事。」

這時一個囚犯跑到門口，朝裡面掃了一眼。他瞪大眼睛，眨也不眨，感覺吃了藥，手裡握著什麼東西。這人名叫馬塞爾，幹不出什麼好事。

佩德羅才轉身，馬塞爾便直接撲了過去，粗壯手臂以一個環扣鎖死他的雙手，緊接著亮出自製短刀，架在矯正官頸上。

時間彷彿暫停在此刻。恍惚之中，我知道洗衣機、烘乾機都叫響了，電視裡的新聞繼續播報，事態急轉直下，遠方傳來如雷巨響，實際上是大量囚犯衝進走廊。腳步聲又被叫囂聲蓋過，但嘈雜得令人根本聽不懂喊了什麼。

佩德羅不斷用力掙扎。

又一個囚犯竄到門口，同樣肌肉發達、一臉亢奮。我不知道這個人的名字，只見他朝馬塞爾大叫：「老馬，你這邊行不行？」

「可以。」

新面孔跑走，馬塞爾朝我望過來。「博士，上頭打算放我們在這裡活生生凍死，你也知道吧？」

沉默持續了幾秒，我沒回話。

佩德羅咬著牙，試圖抽出右手。

「跟我們走嗎，博士？」

佩德羅的右臂掙脫了，手掌一下子探進口袋。我沒見過他用武器，連他身上到底有沒有也不知道。

馬塞爾不肯冒險，手上的刀子朝佩德羅喉嚨逼近。

我做出了抉擇。

3 艾瑪

我飄浮在寧靜號連接的穹頂艙內，看著國際太空站扭曲、變形，彷彿美國中西部平原上遭到龍捲風摧殘的房子。

太陽能電池陣列四分五裂，發電板如屋瓦般飛散，用不了多久太空站就會破洞，裡面的東西將被吸入真空。

惶恐混亂之中，我瞥見一絲希望——與太空站靠接的聯合號太空艙。我自己是趕不到了，謝爾蓋和史蒂芬恐怕也沒機會，何況一個艙只有三個位置。

「皮爾森、路易斯、孛根，立刻從晨曦號（注）進去聯合號，這是命令。」逃生也是訓練的一環。聯合號太空艙從太空站分離出去只要三分鐘，並且在四小時內會降落在哈薩克。

耳機傳來破碎的聲音，聽不懂到底說些什麼。

對講系統壞了，剛才他們聽見了嗎？希望有。

也得聯絡地面。

「呼叫戈達德，我們正在緊急撤離——」

牆壁撞了過來，我被彈到對面，差點昏過去。

我伸手一推，滑過寧靜號。意識還有點模糊，彷彿在暗流中泅泳，一不小心便會溺斃，但我得撐下去。

再幾秒鐘就會看見牆壁開洞，所有東西會被吸到外頭去。困在站內的我，唯一的生存機會就是太空衣。

我趕緊抓起離自己最近的一套，鑽進去然後固定身體。如此一來我至少還有氧氣、電力、通訊——前提是要有訊號。

「呼叫戈達德，聽得到嗎？」

「聽得到，梅休斯指揮官。請報告現在情況。」

我還沒來得及講話，所處的艙組忽然間炸裂開來。

終究逃不出黑暗的魔爪。

❄

意識斷斷續續，感官逐漸回復。就像剝洋蔥般，一開始尚無感覺，發現的時候已經太遲。疼痛、嘔吐感，此外就是絕對的靜默。

我的太空衣還連接在站體上。視線所及的下方艙體裂開，從破洞便能看見地球。冰層吞沒西伯利亞之後，已繼續往中國蔓延，霜雪的銀白與林木的鮮綠相互輝映，這番美景代表的竟是毀滅

注：Rassvet，俄羅斯的小型實驗艙。

和死亡。

站體崩落了一塊，有如樂高積木滾進太空。

兩個聯合號太空艙都不見蹤影。

我透過對講系統呼叫其餘站員，沒有回應。

與地表聯繫也沒訊號。

我試著目測地球面積是變大還是變小。變大的話代表我的軌道越來越低，最後會被燒死。變小的話代表我正脫離地球重力範圍，將向宇宙漂流，等到氧氣耗盡時就會窒息而死，太空站氧氣存量足夠的話則是會飢餓致死。

4 詹姆斯

我衝上前抓住馬塞爾的手臂。他人高馬大，單憑我個人的力氣放不倒，但要將刀刃從佩德羅脖子前面拉開還是綽綽有餘。

矯正官立刻掙脫、獲得自由，從口袋掏出不知什麼東西，往馬塞爾腰間戳了下去。

一股電流竄進我體內，馬塞爾也開始痙攣。最先掉在亞麻地板上的是刀子，再來是他和我，兩人就像兩袋馬鈴薯般砰的倒下去。

即使是警衛，私帶電擊棒進來也是違法。但幸好他有所準備。

我奮力往旁邊一滾，甩開馬塞爾的手，電流感立刻消失，但頭還是暈暈的，四肢都很沉重。

馬塞爾的情況糟糕得多，魁梧身子像條大魚在岸上跳動，直到電流噠噠聲消失才停止。

佩德羅奪下小刀，意外的是馬塞爾居然還能扣住他的手，只不過沒力氣搶回去了。大漢另一手握拳，捶向佩德羅肋骨，讓他疼得慘叫出聲。

儘管身體抖個不停，我還是爬了過去，壓住馬塞爾的手臂，不讓他再出第二拳。

接著門外傳來叫喊，一群人嚷嚷著馬塞爾的名字。

刀還在佩德羅手裡。轉眼間一條血河從馬塞爾身上噴出，從胸口氾濫到手臂，然後流到我這裡，他的身體忽然失去了溫度。

馬塞爾的喉嚨咕嚕一聲，眼神瞬間失去生氣。

佩德羅推開他，拿起無線電到嘴邊。

我舉起染血顫抖的手。「等等，佩德羅。」

他聽了一愣。我一邊喘氣一邊擠出聲音。「寡不敵眾。警衛、囚犯，一百倍。」

佩德羅遲疑了一下，還是搖頭。「博士，職責所在，我不得不去。」

「聽我說，他剛才進來沒有立刻劃破你的喉嚨，爲什麼？」

佩德羅瞇起眼睛思索。我直接給他答案。

「馬塞爾想拿你做人質，萬一計畫失敗可以當作談判籌碼甚至肉盾。你現在出去一樣是被抓，反倒連累同事進退兩難。搞不好他們會開網路直播你被綁起來、被打得不成人形的樣子。連你的孩子也會看到。」

他的視線掃向洗衣間門口。想要出去只有這條路。

外頭越來越吵嘈，剩下的時間或許不到一分鐘。

「無路可退了，博士。你留在這裡。」

佩德羅起身，被我染紅的手拉住。「還有別的辦法。」

「是什麼——」

「來不及解釋了，佩德羅。你信得過我嗎？」

❄

其他囚犯衝進來的時候，我倒在馬塞爾旁邊，不停地抽搐。

六個人手裡有湊合用的棍棒刀刃，其中一個人拿著無線電。

「找到馬塞爾，但人死了。」

他們圍了過來，我一邊顫抖一邊坐起。這齣戲不算難，我本來就還有些虛弱。

「誰幹的？」帶頭那人吼著問。

「沒……沒看清楚。」

一個與我差不多年紀、手臂滿是刺青的禿頭，拿刀架在我的喉結上。

我裝作害怕——也不算裝才對。

「他一衝進來就站在馬塞爾後面，把馬塞爾電麻了往我這邊一推，我被撞倒，然後昏了過去。」

無線電傳出槍聲，帶頭的囚犯轉身問了幾句話，在房間裡來回踱步。

「我……走不動了，」我壓低聲音。「能不能抬我出去——」

刀離開了我的脖子，但我也被他們推回地板上。

等到這群人離開以後，我脫下沾了血的衣服扔進洗衣袋，爬到中間那臺烘乾機悄聲說：「他們走了。」

床單緩緩拉開一角，露出了佩德羅的眼睛。他很緊張，也很感激。

「我會想辦法帶你出去。」

幸虧他的骨架不大，但等他出來，應該還是免不了全身痠痛。

我比他高了一點，五呎十吋的身材要擠進去不容易，但我們別無選擇。現在我連走都走不穩，遑論跑步或打架，這副德行想衝出去，一點活命機會也沒有。

所以我調高了電視音量，蓋過個人可能發出的聲音。但仔細一聽，卻發現那臺烘乾機裡有怪聲，原來佩德羅又打開無線電想知道外面情況。

「佩德羅，」我小聲提醒。「你得關掉無線電，被人聽見聲音是死路一條。」

吩咐完之後，我也鑽進一臺大型商用烘乾機，拿床單遮住透明機蓋，開始等待。

❄

感覺縮在機器裡好幾個小時了。

我集中注意力偷聽新聞，想知道全世界目前是什麼狀態。

所有報導集中在長冬和個別家庭的生存之道。

我一直沒動過，但身體還是好疼痛，畢竟全身縮得和嬰兒一樣躲在機器裡，先前還被電擊了一發。

新聞插播快報，提到「監獄暴動」、「國民衛隊」這兩個關鍵字。我掀開床單一角，勉強看得見電視機畫面顯示好幾架直升機降落在外面，距離洗衣間不超過兩百碼。

記者印證了我一直以來的猜想。「由於長冬造成聯邦與地方警力不足，監獄暴動的處理原則也有了重大轉變。」

我太專心聆聽新聞，沒留意到一個囚犯走進來的腳步聲。後頭又跟了兩個。目標正是我們。抓佩德羅可以當談判籌碼，至於我……一旦我幹的好事被發現，免不了會遭到報復，復仇在監獄文化中是件大事。而且，這一次沒人能攔得住他們。

5 艾瑪

我完全失去了時間感，不知道究竟過了幾小時還是一整天。說不定是兩天。能確定的是我開始有減壓症，雖不致命但每秒鐘都能感覺得到症狀。我很想嘔吐，這眞不是好時機。

國際太空站和太空艙內部加壓到每平方英寸十四點七磅，與地表海拔高度的大氣壓力相同。可是太空衣僅僅加壓到每平方英寸四點三磅，等同於聖母峰。換言之，對我的身體而言，這就像短短幾秒內從海平面被轟上聖母峰。人體內的氮通常溶於血液或組織，但氣壓急遽降低時，氮會分解出來、形成氣泡。可想成一罐汽水，罐內氣壓高，罐子打開就曝露在相對氣壓極低的環境，結果是什麼呢？二氧化碳從液體釋出，變成大量氣泡。現在我的身體就是那個狀態：氮氣泡在身體裡跑來跑去。本來位於高壓的人體汽水罐被打開了，我逐漸化作氣泡消散。

這種狀況稱爲減壓症，又叫做潛水夫病，因爲深潛者早就發現這個現象，知道要採取預防措施。國際太空站也一樣，平常規定穿太空衣之前必須逐步減壓，但之前分秒必爭的情況下，我只能在得減壓症或丟掉性命之間二選一。

身體實在太難受，沒心情思考自己是否選錯了。

渾身都好痛，疲憊無力卻又不敢睡，怕睡了再也醒不過來。

我緊抓住每一秒的生命不肯放棄。這種時刻才意識到自己有多想活下去。生死存亡之際，最後關鍵終究是意志力。

只可惜我的處境空有意志力也無用武之地，只能眼睜睜看著站體殘骸在宇宙漂流、四散，試圖從中尋找其他人的下落或一絲生機。

已經有些碎片掉進大氣層起火燃燒，點點火光彷彿沙漏裡的顆粒，為我的存活倒數計時。

我知道自己位在衰減軌道。意思就是我隨著太空衣連接的站體碎塊慢慢下降中，墜入大氣層燒個精光只是時間問題。

另一道閃光出現。我以為又是太空垃圾燒起來，但這道光不是越來越暗，而是亮度不斷增加。有東西正在接近。

一個太空艙分離之後，開始噴射推進，朝我過來，為我而來。

我感動得無法言語、淚水潰堤。得救了。

6 詹姆斯

關在聯邦監獄有個好處，一般而言裡頭的人水準比較高些，和州立監獄那些搶劫殺人的犯人不同層次。無論艾吉費爾德還是其他聯邦矯正機構，囚犯大多是犯罪首腦，再不然也是野心勃勃的人，罪行才會橫跨數州或觸犯聯邦法。

壞處就是，這種人比較聰明，很有可能找得到我和佩德羅。而我一語成讖——他們從角落開始一臺一臺烘乾機掀開來搜索。

遠方傳來自動步槍的聲音。國民衛隊進來了，算算時間也很合理，好幾分鐘前行動就已開始。他們沒打算談判，直接攻堅才有奇襲優勢。

我藏身的機器被打開，一隻大手拉掉床單，外頭那個人一看見我就拿槍一比，吼著：「滾出來！」

無可奈何之下，我亮出雙手，慢慢爬出圓孔，全身筋骨痠痛得要命。

外面的槍戰愈發激烈，簡直是第三次世界大戰。

「房門關上，」拿槍的人吩咐同伴。「搬桌子過去堵好。」

我才爬出去一半，就好想鑽回去，接下來事情的發展可想而知（收回前言，看來我高估聯邦監獄犯人的腦筋了）。

「叫你滾出來！」

被槍口指著頭，再怎麼想躲也沒轍。我兩腿不穩地勉強站起來，樣子像剛學會走路的小鹿。

緊接著佩德羅就被找到。他也爬了出來，不過是抬頭挺胸、理直氣壯的模樣。我更欣賞他了，希望我們都不必死在洗衣間裡。

佩德羅被全面搜身，無線電與先前對付馬塞爾的小型電擊棒都被搶走。

我偷偷靠在烘乾機上。站著太痠痛。

外頭沒了聲音——槍聲停下來，代表大戰落幕。

無線電啪嚓作響，不知道他們從哪個倒霉警衛那裡搶來的。

「洗衣間裡的人聽好，事情到此爲止，我們不想再製造傷亡，高舉雙手出來投降。」

暴動首領與我的想像頗有差距，不是肌肉棒子也沒有滿身刺青，而是髮線上移、蓄了一天份鬍碴的中年白人，感覺像是CNBC（全國廣播公司商業頻道）上，解說爲什麼公司財報不漂亮但大家還是該買他們股票的那種人。搞不好他就是這樣被關進來的。

他在房間裡繞了一圈、到處觀察，確認了我已經知道的事實：沒別的門，沒窗戶，沒辦法出去。天花板上有兩個小通風口，但並不是電影裡那種剛好夠囚犯鑽進去的尺寸。

這人拿起無線電回答，口齒清晰、態度從容。「我們也不想增加傷亡，只希望有個機會活下去。裡面的人也知道地球遭遇了寒冬，其實並沒打算逃走，只想自力更生。囚犯本來就不多，但在監獄土地種田、自給自足勉強還夠——我們別無所求，歡迎你們把監獄封死，門都上鎖無妨，不必留鑰匙，也可以派AI無人機看守，誰走到外面就當場槍斃。只要能生存，我們不出去也無所謂。」

不愧是暴動發起人，精明幹練。但這點對我的存活率來說不是件好事。

他望向佩德羅。「我們手上有個警衛，」他將無線電拿到佩德羅面前。「告訴他們，你叫什麼名字。」

佩德羅朝無線電吐了口水。

一個胸口染了血、拿著棍子的囚犯準備出手。

「佩德羅，聽他們的！」我大叫，持棍囚犯愣了一下，視線在我們身上來回。「死撐也沒用，他們能逼你鬆口，說了不會怎麼樣。」

首領抬頭凝望，開口時目光依舊鎖在我身上。「說得好。佩德羅，說了不會怎麼樣，快告訴他們吧。」

我朝佩德羅點點頭。他忍不住咬了咬牙，但總算報上姓名和階級。

接著首領拿回無線電。「你們從監獄撤兵、辦成我們提的條件，佩德羅．奧法瑞茲就能平安走出去，大家從此相安無事。」

外面衛隊回答：「我們只負責監獄人員撤離，沒被授權回應你們的要求。這必須呈報上級，你們等著。」

「好，我們沒打算走。不過，若你們不答應的話，佩德羅也走不了。」首領放開無線電通話鈕，轉頭打量我。「你又是誰？」

「洗衣服的。」

「然後就躲在洗衣間？」

「迫不得已。」

他咧嘴一笑，但旁邊的手下目露凶光，其中一個操著刀子靠近。「搞不好他會出賣我們。我覺得還是剁了吧，卡爾？」

技術上來說，我沒出賣誰，只是幫了另一邊，而且因爲正好是佩德羅．奧法瑞茲，道德層面應該也沒瑕疵。只可惜對方未必能體會這麼細緻的思辨過程。

尤其帶頭的卡爾似乎更不想體會。

「芬利，這邊解決了再說，之後要殺要剮隨你便。」

7 艾瑪

腦海裡有些畫面揮之不去。六歲那年的耶誕節，一起床就看見全新輔助輪自行車放在耶誕樹旁邊。艾德琳和歐文出生的日子。我登上聯合號太空艙隨火箭進入太空的那天。

太空是我的夢想，也是人生的分歧。若是走上另一條路，現在已經為人妻人母安定下來。

但不久前，太空變成噩夢。

現在朝我過來的太空艙則是另一個這輩子忘不掉的光景。我感激得難以言喻，全世界自顧不暇之時，地面上還有人掛念著我、為了拯救遠在天邊的一個人做了這麼多。

這足以說明地球人是怎樣一個種族。

太空艙如鳥兒展翅般張開小型光伏陣列，接著側面推進器噴出白色氣體，減速靠近。機殼印有私人航太企業標誌，它原本應該三週後才發射，載三個新人過去替換掉含我在內的半數站員，如今為了救我而直接啓用。

因為詳細讀過文件，所以我很清楚它的規格。這種太空艙兼具載人載貨雙重功能，內部可容納七人與數噸重的補給品。結構上，從頂端到末尾依次是前方尖頂（現在已經脫落）、加壓乘員艙、功能區（未加壓）、返程需要的防熱板，最底下是沒加壓的貨艙，回到地球前會卸載。元件一應俱全，問題只在於沒有讓太空衣靠接的設計。

操作者可能猜到我在想什麼，將太空艙頂部轉過來，開啓對站靠泊系統。我以爲門打開時的氣體洩露會將艙身向後推，但實際上只噴出一陣微風，看來發射之前就已爲客艙減壓了，設想周到。

我和太空艙繞著地球飄蕩，開啓的艙口內，那片漆黑彷彿凝視著我。國際太空站時速每小時一萬七千英里，我們的速度應該沒那麼快。雖然太空艙配合我所在的衰減軌道而行，但需要運作噴射器才能保持相對位置，然而這就像要蜂鳥試圖保持完全靜止那樣難如登天。

地面上的人有計畫嗎？本以爲艙內會伸出什麼東西能讓我抓住再爬過去，繩子、鎖鏈之類的，都這節骨眼了就算來根稻草也無妨，只要我能搆得到就好。

偏偏什麼也沒有。

太空艙盯著我靜靜等待，貨艙燈號開始閃爍，我意識到對方想用摩斯電碼溝通。

可是減壓症害我很難集中注意力。

開始了。點劃劃劃。是*J*。

點……然後第二個字母我恍了神。要集中精神。

第三個字母：劃劃。還是劃點？反正不是*N*就是*M*。

再來：點劃劃點。是*P*。

J、某個字母、*N*或*M*、*P*。不會吧。拜託不要。對方又傳了一遍。

是眞的。*JUMP*——他們要我跳過去。

8 詹姆斯

我認為事情應該這樣發展：通風口滲入催淚瓦斯，國民衛隊破門而入，槍戰之後，我不是死去就是繼續蹲苦牢。

結果全錯。

監獄其他地方的囚犯聞風而至，總共十七人。他們大概覺得佩德羅是唯一籌碼，守一個房間比守一整座監獄簡單得多。

卡爾手裡的無線電啪嚓響，國民衛隊指揮官的聲音傳進人滿為患的洗衣間。

「艾吉費爾德監獄裡的管事者，我們接受條件，你們準備放人。」

一陣歡聲雷動，還有人興奮地擊掌，一雙不友善的眼睛瞪了過來。

佩德羅扭動——他的雙手被膠帶捆在背後。「我不去！」

卡爾冷笑。「呵，輪不到你作主。我們是和外面談條件，又不是和你。」他朝部下點頭。

「堵上他的嘴巴。」

一個枕頭套揉起來，被塞進佩德羅口裡，又黏上好多條膠帶。

卡爾按下無線電。「好極了，咱們好好談談。從今以後艾吉費爾德就是個小小獨立國，需要不被侵犯的保障。我說的是槍，還有炸彈，然後圍牆外面得設置中立區，就一百碼吧。」

「不可能提供你們槍枝。」

「那交易取消。不給槍，不放人。人質不會活著出去。」

對方沉默一陣才回應。「等等。」

感覺又過了將近一小時才有進展。「好，我們會給你們槍。」

「很好。話說回來，我們不是收破爛的，只接受半自動步槍，記得準備大量彈藥。這裡每個人一把，總共……」他暫停下來數人頭。「十七。你們進攻過程抓走的人也得放回來，他們每人也一把。」卡爾停了一會兒，情緒開始亢奮。「所有人都加上一把備用槍和兩個手榴彈，然後再給七支火箭筒。」

國民衛隊談判員不情不願地低頭了。接下來幾個小時，囚犯出門巡邏，以防遭到衛隊埋伏暗算，確定監獄淨空後，大家一起離開，佩德羅和我被眾人押在隊伍中心。

到了操場，衛隊利用拒馬和運兵車掩護，被捕的囚犯集中在後面。拒馬前面擺了六個大箱子。

卡爾高呼：「派個人試槍。」

國民衛隊裡一個肩上繡了好幾條的老兵上前。他打開箱子，撈出貨真價實的步槍，對空擊發。

「把箱子裡東西都倒出來，再拿一把、不對，要兩把。」卡爾吼道：「試給我看。」

這傢伙的心思很謹慎。

老兵回頭與長官確認，頭盔上有銀鷹徽章的人點頭示意。於是老兵再上前，正要撿起步槍時卻被卡爾叫住，要求他拿旁邊的。嗯，這個人的城府眞的夠深。老兵試了槍，沒問題，下一把也正常。

衛隊打的是什麼算盤，眞的要讓囚犯擁槍自重？那簡直是夢魘。

我只能怔怔地看著交易進行。一個囚犯拿刀押解佩德羅上前，兩人停在中間，等待衛隊放人。獲釋的犯人衝過去，將槍和箱子搬起來就朝卡爾靠攏，同時間扣著佩德羅的人並未鬆手。

無線電傳來對面指揮官的叫聲：「放人。」

「會的。」卡爾嘴上這麼說卻沒下命令，我掌心冒汗。*讓他走吧……*

現在就怕他想玩陰的。

囚犯全圍到卡爾身邊，放下箱子、分發槍械，大家高舉武器吶喊的模樣有如贏得超級盃，但情緒一過，槍口立刻齊齊指向前面的國民衛隊。

卡爾拿起無線電。「好了，讓客人走吧。」

看著佩德羅蹣跚前進時，我鬆了口氣，但他快到拒馬之前卻停步轉身，視線掃了一圈後，定格在我身上，意圖十分明顯——假如他站在那兒不動，堅持帶上我才肯離開，卡爾是否會妥協？

我搖搖頭。犯人們已經拿到武器，擦槍走火只會玉石俱焚。

幸好他還沒來得及動作，就被後頭的衛隊成員一把拖走。這一邊囚犯們的動作也十分俐落，槍口指著前面速速後退。我被押回大門、帶進裡頭，暗忖小命即將不保。

❄

回到監獄內，他們把我鎖進牢房。待遇算是變得更差，之前我住的房間戒備等級低，還有兩個室友。不過，能活著就已是萬幸。

我躺在下鋪，發現之前洗衣間裡持刀恫嚇我的人就站在門外，一手步槍一手私釀酒。他沒說話，只是瞪著我，一副參觀動物園的樣子。

本來我的反射動作是想開口謝謝他的好心探望，但轉念覺得對方不會欣賞這種幽默感，還是識相點別多嘴比較好。

所以我只能盯著上鋪的床板，感慨自己命運多舛，竟成了艾吉費爾德聯邦監獄最後的囚徒。

逃獄對我而言並不難，但被他們逮到就是一死，逃出去面對長冬還是一死。

或許我終究還是沒參透人性。

9 艾瑪

必須將自己當作飛鏢，射向轉動的靶盤。射中才能活命。

這就是我的處境。

太空艙懸在前面左右搖晃，不斷靠推進器修正位置。

地面給的訊息是：**跳**。

意思是要我解開太空衣的固定，脫離站體碎塊，朝著太空艙努力撲過去。這個道理我明白，他們沒辦法讓艙口更接近，萬一撞上站體的話，我絕對會變成夾心三明治，就算沒被腰斬也會被壓到全身癱瘓。

作法之一是解開固定之後，迅速用力把身體推出去，姑且稱之爲「飛鏢式」吧，要是沒射中的話，我就得繼續太空漂流。看來地面夥伴考量過，所以讓太空艙停在地球的反方向，也就是說，我漂流出去至少不會被大氣層燒得連灰都不剩。但對我而言，下場沒有好上多少。

所以我放棄飛鏢式，採取另一種作法，算是「安全牌」吧——慢慢移動並試著矯正。

解開固定、脫離站體之後，我輕輕一推，朝著艙口和緩地飄移。整個過程中充滿焦慮、無助，彷彿走在高空鋼索上，而下面沒有安全網。

太空艙兩側噴出白霧，像隻飛龍一點一點接近。噴射器啓動頻率越來越密集，我能想像得到地上操作員滿頭大汗的緊張模樣，因爲我也一樣。

二十呎。一直線。

十五呎。

我偏左了。

十呎。

偏得有點多。如果搆得到艙殼，或許能把自己推進去。但是距離越來越遠，看來會與它擦身而過……

推進器忽然猛烈一噴，太空艙往我衝了過來。

事情發生得太快，眼花繚亂中，太空艙的對接口像張大嘴一口呑掉我。

下一刻，我躺在客艙內望著白襯墊，牆上除了許多工具之外，還掛著一大塊板子，上頭的大寫字母都是他們親筆書寫：

FROM YOUR FRIENDS ON EARTH WITH LOVE

（地球上的朋友們都愛妳）

我盯著看了好一陣子，忍不住開始哭得渾身顫抖。國際太空站解體了，但我重獲新生。

10 詹姆斯

囚犯們在夜裡大肆慶祝，我從未見過眾人在艾吉費爾德監獄放音樂、唱歌、跳舞的模樣，尤其每個人手上還都拿著一把槍。有人打架、有人玩牌賭骰子，食堂的存糧全被吃光、垃圾丟了滿地。有幾個囚犯成年之後就住在這裡沒出去過，總算在最後重新嘗到自由的甘美。

到了早上，大家都死了。

我知道沒人存活是因爲太過安靜。接近破曉時，監獄陷入一片死寂，我以爲這是人生最後一夜了，所以沒睡，心想死也要死得明白。結果沒人來殺我。最初我猜測是他們覺得來日方長。其實眞相是我走運，而他們下錯賭注。

日出後，從牢房就能瞧見外頭活動區倒了一堆屍體，沒中彈中刀卻癱倒四處。無論死因是什麼，我不受影響，至少到目前爲止。

有人進入了走廊，噠噠聲由遠至近，此起彼落地喊叫著：「安全！」

部隊停在牢門前，每個人都穿戴橡膠手套和拋棄式防護衣。回想起來，昨天負責試槍給卡爾等人看的老兵也戴了手套。

印證了我的假設：槍上有毒。這招確實高明。

衛隊讓出一條路，身著海軍藍西裝的平頭高大男子走進來。我一看就覺得是聯邦調查局探員。

「辛克雷博士，有事想與你詳談。」

我起身聳聳肩。「你運氣不錯，沒遇上公休。」

他吩咐衛隊：「帶他過來。」

士兵拋了防護衣和手套進來。嗯，那批槍絕對有問題，擔心毒素沾染到其他東西，所以連我的份也準備了。

換句話說，有人想要保我的命。確定這點就足夠。

❄

我既是艾吉費爾德最後的囚徒，也是唯一活著離開的犯人。

東張西望了一陣，沒看到佩德羅身影。

他們帶我走向廂型貨卡，探員與一個目光和藹的短白髮蓄鬍男子在那裡等候。我認得他，還很尊敬，但沒見過本人，也想不通爲什麼會在這裡相遇。我自認自己已經非常有想像力了。

「手套和防護衣可以脫掉。」探員指示。

我摘下裝備以後，士兵朝這頭大聲問：「要上銬嗎？」

探員歪嘴一笑。「免了，他不是那類型犯人。我說得沒錯吧，博士？」

「很多人根本不覺得我有罪，只是走得太前面而已。」

「可惜你現在落後了，請上車吧。」

進了車廂，探員只留下我和鬍子男，接著自我介紹：「辛克雷博士，我是司法部副部長雷蒙．拉爾森。」

我在心裡將他升格為探員老大。

拉森指著另一人。「這位是羅倫斯．佛勒博士——」

「NASA署長，我認識。」我望向佛勒。「能見到您是我的榮幸……雖然這狀況有點尷尬。從您在加州理工學院開始的研究，我就一直都關注著您。」

他眼睛一亮。「是嗎？」

與之前看過的研討會演講影片相比，佛勒博士的語調沉鬱了許多。四年了，看來他的擔子很重，氣色大不如前。

「是呀，您提出的噴射推進器燃料替代方案非常——」

拉森舉起手。「兩位稍後再聊，先談正經事。」他朝我冷笑。「如果你像外界傳言的那麼聰明，那應該知道我們所為何來？」

我聳肩。「你們有用得著我的地方。具體而言應該是打算假釋我或用工作契約交換刑期，要是我不配合就會威脅我，大概會說要把我丟到另一所監獄，裡面的囚犯一定會知道我是艾吉費爾德暴動後唯一活下來的人，換句話說，我就是那個害死大家的內奸。為了避免鬧出人命，典獄長只好把我關禁閉，等我受不了自己要求出去之後，也活不過幾天。」

從拉森的神情研判，看來他很滿意我的答案。他從西裝外套掏出一張折起來的文件，瞟了佛勒一眼。博士快速點頭後，他攤開內容給我看。

我還以為字會多一些，結果就幾句話而已：

總統全面特赦令

經司法部、國家太空總署及相關單位和私人機構同意時，以無特定期限之勞務做爲刑期交換，不附帶其他補償與福利。

拉森遞了筆給我，我在下面簽名。他折好文件又收回外套中。

「沒有副本或收據之類的？」

「沒有。」

「好吧……什麼時候開始。」

不出所料，此時輪到佛勒上場。他一邊講話一邊掀開筆電。「恐怕得立刻開始，時間不多了，辛克雷博士。」

「叫我詹姆斯就好。」

「好的，詹姆斯。我接下來要給你看的東西，是目前全世界嚴守的最高機密。」

我本能地想要耍嘴皮子，這是從小到大的習慣，面對似乎無法理解、欣賞我的世界，只有口舌之快能做最後一道防線，久而久之，插科打諢成了我慣有的溝通模式，雖然保護自己少受一點傷，卻也讓我無法與任何人親近。但此刻我決定將話吞回肚子裡，因爲感覺得到眼前戲劇化氣氛背後，確實醞釀著天大的事情。或許另一個原因是不想在羅倫斯．佛勒博士面前失禮，儘管見面才五分鐘，我卻有很強烈的熟識感，也體會得到他那份情緒。這樣的人不在乎政治權謀，今天會找上我，一定有很重要的理由。另外，我看著他就會想起自己的祖父。

「想必你已經察覺，」佛勒邊敲鍵盤邊說：「『長冬』是人類有史以來最大的生存威脅，所有氣候模型都無法解釋。大氣海洋署絞盡腦汁仍舊一無所獲，簡單來說，資料數據對不起來。你知道爲什麼嗎？」

「有個一直沒納入計算的變數存在。」

他點頭。「沒錯，找出變數的責任就交付在NASA頭上。一年前，我們朝太空發射探測器，測量地球外的太陽能量功率，結果令人震驚。」

筆電螢幕出現3D模擬畫面，地球周圍的宇宙空間有許多探測器，每一個旁邊都會顯示數字。我猜數字就是測量到的太陽輻射，然而數字之間的差距太過怪異。雖說太陽能量輸出並非有如燈泡那般穩定，但變化也不該達到眼前所見這種程度。如今地球得到的太陽輻射，竟遠小於周邊區域！

現象背後的意義不言可喻。

我口乾舌燥，心裡暗叫不可能——但事實擺在眼前，一股反胃感在體內湧起。就規模來看，這絕不是自然現象，換句話說，源頭是所謂的「地外存在」（存在地球以外的生命體）。沒誤會的話，人類眞的大難臨頭，而且無可避免。具備如此能力的種族或勢力，絕對有億萬種方法可以消滅我們，其中一大堆方法先進到我們連想像都辦不到。

佛勒看穿了我的心思。「看來你明白了這些數字背後的意義。」他稍微停頓，似乎想針對我的反應調整用字遣詞。「取得讀數前，各國政府就已經聯合起來評估長冬是否有……可能的解決方案。當時最可行或者說最『主流』的意見是加速溫室效應，增加的氣溫能彌補失去的太陽能量。除此之外，還有很多條件或好或壞的計畫，比方說以地熱爲主體的地底生存區、改變地球軌道等等。」

他又察覺我的訝異。

「剛才說過，這些方案不是每一個都那麼合理。」佛勒指著螢幕。「反正這些數字出來以後都不重要了。我們一直保密至今，四個月之前發射了第二波探測器，數量更多、配備也更高級，爲的就是確認數據究竟正不正確。這次深入太陽系核心，」佛勒看了看我和拉森，似乎正在評估我們是否承受得住，接著按了鍵盤。「然後找到這個。」

影片背景是一顆巨大火球。太陽前面有個黑點，隨著鏡頭對焦，能看出它是個長方形物體，發出閃光之後，影片中斷。

拉森瞠目結舌，顯而易見也是今天才得知眞相，之前上級認爲他沒知道的必要。

先前我還不知道對方究竟用了什麼手段，但看到探測器數據以後，就想通大概會是這種狀況。腦袋裡好多疑問打轉，需要更多資料。佛勒一定有備而來，所以我連珠炮般提問。

「找到幾個異物？」

「一個。」

「對方發現NASA派出的探測器了嗎？」

「嗯。」

「如何反應？」

「摧毀。」

聽到這裡我一愣，又陷入沉思。

拉森好不容易擠出話，才十個字，但只是浪費時間。「喂，那究竟是什麼玩意兒？」

佛勒眼裡只有我。「拉森先生，請你先別打斷。」

「摧毀探測器之後有進一步行動嗎？」我問。

「可能。無法肯定。」

「請解釋？」

「探測器透過國際太空站轉送數據。幾分鐘後，太空站……以及所有軌道衛星，都被奇特的太陽能量事件破壞。」

「你們認爲那是爲了阻止資料傳輸。」

「現行理論是這麼假設。」

「太空站成員的情況？」

佛勒稍微別過臉，看來我命中要害。「幾乎都陣亡了，只有一個人活下來，而且人還在上頭，正在努力營救，不確定救不救得到。」

感覺他想轉移話題，我點點頭。「還知道些什麼？」

「目前差不多就這些。」

我開始設想各種可能。人類要是能存活一部分都要謝天謝地了。無論如何，問題出在資訊不夠，必須摸清楚我們面對的到底是什麼。

拉森猛搖頭，很是氣餒。「呃，有人能告訴我，這到底是什麼情況嗎？」

我用眼神探尋佛勒的意思。要說嗎？

他眼珠子轉開，我懂他的意思：要說你說吧，沒必要隱瞞。

「拉森先生，地球人在宇宙中不孤單。糟糕的是，現在過來的東西或許沒興趣與我們接觸，又或許根本打算殲滅我們。」

11

艾瑪

我痛哭完之後開始清點資源。太空艙牆壁上綁了食物、飲水與醫藥箱，角落另一個大包裹差點令我又要落淚。那是太空衣用的SAFER模組艙（其實『太空衣』的完整名稱是『艙外活動裝』，簡稱EMU）。SAFER是個縮寫，代表「艙外行動與救援簡易輔助」，搭載到太空衣背上，可以啓動幾個小型噴射推進器，能有效避免漂流過遠、也會在當人體飛鏢的時候派上用場——我才剛經歷過。

牆上除了那句大字還有別的留言：

別脫太空衣，用終端機通訊。

爲什麼不能脫太空衣？我自己可以爲艙內加壓。難道摧毀國際太空站只是個開始？這個太空艙有潛在的風險？

打開終端機蓋子，之後螢幕亮起。原本隔著太空衣的厚重手套根本無法操作鍵盤，結果夥伴們連這個也考慮進去，觸控筆懸在半空中，像ET外星人的手指朝我伸過來。我拿起筆，畫面出現地面傳來的第一個訊息，黑底白字與DOS或UNIX的命令列介面如出一轍。

》見到妳眞開心，梅休斯指揮官。

我轉頭找到角落有個黑色圓頂狀攝影機，朝著鏡頭揮手微笑。

》身體狀況還好嗎？

觸控筆戳鍵盤也不是很容易，但打了幾個字母後漸漸習慣。

》這情況不敢奢求太多。

不知道是誰跟我對話，總之是地表上知道我名字的人。我趕緊切入正題：減壓症。

》減壓症，輕微，擦傷。

接著我追問最迫切想知道的事：

》其他人呢？

沒有立刻回答，壞兆頭。我很緊張，實在等不及。

》聯合號太空艙？

》抱歉，無法營救。

我感覺像是肚子被揍了一拳，好幾秒無法集中精神。那份沉痛情緒慢慢沉澱，可是眼淚又湧了上來。我漸漸飄離螢幕，靠手裡的筆拉住身子，眼睛離不開那行字。無法營救。所以都死了，只剩我一個。那時候應該——

》指揮官別自責，太空站短短幾秒就爆炸，沒能逃離是無可奈何的事，妳活下來已是不幸中的大幸。

我不知道要如何回應，索性接著問：

≫探測器影像，收到了嗎？

≫收到了。

≫那是什麼？

又一次沉默。爲什麼？我鍵入直到昨天還難以想像的三個字。

≫外星人？

≫目前無法確認，時候到了再談。

這又是什麼意思？

≫下一步計畫？

≫還在制訂，請妳先留在軌道。

≫爲什麼？

≫確保能安全返回。

謎題越來越多。如果他們擔心太空艙會和太空站一樣瓦解，不是應該盡快讓我回去嗎？地面到底是什麼情況？

減壓症褪了很多，我的腦袋卻依舊昏沉。必須專心。下一步要怎麼辦？無法降落，沒有太空站，聯合號艙體沒有返航能力。我能怎麼做？

先尋找生還者。預防萬一，得搜搜看。我回到鍵盤前面瘋狂點字。

≫你們檢查過殘骸裡是否還有人生還嗎？

≫看過，沒有發現。

≫我想再找找看。

過了好一陣子沒回應，我只好再輸入：

》讓我找找吧。

看來地面有人正在計算回報是否值得冒險。

》沒辦法找。

》怎麼說？

》太空天氣（注）現象干擾衛星。

沒有衛星，代表只有太空艙位於地表基地的直線視距內才能進行控制，想必他們預先做好對地同步軌道的航行設定。從窗戶能看到的大陸判斷，現在應該是北美洲的人員與我聯繫中。

》衛星不能用，但我可以手動操作。請讓我試試看。

》指揮官請稍等。

這是至今最長一次的沉默。我開始準備對方拒絕時的反駁說詞，擬好想法時，螢幕正好跳出訊息。

》准許就國際太空站殘骸進行搜索行動。隨後送上殘骸分布圖並進行遠端及本地端控制排程。

螢幕切換爲地球圖示，外圍是大氣分層，軌道上標示許多小型物體，也就是國際太空站的碎片。分散範圍幾乎有半個地球大，有些太靠近大氣，有些又飄得過高。負責排程的人考慮得很周到，先鎖定低處軌道，因爲那些碎塊再過不久就要起火燃燒。

接著系統跳出倒數計時。

注：太空天氣與行星內的天氣並非同一概念，意指行星（地球）周圍太空環境條件改變。

≫即將切換爲手動控制：十五分二十八秒。

≫十五分二十七秒。

≫十五分二十六秒。

對話窗來了一行字：

≫指揮官，祝好運。

我飄到窗前，發現太空艙開始朝排程的第一個區域移動。

❄

已經搜索了四分之三，衰減軌道大部分區域都跑遍了。什麼也沒找到。

太空艙已脫離地面基地控制，我必須自己操作。隔著手套很不靈活，但還應付得來，反正現在對精準度的要求不高。

下個目標是最大的殘骸堆，透過窗戶看去，它的體積越來越大，我能看到歐盟製造的機械手臂還連接著科學號多功能實驗艙，後頭斷開的是星辰號服務艙、探索號小型研究艙，原本中間該有個碼頭號對接艙，現在已不見蹤影。

我繞了個大弧，仔細查看，損毀的艙體像汽水罐被ＢＢ彈打出許多破洞。洞裡面有東西，看似是條手臂。

我停下動作，心想是否太久沒睡，開始出現幻覺。也可能是裡頭什麼東西的形狀正好像手臂。

我將太空艙倒退回去接近探查，窗戶對準破洞，然後分不清自己是哭是笑，還是又哭又笑，因爲裡頭不只一條手臂，而是一個完整的人體正套著俄羅斯海鷹太空衣，綁在殘骸上，彷彿靜靜訴說：誰來帶我走。

我來了。

12 詹姆斯

我等了片刻，以為拉森會當場嘔吐。他臉上血色盡失，身子搖搖晃晃地扶著車廂牆壁才能站起來，神情好像有了幻聽。

他在消化資訊，我則思考另一個環節：為什麼自己會在這裡？

我在大學雙主修生物與機械工程，同一天拿到生物醫學工程與醫學兩個博士學位，沒去醫院實習也沒當醫生，反而開始自製新玩意兒。幾年前那個發明，導致我成為人類公敵，因而被關進大牢。如今命運再度拐個大彎，要人類面對滅頂之災，這時大家想起了我，不外乎就是希望我能做點有用的東西。

佛勒凝視著我。我對拉森解釋狀況之後，NASA署長就沒再開過口。

「要我做東西？」

「有可能。」他的音量低得像是悄悄話。

「需要更多資料才能決定。」

「沒錯。」

「你們得上太空吧？」

「是我們。你也得去，詹姆斯。你是最合適的人。」

「你們希望我去分析目標究竟是什麼，它的結構和材料、能力與弱點，最重要的是如何阻止其行動。」

「這就是給你的任務內容。」

我的腦袋還在運轉。「何時出發？詳細計畫是什麼？」

「不到三十小時就要升空。」

「開什麼玩笑……等等，你是認真的？這麼短的時間就要我上太空？」

「沒騙你。太空裝置部分會有其他人處理，你專心調查異物就好。其實這個任務已經籌備一段時間，只是無法判斷確切的出發時間，之前也不知道目標到底長什麼樣子。」

我的眼珠子轉來轉去，試著想像各種細節。還有很多問題得討論，要從最重要的下手。

「對方能擊落國際太空站，我們一出大氣層就成了靶子？」

「針對這點，我們有一些假設。」佛勒按下鍵盤，筆電螢幕開始運行模擬程式：火箭群從地球各處發射，而且不只一波，總共五梯次之多。我算了算，全部二十八架。畫面顯示酬載(注)脫離火箭以後位於地球軌道不同高度，被一股隱形力量如風中塵埃拍飛。地球繼續環繞太陽運行，越走越遠，漂流物則彼此靠近、開始組合，最後形成兩艘船。外觀很醜，都是中間一個圓筒、外面插滿組件艙，神似中世紀的釘頭錘。

兩根釘頭錘朝著太陽移動，在異物前面會合。

注：物體飛行時，除維持基本運作外的荷重稱為「酬載」。

模擬影片勝過千言萬語，但我還是想確認自己沒有會錯意，畢竟這是生死攸關的事。

「這些火箭看起來像是要重建軌道衛星網路。」

佛勒點頭。

「也就是說，你們讓異物——你們是這樣叫的沒錯吧？」

「沒錯。」

「讓異物毀掉衛星，推測它不會繼續監控，然後設計了一個類似變形金剛還是百獸王（注）的合體太空船，開過去近距離研究異物。」

「撇開你用的流行文化詞，大致上都對。」

計畫挺有趣，但有個非常大的漏洞。「異物一看到探測器就轟掉，太空船活得下來嗎？」

佛勒身子往後一靠，露出教師對學生的神情。「探測器是被看見了才遭到攻擊嗎？」

我搖搖頭。「不，你說得對，探測器損毀是發送訊號之後的事，之前對方似乎沒發現，就像有些猛獸只在夜裡才看得見獵物。這個案例應該是某種輻射或傳輸才會引起注意，光電能量之類。」我由此得出推論。「這兩艘船全程不能通訊。」

「沒錯。」

「那怎麼傳輸資料？」

佛勒拿出一個與我手掌同樣大小的裝置，表面是磨砂黑，完全不反光，沒看到任何通訊埠或開口。

「姑且稱之爲通訊方塊，內藏資料儲存媒介與無線傳輸。兩艘船分別名爲火神號與和平號，從船上把方塊射回地球。」他將裝置收回。「方塊觸地之前不會對外送信，我們會從地面基地、海軍艦艇配合無人機監控。」

資料傳輸部分計畫倒是周詳。

然而從我的角度來看，任務還有破綻要彌補，而其中一些十分難以預料。首先那個異物的體積不夠大，遮蔽的太陽能量不足以引發長冬，也就是說，它隸屬更大的機制、造成影響的手段遠遠超乎我們理解，又或者一開始就毫不相關。無論如何，調查自然有其必要性，目前並沒有更好的線索。

就時間線與模擬結果來看，確實得盡快升空，否則地球會遠離異物，兩艘太空船要飛更遠、準備更多燃料。

「船員怎麼回來？」

佛勒沒有正視我。「還在跑模擬，」他點了鍵盤。「這是目前最妥善的方案。」

模擬裡，飛船越過異物之後分解，各自從後側射出兩個小型組件。逃生艙嗎？一定是。鏡頭聚焦過去，看得到每艙三名乘員，也就是一船六人。回程分散行動，有助於提高生存率。

剛開始逃生艙沒動，過了一會兒才慢慢加速遠離異物。我據此猜測逃生艙依靠太陽能發電。

仔細端詳兩艘船——火神號英文名字「佛奈克斯」（Fornax）是羅馬神話掌管火焰（與爐灶，但火比較符合需求）的神祇，我打賭上頭搭載了核彈或磁軌砲，說不定兩者皆有。和平號英文名字「派克絲」（Pax）自然就是羅馬神話的和平女神，應該會先嘗試與對方通訊。但從探測器

注：日本東映製作、後來美國購買版權改編播出的巨大機器人動畫。臺灣早期翻譯為《聖戰士》，其特色為「五獅合體」。

的下場研判，和平號極有可能也會被異物炸掉，屆時由火神號將方塊射向地球再進行反擊，進入逃生艙的人可以親眼目睹結果，並將消息帶回母星。

再打個賭，火神號也逃不過異物的魔掌。

計畫本身倒不差，運氣好的話，我還眞能回得來。

雖然成功機會渺茫，但已經是現有最好的一個選項。

佛勒的口吻越來越消沉。「你看到的是我們預期的情況。沒人能肯定實際情形將如何發展，風險——」

「我知道風險有多大。看到異物的時候就心知肚明。我懂你們要求的是什麼，我去。」

佛勒點點頭，盯著地板幾秒鐘之後起身。「好吧，那該出發去KSC了。」他搖搖頭。「KSC是指甘迺迪太空中心，你們的太空艙會從那裡發射。」

「還有個問題。」

佛勒挑眉。

「爲什麼挑我？」

這回他的視線與我對上。「其實你不是第一順位，也不是第二第三第四，連第五都排不到。」

有點傷人，但我沒多說什麼。

「剛剛給你看的東西，也給前面那些人看過了，其中三個直接拒絕，然後說應該讓你去，還表示只有在你去的前提之下，他們才願意提供支援。」

「怎麼回事？」

「他們有個大略的共識，認爲能找到的人選之中，你的想像力與技術能力最傑出，思考快行動也快——有時候太快了就是——但總之如果這計畫想要成功，就必須由你去執行。他們知道自己與家人的性命都取決於此，但還是指定要你。」

「另外兩個呢？」

「第二順位答應了，會跟你搭乘不同的太空船。」

「最後一個？」

佛勒瞥了拉森一眼，他神情呆滯得彷彿剛剛動完腦白質切除手術。「還在努力理解剛才聽到和看到的東西。」

「也不奇怪，對多數人來說震撼太大，只是呆掉不錯了。」我也瞥了眼拉森，算是個案研究，示範了之後全球社會得知眞相會有什麼反應。「這個祕密……牽連太廣，瞞不了多久。」

「我也這麼認爲，所以更要加緊腳步。」

❄

載我們離開艾吉費爾德監獄的直升機上全都是軍人，但並非國民衛隊。我猜全是特種部隊，忙著自己的事情，注視我的時候從不眨眼或避開。還好我和他們是同一邊的。

聽著旋翼噪音一路向南，我望向太陽的感受和以往大不相同。應該說世界、生命、星系、宇宙的意義徹底改變，經此背水一戰，再也無法回頭。

自己也無法解釋爲什麼，但此時此刻，我唯一願望是與世上唯一在乎的人和解。那個人正是我哥哥。

我開啓耳麥。「佛勒，我有個請求。」

拉森轉身跟著調整耳麥。先前下了廂型車之後，他漸漸回神，終於又擺出那種鬥牛士似的表情。「你沒資格提出要求，條件寫得很——」

「是什麼，詹姆斯？」

「我有個哥哥，他已經成家，生了個兒子。」

佛勒低頭了片刻又抬起頭。「還添了個女兒，十個月大。」

「嗯，我希望能把他們安置到居住區。」

「怎麼可能——」拉森嚷嚷起來。

「沒問題。」佛勒淡淡地說。

「他住在亞特蘭大。」

「半年前搬到查爾斯頓郊區了，靠近芒特普林森。」署長好像把整個檔案都背在腦袋裡，非常厲害。

「去卡納維爾角的話，順路。」

佛勒點點頭。

拉森朝我瞪大眼睛。「開什麼玩笑。」

我瞪了回去。「喂，我知道剛才在車上講的有一大半你沒聽懂，但總而言之，我明天晚上恐怕就有去無回。他是我唯一的親人，我只是想再見個面，向他說聲抱歉，大概兩分鐘就夠了。」

佛勒打斷我們。「拉森先生，安排一下。」接著又對我說：「不過，詹姆斯，我們無法久留，時間並不站在地球人這邊。」

❄

直升機還沒降落，我已經能看出這正是亞歷會選擇的住處。新蓋的房屋和格狀道路活用每一吋土地，建築物井然有序。從空中俯瞰，庭院只是一個個小方格，但整理得一絲不苟，每樣東西都那麼規律、那麼不出所料，或許就是太符合預期這點，反倒超出預期。這就是他，秩序、整潔、符合期待。

我們從小到大就是兩個極端，擅長不同、追求不同，彷彿刻意背道而馳。

直升機壓在造景完美的社區公用草坪上。我心裡有股竊喜，管委會肯定發難。

走到亞歷家門口，我忽然緊張起來。上次見他……是開庭之前。我沒按電鈴，只是輕輕敲門。短暫的家族團圓若吵醒十個月小女娃可不太溫馨。

亞歷的太太艾比應門之前沒從窺孔看看外面是誰。大概這社區太安寧了，對我是好事，但對她不是，一看見是我，她臉上的暖意立刻煙消雲散，差點沒把懷裡掛著笑的孩子掉在地上。小嬰兒也感覺得出氣氛不對，躁動了起來。

「你來幹嘛？」她瞧見後頭的直升機。「等等，你坐那個來的嗎？你瘋了不成，該不會逃獄了？我現在就報——」

「艾比，我出獄了，用……替政府工作交換來的。」

她很錯愕，站著沒動作。

「喔，嗯，我是坐那個來的沒錯。抱歉壓到草坪了。坐牢期間駕照過期，不過現在也沒人開車了——」

「詹姆斯，你到底想幹嘛？過來做什麼？」

我還沒來得及回話，六歲小男孩帶著兩個朋友蹦蹦跳跳地下樓，走到一半大叫：「媽，我可以去納森家裡玩嗎？」他以為媽媽一定不答應，直接拖長聲音：「拜──託──」

等他看見我，男孩張大眼睛，似乎正在回想。幾秒之後，他笑逐顏開。「詹姆斯叔叔！」

「嘿，小老虎。」

「爸爸說你去了監牢。」

「是去了，逃出來看看你們。」

他眼睛睜得更大。「真的假的？」

「假的。」

他母親轉身指著樓梯。「傑克，你先回房間。」

「媽──」

「快回去，現在別鬧。」

艾比掉頭回來。「你別再來找我們。」她伸手要關門。

我一腳卡在門檻上。「艾比，我想見見他。我必須見他。只是講幾句話而已。」

「你覺得他想聽嗎？你以為隨便兩句話就一筆勾銷了？你究竟知不知道自己對他做了什麼？完全沒想過？」

「那、沒關係，他不必說話，只要……聽我說就好。有些話──我必須告訴他。」

艾比搖搖頭，憤怒之情轉為厭煩。「反正他也不在家。」

「去哪兒？」

「上班。」

「在附近嗎?」

「去開會。」

「哪裡?」

她瞇起眼睛。「世界末日到了我也不會告訴你。」

儘管不應該,我還是笑出了聲。

拉森在背後嚷嚷,語氣倒是少了之前的粗魯鄙視。「辛克雷博士,快趕不上會議時間了。」

「妳能轉告他我來過嗎?」

「你再露面的話,我就立刻報警。」她甩上門,震得玻璃嘎嘎作響。

返回直升機途中,拉森湊到我身旁。「還要安排居住區嗎?」

「當然。終究是一家人啊。」

13 艾瑪

縱使暫時和地面無法聯繫，我仍舊發訊息告知發現了潛在生還者、標注了坐標，並說明自己打算進行援救。訊息得等太空艙回到通訊範圍才會傳出去，但那時候我可能正忙著。

將太空艙停靠在殘骸的過程很麻煩。好消息是，國際太空站原本的對接裝置沒損毀，壞消息是，我的本職不是駕駛員而是遺傳學研究，技術在太空人歷史上絕對是後段班。然而多多少少也是受過訓練的太空人，最後我使盡渾身解數，總算在第三次成功停靠。

表演國際太空站史上最差勁對接過程中，我從氣閘艙窗戶觀察外面情況，覺得恐慌的原因不是看見什麼，而是沒看見什麼。同伴怎麼不見了？太空艙靠接時要利用反向噴射，抵消撞擊力道，也就是說太空衣裡的人——假設真的有人在裡頭——一定會察覺。但沒人來到對接口查看，更別提揮手歡呼什麼的。

眼前顧不得這麼多，或許人被卡住了、昏迷了之類，反正沒露面的可能性有千百種。我一邊安慰自己，一邊朝站體模組艙深處飄移。

即使我進去了，那套海鷹太空裝依舊沒反應，頭盔鏡面映出我伸手飄移的影子。我的指尖觸到太空衣手臂部分時，希望霎時破滅。沒有氣壓回彈，那條臂膀乾枯堅硬，隔著手套摸起來就像根牙籤。

我仔細查看，在右大腿那兒找到裂縫，接著發現太空衣背後的牆壁上開了個洞，通向深邃宇宙。太空站散出的裂片貫穿牆面、刺進防護裝，氧氣洩露以後，裡頭夥伴身體裡所有水分子被真空抽出。雖然我及時穿上太空裝，但沒被碎塊擊中只是運氣好。我當時處在逆風位置，不像站內另一側的人慘遭無數太空垃圾轟炸。

好長一段時間裡，我沮喪得沒有力氣移動，只是在原地飄蕩、五指緊扣隊友的太空衣手臂，彷彿大腦無法處理眼前所見。發現太空衣的時候……我以爲一切會如自己所願，腦海裡都是救人的場景，兩個人一起回到太空艙相依爲命，咬牙撐過重返大氣層的煎熬，降落之後抱在一起痛哭流涕。

一切都只是我的想像。

我踏進了新的現實，可是無法接受。

一陣晃動驚醒我。接二連三的，像冰雹打在屋頂。另一波太空垃圾堆撞過來了。

我瞥了瞥同伴的太空衣，知道再不走就走不成。

我心裡知道應該衝向氣閘，別管什麼俄羅斯太空衣或裡面的人。但我做不到，我就是……做不到。

我趕緊解開那套太空裝往外面拖。碎片來勢洶洶，周圍彷彿奏起末日交響曲。

穿過氣閘時，風暴砸落下來，我迅速脫離、關閉氣閘，啓動噴射器逃出這片殘骸。

太空艙拉開距離，乒乒乓乓之聲越來越遠，起初像豪雨滂沱、後來如同沙塵暴，最後復歸寧靜（注1）。隔著窗戶能看見小碎片打中站體以後彈開、大碎片卡在上頭，少數體積合適的則貫穿過去。

要是先前與地面基地取得聯繫，大概可以先得知會有風暴來襲。而且我動作該快點才對，不得不振作了。

集中精神啊，艾瑪。

我轉身望向拖出來的海鷹太空裝。艙內氣壓和外頭一樣，確認身分也無妨了。

我摘下頭盔，看見是謝爾蓋。

穿太空衣是個聰明作法，我猜他在太陽能電池陣列故障的時候就已經著裝。其實我一開始就應該要大家都照做，或者直接躲進聯合號裡。

這些念頭盤據腦海，如影隨形。我知道不該放任它們像癌細胞擴散，只會讓情緒越來越低潮，罪惡感失控就一發不可收拾。

現在必須專注眼前工作，一次一步，別心急。我的心智、也就是思考能力，恐怕是唯一可靠的保命工具。

我拿起觸控筆，發了個訊息到地面。

❄

幾小時後，我完成了全部搜索。

沒有倖存者，也沒再找到其他太空裝或遺體。看來國際太空站的劇變，只有我活了下來。

回終端機打好報告送出，太空艙也再次到了北美上空，許多地面基地進入直線視距，果不其然，馬上就收到回覆。

》瞭解，正在為艙內加壓，請稍後。

爲什麼加壓？本來以爲已經啓動再入（注2）大氣層程序準備讓我落地，是他們評估後覺得我的減壓症糟糕到需要盡快治療？

》艙內氣壓已經與太空衣相同，請卸下頭盔，減壓症治療即將開始。

我脫了頭盔呼吸，感覺到是純氧或至少接近純氧（地表上的空氣含氧量其實只有百分之二十一）。治療減壓症的方法就是降低呼吸中的氮攝取量，此外基地會遠端控制，逐漸提高艙內氣壓，如此一來，體內氣泡會重新溶於血液，我會變回封裝完整的汽水罐。

不知爲何，我忽然又渴又餓。太空站解體之後，我一直處於高度驚嚇狀態，忽略很多生理需求，看來死亡恐懼是減肥的最佳利器。

我大口吃喝，心想水還是喝慢點兒好，這個太空艙可沒有方便好用的廁所，基地的人直接在艙裡放了一大包尿布。我迅速溜出太空衣，包了一片又重新著裝——預防萬一。

我大大吐了口氣，艙壓悄悄提高了，呼吸變得順暢。深呼吸幾回之後，疲勞整個散發出來。現在我滿腦子只想回家。當初登上太空那麼興奮，如今卻又渴望腳踏實地、呼吸一口眞正的空氣，而不是這種循環過濾的回收氣體。

太空艙如此狹小安靜，擴音器卻忽然響了起來——是個男聲，麻塞諸塞州口音，總會令我聯想到甘迺迪總統。

注1：一般認為此處描述的太空狀態（沒有介質的真空）應該無法傳遞音波，此處應是指破碎站體內仍保有些微氣體、描述震動傳到太空裝內，抑或是人物的心理作用。

注2：載具離開大氣層之後又返回即稱為「再入」（reentry）。

「戈達德基地呼叫鳳凰號太空艙，請問聽得到嗎？」

「聽到了，基地，能聽見你們的聲音眞開心。」

「我們也很高興，指揮官。」

灌了一瓶水之後，我問了如鯁在喉的問題。「接下來的計畫是？」

「正在安排中，目前請指揮官將太空衣固定在艙內，氧氣與電力都與國際太空站相同。艙內有備用水箱，建議妳將耗盡的更換下來。」

爲什麼？聽起來似乎不認爲我能很快落地。

「好。再入大氣層的時間有眉目了嗎？」

「唔，目前不確定。」

「怎麼回事？襲擊太空站的風暴影響到地表嗎？」

「不，我們沒事。」

「還是這個太空艙有什麼問題？」

「不是這樣的，指揮官，太空艙沒問題。呃……我們現在人力不足。」

他們都在忙什麼？打算發射別的載具？如果沒人能監控太空艙、出了意外有人能盡速因應，他們不會執行再入程序，這個時間點有別的發射排程就會耽誤到我的返航。無論我在不在地上，減壓症都得治療，早點進行還能避免永久損傷。若我假設的前提正確，現況就說得通。

「指揮官別擔心，我們會盡快讓妳回來。」

「知道，謝謝。早該向各位道謝了，我眞的很感激。看到太空艙之前，我還以爲自己沒救了。」

「別客氣，是我們該做的。」

接著頻道一陣沉默，我吃飽後加上含氧量高，使得睡意濃厚起來，再開口的時候說話都變得含糊。

「我現在還有什麼能做的？」

「梅休斯指揮官，請妳好好休息，再忍耐一會兒。」

我飄到謝爾蓋旁邊闔上眼，很快地墜入夢鄉。

14 詹姆斯

甘迺迪太空中心規模之大，超出我的預期。超過七百棟建築物占據約一萬五千英畝土地，彷彿未來城市、佛羅里達州海岸上的科技奇觀樂園。園區裡人來人往，軍方、NASA、私人公司等各方勢力都沒缺席。接下來的載具發射是需要全體動員的頭號大事，氣氛十分緊張。

佛勒將我交給一群工作人員。他們以最快速度為我臨時上課，解釋去了太空會面對什麼情況。另一組人跑過來手忙腳亂幫我做身體檢查，從血液、視力到尿液都沒放過，結果應該沒大礙，至少沒人再跟我提過什麼。

午餐比較出人意表，十二名任務成員齊聚一堂。場地像是大學教室，七排桌椅圍成一個半圓，往中間遞降，講臺後面有片大螢幕。船員之中有些彼此認識，已經開始握手寒暄。

在場我只認得一個人：里察・錢德勒博士。他比我年長二十歲，是我去史丹佛大學攻讀生物工程博士時結識的學者。他是教授，很棒的教授，我在班上成績是第一，所以頗受他賞識……一開始是這樣。錢德勒何時開始討厭我的，我並不清楚，甚至無法理解為什麼。後來兩人沒了聯絡，我碰上麻煩——就是被起訴那時候，事情上了媒體，他跳出來帶頭譴責我，因此聲名大噪還出了書。鬥倒詹姆斯・辛克雷，成了他履歷上漂亮的一頁。

後來我才明白是怎麼回事。在我冒出頭之前，里察・錢德勒是生物工程學界的龍頭老大，師徒關係裡，他看見的是明日之星、未來能夠合作的對象，然而接著我成了他的對手，創意和技術都迅速將他甩到後頭。於是錢德勒不再默默支持，甚至更進一步主動要我垮臺，以成就自己的榮耀。

這段過去足夠徹底瞭解一個人了。當這個人落於人後、成了第二名的時候會如何面對現實，是精進自己還是攻擊擋在前頭的人？

可以肯定的是，過了這麼多年，錢德勒對我的觀感不變。他隔著整個房間瞪過來，頭髮少了點、魚尾紋更長更深。整個世界與我為敵之後，我才眞正認識了錢德勒教授這個人。

「嗨。」

我一回頭，看見是個亞洲人想與我握手，樣子比我小幾歲、三十出頭，身材勻稱，綠色眼珠明亮而冷靜。

「嗨，我是詹姆斯・辛克雷。」

他點點頭，重新打量我一遍。儘管是很小的反應，但看得出讀過或聽說過我，再開口的語氣就沒剛才那麼熱切。

「我是閔肇，正職是駕駛員，太空勘察、載具維修經驗也很多，去過國際太空站兩次，艙外活動四十四次。」

「眞厲害。幸會。」

閔肇沒問我的專長，可見確實知道我是誰。

另一人插進來，先後與我和閔肇握了手。「我是桂葛里・索可洛夫，負責航太與電機工程方面，主要針對推進器與太陽能做研究。」他看向我，我沒講話，也沒特別回應。「詹姆斯・辛克雷，醫學、生物工程，」桂葛里瞇著眼睛自己說：「還有開發機器人？」

「都有。現在主要是調查那個『異物』。」

「想辦法幹掉它？」

「如果有必要。」

「一定有必要，沒有『如果』。」

閔肇向桂葛里自我介紹，這次透露比較多細節。我忍不住一直偷聽周圍每個人談話，成員各有專精、大部分擅長兩門領域以上，不過都是相近領域。譬如一位電腦專家同時擅長軟硬體之類，他很可能會與我同一組。另外有位拿了考古學學位的語言學家，另一位醫生主攻腦部創傷和心理學。

有五個特定職位有備案：駕駛員兩人、航太工程師兩人、醫師兩人、電腦工程師兩人、機器人工程師兩人。兩艘船的最後一個位置出現明顯差異，至少目前看來如此。兼具語言學和考古學背景的澳洲人叫做夏綠蒂・路易斯，我猜她會登上和平號。與她相對的那位至今尚未透露自己身分，單獨躲在後面靠近錢德勒的位置上，一雙冷眼掃視室內所有人。他的面頰瘦削、肌肉發達、皮膚有曬傷，不好判斷年紀，剃了平頭，靠近太陽穴部分變白，穿著不合身的海軍藍西裝，彷彿僅僅為這場合特地借來。我推測他是軍方背景。

亞裔醫師兼心理師上前與他攀談，自我介紹時，那口英語完美無瑕。

「你好，我叫田中泉美。」

「我是丹恩・漢普斯泰德，幸會。」男人有美國南方口音，我猜是德州。

「我是醫生，專長是處理腦部和其他急性傷病，還有個心理學博士學位，主要研究小型團體動力學，特別是高壓力情境與創傷後壓力症候群。」

漢普斯泰德點點頭，卻別過了臉。「非常好，途中很可能派上用場。」

「您的領域是？」

「美國空軍。」

其他人壓低聲音，注意力都轉移過去，想知道沉默寡言的第十二位究竟是什麼人。

「協助駕駛和領航嗎？」

「需要做什麼，我就做什麼。」

這句話懸在大家心上，充滿了想像空間。

田中博士倒是處變不驚。「大家都一樣。幸會，漢普斯泰德先生。」

顯而易見，漢普斯泰德會上火神號擔任進攻前鋒。

我還不知道自己隸屬哪艘船，希望是和平號。和平號負責第一次接觸，所以位置會更前面，至少我這樣猜想。雖然處境更危險但無所謂，我自認技能專長在和平號才有揮灑空間，既然要赴任就要有貢獻。

佛勒終於進來了，身旁跟著一群人，分別擠在講臺邊兩張長桌旁。他們分發餐點，我拿到的華爾道夫沙拉是這幾年來最美味的佳餚，若非顧及體面，才不想慢條斯理地吃掉它。

午餐之後發了文件夾，封面寫著：「第一次接觸．任務簡報．機密」，下面標注交給我「醫學博士、理科博士詹姆斯．辛克雷」。我邊吃邊翻，裡面提供了成員名單，幾乎都是博士，除了兩個例外。

首先是莉娜．沃杰，搭乘和平號的電腦專家，沒受過太多正規教育，卻擁有超過二十項專利權，開發的軟體之一連我也知道，幾年前非常火紅。在我看來這是好事，代表負責招募的人並非爲了應付高官或媒體而重視出身背景，確實找來眞正適合這次任務的人才。

另一個不具博士學位的就是丹恩．漢普斯泰德。他隸屬美國空軍，服役二十年，戰鬥時數六百、歷經一百零八次任務。文件上沒標注擊墜數之類，只列出他獲得的勛章：飛行優異十字勳章四枚、空軍榮譽勛章八枚、功績勛章五枚、紫心勛章兩枚。果然是德州艾爾帕索市長大，畢業於德州A＆M大學（注）以及美國空軍武器學校，未婚也沒小孩這點與所有成員相同。

閱讀船隻分配的時候，我忍不住屏息以待，發現自己被分到和平號挺開心的。我抬頭一看，錢德勒從半圓另一頭瞪過來。他得去火神號，明顯不太滿意。

簡報還附上太空船的所有模組藍圖，出自不同單位、不同承包商，製作時期也不同，有些一看就知道是幾個月到一年前剛出爐。佛勒說過這計畫醞釀了一段時間，即便如此，趕工痕跡依舊明顯，文件有幾頁順序錯了，甚至偶爾出現空白段落。

船體模組和船員同樣來自世界各地，並且各司其職，組合成人類最後的救贖希望。無論船體還是船員，都是當下一時之選。

最初佛勒說明狀況時，我就有非常多疑問，那時候只提了主要幾項，細節還無暇詳談。很多小地方足以讓前功盡棄，其中一部分簡報文件內容有觸及，剩下的則完全沒頭緒，待會兒應該會進行現場討論，但有些環節恐怕根本沒有答案。

無論如何，我們得盡量搜集資料。這是人類最後一搏，必須確保勝算最大化。

佛勒啓動中央講臺後方大螢幕，上面出現一行字：**第一次接觸行動**。

「各位好，歡迎來到甘迺迪太空中心，我是NASA署長羅倫斯·佛勒。首先請諒解，這是大家出發前唯一一次齊聚一堂的機會，接下來短時間內要做的討論與計畫非常多，而且幾小時之後，大部分人員會搭乘超高速噴射機，前往世界各地發射點，包括俄羅斯、圭亞那、日本和中國。只有四位美國籍隊員，也就是錢德勒博士、辛克雷博士、瓦茨先生與漢普斯泰德少校會留下來。

「十六小時後，將開始發射和平號與火神號組件進入太空。第一批太空艙是無人部分，裝載食物與備用品，我們會藉此觀察對方有何反應，並依據結果調整方案。

「簡報時間有限，無法將任務內容從頭到尾解釋一遍。各位都知道大方向，也明白會遭遇的危險。我們該專注於目前未知的部分，並盡可能做好準備。」

佛勒按下按鈕，螢幕出現之前在艾吉費爾德監獄給我看過的模擬畫面：地球逐漸遠離，兩艘太空船合體完成之後，朝著外星異物移動。

「探測器找到異物以後，地面基地會以太空望遠鏡監視。它目前在金星軌道與地球軌道之間，距離我們大概兩千萬英里，以光速計算是一分半。」

他切換下一張圖，動畫裡兩艘船在異物附近會合。

「目前計算認爲，需要大約四個月才能抵達異物。異物目前代號爲『阿爾法』，你們到了以後……」

他一下子跳過了很多我有疑問的地方，我只好舉起手。雖然這動作感覺好像第一天上課的小

注：A&M最初代表「農業與機械」，但隨時代與校名演變已經不再是縮寫而是正式名稱。

學生，但該問的還是得問。

「辛克雷博士？」

「單純好奇，異物——阿爾法——是否在移動？」

「是。」

「向量？」

「手上只有二十四小時的觀測資料，但推估是朝著太陽行進。」

「加速度有沒有提升？」

佛勒緩緩點頭。「微幅增加，不過這點一樣資料有限。」

「我瞭解。姑且以現有資料推論吧，探測器看到的是什麼路線？它會與金星或水星交會嗎？」

「不會。我們估計它直接衝向太陽，但實際抵達時間無法確定。」

現場安靜下來，彷彿一根針掉在地上都能聽見。閔肇瞥了過來，我猜他明白了這些問題背後的意義。

「畢竟資料不足，算不出加速度。」

「沒錯。」佛勒回答的眼神，透露了他也知道我真正要說的是什麼，但還是站在講臺耐心等待，讓我發表自己的見解。

「現階段根據大約二十四小時的觀察數據，我們能夠推測異物未來的軌道。然而問題在於，要是這個推測錯了怎麼辦？差距有可能達到七百萬英里之多。」

桂葛里搖頭。「太空船配備了推進器，途中會一直修正路線。」他指著文件夾。「還可以用望遠鏡持續監測。」

坐在桂葛里和我之間的閔肇也舉手發言。「是沒錯，但要考慮太空船的望遠鏡性能不像地面基地這麼強大。應該說兩位都沒錯，航程中會不斷進行修正——不過辛克雷博士要強調的是，倘若我們根本誤判了阿爾法的加速能力，再怎麼修正也追不上。」

我點點頭。

桂葛里想了想。「你們懷疑阿爾法用的是太陽能。」

「我認爲這是合理假設。重點在於，如果阿爾法以太陽能爲動力，代表越接近太陽加速度就越高，眼前只可惜沒有更多數據，無法建立預測模型。何況對方也可能準備了其他推進系統，隨時能夠啓動。」

錢德勒像座火山，終於按捺不住大爆發。「這些完全沒意義，你提出的問題根本無法解決。阿爾法是否以太陽能推動，目前停留在臆測程度，就算證實了此事，我們也沒能力降低太陽輻射輸出。再補充一點——我們也沒什麼好手段能強化自己的推進能力。」

「當然有。」桂葛里那神情彷彿蒙受不白之冤。

「索可洛夫博士，請說。」

「擴大引擎、增加燃料，就能有更多加速度。」

「那不就要延後升空了嗎？」錢德勒嗤之以鼻。「況且那樣做，難道可以提高十倍、二十倍速度？」

「三倍的話，輕而易舉。」

「哼，」錢德勒繼續說。「我還是維持原議——這些討論毫無意義。辛克雷博士的提問只不過是爲了讓自己講話而已。」他朝講臺那邊點點頭。「這麼多專家一輩子都在規畫太空任務，辛克雷博士才碰了十五分鐘而已。何況來到這裡之前，他應該待在監獄，沒錯吧？監獄才剛發生暴動，他是唯一生還者。我們還是先祈禱自己的運氣比他的獄友好些吧。要我說，任務規畫就交給專職團隊去做，我們把注意力放在自己的任務上，也就是研判太空裡頭那個，究竟是什麼東西。」

所有視線集中過來，彷彿網球比賽慢速播映。我呼了口氣，並不打算退讓。這麼多年來，他就只知道上電視打壓我，以前我沒機會辯駁——其實是被律師團阻止，等到判刑以後，媒體也根本不想訪問。此一時彼一時，既然我能開口，就不會裝聾作啞。

「說得沒錯，」我回答。「直到今天早上，我都還在監獄裡，進入這次任務才幾個小時，甚至現在探討的也不是我的專業領域。但這些背景因素和我說的是對是錯，根本沒有邏輯相關，專業年資也不能保證一個人的意見絕對正確。事實上，年資常常造成思考盲點，無法探索全部的可能性，想像力也受到侷限，容易對已知現象採取已知作法，放棄另闢蹊徑的機會。」

錢德勒死瞪著我。「那想像力帶你走到哪兒了？世人如何看待你那些可能性？」

我聳肩。「誰在乎？現在的主角難道是你或我嗎？是任務才對吧，如何達成任務才是我們應該在乎的事。想清楚這一點，人類到了放手一搏的時候，要是好不容易進入太空，結果卻根本追不到異物，屆時也沒機會調動更多引擎與燃料，除了坐以待斃便別無他法。追不到異物也就代表任務徹底失敗。」

我轉頭望向桂葛里和閔肇。「我的想法很簡單，就是推測異物的加速度曲線，然後跑個模擬，算一下軌道交會是否可行，並根據模擬數據，考慮要不要準備更強的推進系統。」

桂葛里用力點頭。「我同意。」

「我也是，」閔肇附和。

錢德勒朝我目露凶光。

我向佛勒說出一看見異物照片就想說的話。「然後我們還需要考慮另一個因素。」

他抬頭望過來。

「目前可以確定的有以下幾點：太陽輸出降低了，但全太陽系分布並不一致，地球正好位在衝擊特別大的區域。接著我們找到一架朝著太陽前進的外星裝置。從這兩個事實可以推論的事情太多了，沒有時間一一詳談，我也不覺得有必要急著弄清楚，只想確認一點——有沒有找到別的異物？」

佛勒聽完，眼珠子立刻轉向旁邊。坐在那兒是個四、五十歲、留著短髮、戴細框眼鏡的男人，他至今不發一語，現在仍舊沒講話，冰冷的灰眸掃了我一下之後，輕輕點頭。

「有，」佛勒回答。「十五分鐘前，找到另一個。」

15 艾瑪

聽見鬧鐘醒來的瞬間，我的意識閃過昨天的國際太空站早晨。那彷彿是上輩子的事了。那時候的我身邊有隊員，還有——

螢幕上出現訊息：

≫接近警告。

碎屑場邊緣接觸太空艙，激起一陣鞭炮爆炸般的聲響。

擴音器傳出聲音，來自戈達德基地。「指揮官，請戴上頭罩，太空艙由我們操作。」

太空艙劇烈搖晃，我趕緊戴好頭盔。想穿過狹窄空間時，謝爾蓋的遺體飛了過來，還虛弱的我被撞得渾身發痛。

透過窗戶看得見碎屑來源。又有一個太空站模組艙解體了。我猜想它一定來到很靠近的地方才裂開，否則基地發現有碎屑場逼近，一定會提早警告我、或者直接幫忙更改航道。換言之，解體才剛發生，地面基地也沒辦法準確預測碎屑場內部變動。

碎屑輕拍聲逐漸停息，但接著而來的衝撞好比大錘敲擊太空艙側面。我瞪大了眼睛，凝神細聽，留意到野戰口糧包裝紙飄過眼前。以這種情況來說，這是一幅很美的畫面——代表碎屑尚未在我的太空艙上開個洞。

螢幕跳出新訊息。我想湊過去看，卻苦於沒機會。太空艙左搖右擺，我像被關在錫罐裡的老鼠，在小孩子手裡被甩得七葷八素。好不容易攀在牆壁，謝爾蓋又撞過來，我鬆手之後聽見更大的聲音，可是人也摔在另一面牆上喘不過氣，視野中冒出許多光點。

就像氣球炸開了一樣，艙內空氣急遽外洩。我找到破洞了，不過拳頭大小，但所有物體都被吸過去。結果第一個飛到的是謝爾蓋，他正好將洞口堵起來，我也因此得救。

我一個人在艙內飄浮，周圍只有死寂。我眨眨眼，努力保持意識。太空艙繼續漂流。

螢幕持續跳出新訊息，一行又一行。通訊系統沒有損壞。

儘管很想看清楚基地告訴我什麼，視線卻越來越模糊，那些字母像是列印在紙上卻被大雨打濕。視覺裡的黑點快速放大，最後我什麼也看不見。

16 詹姆斯

簡報室內，原本正在吃東西的人停下動作，正在翻文件的人，資料夾直接從手中落下。沒有人講話，大家都認眞思考剛剛聽見的那句話代表什麼意義：地球人發現了第二個星際異物。

中央講臺那頭，就連佛勒周圍本來不停敲鍵盤的工作人員也愣住，每雙眼睛都凝聚在他身上。我意識到另一點，只能由我來，成員正在等我繼續提問。

彷彿房間中只剩下我和佛勒，兩個人的大腦透過連珠炮似的問答建立連線、共享資訊。

「位置？」

「距離火星一千萬英里。」

「大小？形狀？」

「目前看來與第一個異物相同。如果具備動力系統，恐怕會是載具。」

「方向和速度？」

「不知道。」

「用什麼找到的？探測器？」

「地面望遠鏡。」

「怎麼找？」我才說完就猜到了，直接代替他回答。「你們用第一個異物，就是阿爾法的航道回推？」

「對。」

「所以兩個異物從同一點出發。」

「機率極高。第二個異物代號就是『貝塔』，它們的起始點代號爲『歐米茄』。」

有趣。推敲起來，歐米茄應該有艘大型船艦甚至是基地。各種可能性在我的腦袋裡轉動，事情越來越複雜，一下跳了好幾個等級。

德國籍電腦專家、之後同樣搭乘和平號的莉娜．沃杰清清喉嚨。「抱歉，我對這方面的知識有限，能幫忙講解一下嗎？」

佛勒抬起頭，彷彿這時候才意識到還有別人在場。「好的，需要釐清什麼地方？」

「唔，可以麻煩你……例如，描述一下剛才提到的距離大概是多遠嗎？」

「好的。」佛勒從講臺抓了一張紙。「請想像這是我們的太陽系，太陽位於中心點。起初星系是一片塵雲，因爲角動量守恆(注)而成爲碟狀。行星與小行星從塵雲形成，所以位在同一個平面。」

莉娜瞇著眼睛，好像似懂非懂。

「抱歉，」佛勒改口。「好像扯到與任務無關的事情了。總之，行星以太陽爲中心，繞著軌

注：Conservation of Angular Momentan，自然界普遍存在的基本定律之一，指系統所受合外力矩為零時，系統的角動量保持不變。

道旋轉。軌道通常是圓形，但不是正圓，而且有些行星的路線特別不規則。再來，大部分彗星不在軌道平面上移動。舉個例子，冥王星的軌道類似這樣……」

他一手拿著那張紙，另一手在紙張周圍保持固定角度上下游移。

「思考的時候請將太空想像成布料、紙張之類的，所有行星、衛星、小行星、彗星分布在上面。重量越重，在這個結構上就壓得越深。」佛勒以手指按下紙張表面。「大質量物體在平面上移動，造成的歪曲會使其他物體靠近，這就是平常說的重力。」

有些人忍不住笑了兩聲。

「現在用月球舉例。我們推測大概在太陽系成形五億年前後，一個體積接近火星的天體衝撞地球，月球就是從撞擊中產生。地球直徑約爲月球的三又三分之二倍，質量則大上很多——達到八十一倍。不過月球重力雖弱，在月球表面上還是能感覺到，它的重力依舊能吸附周圍物體。」

佛勒做手勢要助手幫忙拿住那張紙。

「各個行星圍著太陽轉，因爲太陽是整個星系裡質量最大的物體。說簡單一點，太陽系將近百分之九十九點九的質量都集中在這顆恆星上。它的直徑是地球的一百零九倍，大約八十六萬四千四百英里。由於太陽這樣巨大的質量，所有行星受到重力牽引之後，會繞著軌道移動。」他又在紙上壓了另一處。「這是地球以及地球的質量。地球無法逃離太陽重力，畢竟太陽的重量是我們的三十三萬三千倍。儘管地球跑不了，自己的質量卻足以拉住月球，不放它走。」

他又按壓旁邊。「我們會說月球位在地球的『重力穴』內，可預見的未來內出不去。這一點很重要，任何物體想要遠離天體，必須先有辦法爬出那個天體的重力穴。」

佛勒指著桂葛里、閔肇和另一位航太工程師兼領航員。「討論距離，還有文件夾裡提到的阿爾法所在位置、與其他行星軌道距離多遠，這幾位就是在思考重力穴的問題，那對我們所需的能量和速度影響非常大，也就關係到要準備多少引擎動力與燃料。」

他的手指壓得更深。「剛才提到地球的質量較大、重力較強，所以從地球脫離重力穴，就比從月球來得困難許多，需要更大的能量才能得到『逃逸速度』。我們有幾種降低能量需求的捷徑，最主要是先抵達低地面軌道，然後利用軌道加速度引發彈弓效應，輔助物體脫離重力穴。」

佛勒吸口氣。「單純做個例子，說明一下如果我們要去火星會怎麼做。首先是計算發射時間，讓太空船像沿著重力穴牆壁攀爬那樣逐步脫出，到了大氣層外面就可以運用地球繞太陽的軌道速度朝火星彈射。過程裡大半時間，太空船仍舊會被地球往回拉，所以要消耗能量將載具往外推，離越遠重力越弱，需要的能量也就越少。最後太空船會爬到重力穴的邊緣，也就是地球重力場和火星重力場強度相等的位置，背後的重力會將船身拉回地球、面前的重力則能帶我們靠近火星。穿過這一點，火星的吸引力就超越了地球，我們可以類似順坡而下滑到目的地。這些過程牽涉的計算會決定我們需要的引擎與燃料。」

他看看大家。桂葛里和閔肇自然覺得無聊，莉娜則是邊聽課邊點頭。

「對領航員與工程師來說，軌道速度和船隻承受的重力極其重要，這些數據大大影響投入程度。」航太領域的笑話（注）引起一些迴響，笑的大都是佛勒身邊那些工作人員。

「回到引擎的話題——需要的能量、燃料這些，老實說我們都無法肯定。」佛勒指著一位助理。「麻煩妳站在這兒好嗎？」接著他轉頭對大家說。「現在這位小姐代表太陽。」

注：此處一語雙關，既是投入的實體資源，也是專家們需要投入在計算與準備的心力和腦力。

年輕助理成爲矚目焦點，尷尬地笑了笑。

他又叫四個人站在房間裡四個位置，用步數排定間隔。「這幾位代表不同行星，是指比較內側、還在小行星帶裡面的行星，它們在不同距離以不同速度繞著太陽轉。水星距離太陽大約三千六百萬英里，金星距離水星大約三千萬英里，地球跟金星之間大概兩千六百萬英里，火星到地球又是五千萬英里左右——而且是以軌道最接近的一點而言。」

佛勒拿了個訂書機，放在代表地球與金星的兩個人之間。「阿爾法的位置在這裡。」

他再從口袋取一支筆，擱在火星後頭一步處。「這是貝塔。」

「原本計畫是利用地球的軌道速度，把兩艘船朝阿爾法彈射出去，後半段要利用金星重力接近目標。」

莉娜仰頭思考。

「記住將行星放在同一平面、不同距離的軌道上，還要記住它們移動的速度也不同。水星每八十八天就繞太陽一圈，金星是兩百二十四天，火星大概要七百天。」

他指著訂書機。「異物也以太陽爲中心，並且處在衰減軌道，也就是一邊繞行一邊往太陽靠近，可以想像成一顆彈珠順著漏斗慢慢滾進洞。」

佛勒再指向代表地球的年輕人。「兩艘太空船能從地球的軌道速度獲得推進力，朝阿爾法飛過去。」他朝訂書機接近一步。「目前金星看起來在地球後面，可是三十天之後，它就會跑到地球前面，多給它十天會超過太空船，再七天會超過阿爾法。利用金星的吸力，我們的船會朝異物移動。」

他示意助理們返回座位，自己也站上講臺。「現在不確定能從地球得到多少軌道速度，因爲我們連船體模組到達近地軌道以後會是什麼情況都沒把握。是否會像國際太空站那樣遇上劇變？說不定更加嚴重？還是什麼也不會發生？誰也不知道。但我們能精準計算出地球和金星之間的軌道轉換點，而最適合前往轉換點的發射時間，就在接下來二十四小時，要是錯過了，追上阿爾法的機會便微乎其微。至於貝塔，由於資料太少，能不能靠近，還不得而知。」

此時一個NASA工作人員闖進簡報室，神情十分焦躁。他將佛勒拉到一旁，講起悄悄話，我聽見其中隻字片語：碎屑散開、破洞、防熱板損壞。

那人又給佛勒看了看筆電。儘管身爲NASA署長，他也瞪大了眼睛，手指捏著下唇朝旁邊走了幾步，轉身回來時搖著頭，低聲交代幾句話。聲音眞的很小，我能聽到的很有限。

「我們無能爲力，至少現在幫不上忙。盡可能保住她的性命就是。」

17 艾瑪

我醒來時，覺得非常虛弱，腦袋混沌、身上一定有挫傷，狀況比先前更糟糕了。就好像我被人綁架痛打一頓然後被丟在路邊。

渾渾噩噩中，我的視線飄向終端機，螢幕上好多行從地面傳來的訊息。我想讀內容，但很難振作精神，滿腦子只想閉眼睡覺。

我努力搖搖頭、甩甩手，保持清醒。現在昏過去可能就是死亡。

最後一行寫著：

≫梅休斯指揮官？請回應。

我伸出顫抖雙手，抓了觸控筆，開始點鍵盤。

≫我在。

等他們回應的時候，我順便看了前面說什麼。主要是詢問我的狀況、警告我太空艙會被宇宙垃圾打中（否則我也不會像顆彈珠被摔來摔去），也告知了基地會遠端操作太空艙，叫我找東西抓緊（只可惜遲了一步）。

≫太好了！嚇得我們一身冷汗。

≫抱歉，上頭這兒也很可怕。

≫可想而知。

≫現在的計畫是？

≫還在研究。

≫太空艙是什麼狀態？

等了很久才得到他們答覆。

≫有些狀況，正在處理，別擔心。

我最擔心的就是有人叫我別擔心。好吧，嚴格來說，還有一件事情更讓我擔心，就是我所在的位置、一個距離地表兩百英里的太空艙，居然被形容爲「有狀況」。如果這是談戀愛，雖然我的經驗不多，但有狀況反而是瞭解彼此的好機會。然而現在說的是以時速一萬七千英里再入大氣層的狀況，它不會變成轉機，就只是危機。

問題應該是溫度。聯合號太空艙底部裝了一層陶瓷防熱板，屬於燒蝕材料，換言之在返航過程中會燒個精光。穿越大氣層的溫度十分極端，能達到攝氏好幾千度，陶瓷也支撐不住。至於現在這個太空艙，我不完全瞭解結構設計，只能推測有類似的防熱措施，要是防熱層破裂，我就只能在裡面被活活烤死。

其實也不是只有這種死法。氧氣、食物、飲水和燃料都有限，即使保住了我的生理機能，沒有燃料就無法維持軌道，到時一樣會掉進大氣層。

我輸入唯一能想到的句子。

≫該怎麼做？

》艾瑪，先休息，妳已經做得很好了，交給我們吧。

話雖如此，我並不想閒著。首先觀察了一下謝爾蓋幫忙堵住的開孔，看樣子周圍沒有氣體再洩露，應該沒問題了。認眞想補起來的話必須到艙外太空漫步，但如果防熱板損壞，這種洞補不補沒有分別。我不該這樣想，別讓自己兜進死胡同裡。

爲了保持忙碌（與清醒），我清點食物飲水存量，還點了兩次，也整理了全部（三種）的急救組。接下來望著窗外一會兒，下面是北美洲，最後我拿起觸控筆，開始一個一個字母敲打，寫信給我妹妹。用這種輸入方式寫信當然很辛苦，但寫得慢的眞正原因是不知道該說什麼才好。或許是最後一次和她對話了，有很多想說的，也有很多說不出口的。

》致基地：

》若有時間請將這封信轉寄給我妹妹，謝謝。

》麥迪遜：

》國際太空站出了意外。不是任何人的錯，而是太陽起了出乎意料的現象。總而言之，運氣不好。我活下來了，其他人沒有。我嘗試過要救他們

寫到這裡，眼角冒出一滴淚，淚水滾落時，我的心跟著痛楚不已。觸控筆滑出手中、飄到遠方，然後在繩子牽引下又彈回來，像隻拔腿狂奔卻沒發現自己被綁住的狗兒。

我在太空艙裡飄浮、哭泣，放任之前二十四小時壓抑的情緒潰堤而出。

現在我擁有最多的就是時間，彷彿被流放到一座天空之島，再也沒有辦法回家。我要寫的是一封瓶中信，寫給唯一的手足、也是此生的摯友。這恐怕是最後一次，所以要好好寫。

我把最後一句刪除，重新來過。

可惜其他人沒有。他們都是好人，是最棒的隊員（當然這是我的私心認定）。別爲我難過，我進去太空站之前已心知肚明風險程度。上太空是我的夢想，我是做足了準備才出發的，能有這麼長的美夢已經十分滿足。

我有些事情想先交代一下。媽媽留了一條蒂芬妮的項鏈給我，妳交給艾德琳吧。其他財物好像沒什麼用，尤其現在是長冬，大概値不了幾個錢，所以別費心處理。妳和大衛該帶兩個孩子趕快去居住帶，如果地底城市開始建造，也可以考慮。我知道妳讀到這裡可能很慌，但相信我，把能賣的東西都賣了，然後別留戀趕快上路。要是我錯了，你們大不了重新來過而已。要是我對了，你們留在原地是活不下去的。

愛妳的姊姊，艾瑪

我按下發送之後，很快就得到回音。

≫我們一定幫指揮官送到。

≫還有事情想請你們幫忙。

≫請說。

≫我只有這個妹妹。政府有沒有規劃能因應長冬的避難所？若有的話，請保留位置給他們一家人。我猜原本應該有我一份，轉讓給她也可以。

≫指揮官的語氣好像妳不會回來似的。請別擔心，我們只是還需要一點時間。

≫就算我回到地面，依然會提出這個請求，麻煩你們幫忙了。

≫好的，我們瞭解，會盡快報告上級。

我從螢幕前飄開。能救得了他們，我的生命也算有意義。我忽然整個人輕鬆了許多，儘管心裡十分清楚，自己無法活著離開這個太空艙。

18 詹姆斯

佛勒抬頭張望，彷彿現在才想起來大家都還在場。

「好的。總而言之，有許多變因影響到我們是否能夠接觸異物阿爾法，追根究柢必須確保燃料足夠，否則無法運送各位隊員與大量的科技設備前去找出謎底。」

錢德勒抓住機會。「說得對極了。我認爲當下應該專注在科技酬載，然後是人員與補給，之後所有空間就裝滿燃料與推進裝置。」

我同意，其他人看來也沒意見。

錢德勒招手，房間後方一個年輕人上前，模樣就是個力爭上游的博士後研究員。他將裝訂好的文件一本本分發給調查團與NASA工作人員，上面印著錢德勒希望準備的配備與儀器，內容可算是包羅萬象，無人機、雷射、太空船用的機械手臂等等一應俱全。可是這麼多東西加起來不是一噸兩噸，而是好幾噸，不會有多餘承載量分給燃料。

趁錢德勒高談闊論（這是他的習慣）時，我瀏覽了表單細節。我讀完時，他的獨角戲才只講到一半。我像以前課堂上那樣問自己：有沒有更好的辦法？答案是有。

等他演講完，我如同學生那樣舉起手。佛勒和錢德勒一下子不確定是誰該開口請我發言。

「清單列得很好，」我說。「有些東西非常實用，應該帶上去，例如機械手臂。不過，我認爲大家應該考慮另一種整裝邏輯。」

錢德勒靠著椅背，嘆了口氣。

我繼續說：「在我看來，如果不是特地爲這次任務設計的東西，就沒必要帶去。例如無人機，雖然能想像得到用途，但就只是想像而已。就算帶去了，我們欠缺後援，開發者也都在兩千萬英里之外，任何技術問題都得不到答案，連怎麼維修都未必能摸透。要是貨艙容量無限大也就罷了，但眼前並沒有這種餘裕，完全照清單安排的話，很多承載量會被非必要的東西瓜分掉。」

佛勒仰頭，我猜他想通了。

錢德勒反駁：「可是只剩下二十四小時，不可能什麼都不帶，也不可能等廠商製作新品，這份清單是目前最好的指標。」

「未必。」

「沒什麼未必，」錢德勒指著助理。「我們徹底研究過了。」

「你們沒考慮替代方案。」

他的眼神像是準備撲過來的猛獸，滿腦子看似只有把我大卸八塊的念頭。我無動於衷，心裡知道這樣他會更惱怒。

「發射之後，」我若無其事地說。「有將近四個月航程才能接觸阿爾法。每艘船都有一位機器人專家、一位軟體工程師，只要準備正確的原料，航行途中就能自製工具，兩艘船本身就能成爲機器人工坊。」

錢德勒冷笑。「荒唐。」

「如此一來，重量可以減半，抵達目的地的時候，我們手頭上的工具將反而更加適用，因爲我們完全掌握了功能與設計，也知道維修方法，有必要的話，還可以現場改造。」

「聽起來不錯。」桂葛里說。

莉娜點頭。「我也這樣想。整理一些基礎的程式碼和框架就可以，出發以後根據需求寫軟體也不是大問題。」

錢德勒眞的慌了。「唔……你們說得容易……」他急得結巴。「可是，萬一帶錯了材料呢？中途發現缺了什麼東西要怎麼辦？」不愧是多年電視經驗的名嘴，很快就重整旗鼓。「辛克雷博士，你剛剛才強調過地球遠在兩千萬英里外，到時候可沒辦法下訂單，更不會有人提供技術支援。」

「自己做的東西爲什麼還要技術支援？人在太空，眞的缺東西就得設法變通，利用手上的資源達成目標。」

錢德勒轉頭望向中央講臺，對著佛勒叫著：「看來終究無法避免矛盾，我要正式提出抗議。詹姆斯・辛克雷根本不適任這件事，這個人莽撞躁進、缺乏判斷力，否則怎麼會被關進監獄裡？」他的目光掃過其餘隊員。「整個任務過程若稍有不愼，賠掉大家性命或許還是小事，無法確認異物究竟是什麼的話，下場更加不堪承受。」

場內眾人先看看我，接著不是低頭就是別過臉去，彷彿在學校看見有人被霸凌又無能爲力。其實我自己也有那種感覺，好像被一拳打出鼻血、倒在地上。但我還沒昏過去，也不打算再忍耐。

我沒有大吼就很克制了。「錢德勒博士，你會有這麼多顧慮的原因很簡單——因爲你做不到。我們得在太空自己動手製作與維修工具，換作二十年前、甚至十年前的你或許還可以，但後來你的心力主要放在電視通告和收費演講上，只可惜那些經歷對這次任務沒有一點幫助。」

他跳起來，指著我破口大罵。「你還在包尿布的時候，我就不知道發明了——」

佛勒高舉雙手，示意休戰。

「兩位請等等，眼前沒時間爭論下去。」他凝視錢德勒良久。「錢德勒博士，NASA從不派遣對任務安排提出抗議的人員上太空。」佛勒指著出口。「即便現在也一樣，請隨我來。」

❄

他們走了出去，會議室關上門，現場又靜得能聽到細針落地。

我的心跳像打鼓一樣，剛才全身繃緊神經、進入備戰狀態，似乎一下子沒辦法放鬆，連手都還在發抖。

桂葛里朝椅背一靠，轉頭過來問我：「你預估工具原料有多重？」他一副風平浪靜的樣子。

「還不知道。」我低聲說。

他瞇起眼睛。「要怎麼確認？」

「要先有些答案。比方說，我們追上異物之後，有沒有可能拆卸一些船體零件使用，前提是不影響任務進行或返航？」

「不無可能……」他的頭朝後仰，盯著天花板，似乎在腦袋裡清點船體結構。「你覺得能用的部分是哪些？」

❄

佛勒帶了另一個機器人專家回來，名字是哈利．安德魯斯。我們多年前在研討會見過幾次面，我知道他不僅頭腦聰明，最重要的是至今仍在第一線做事。最後一次聽到的消息，是他去了民間企業集團，對方放任他埋首實驗室，不必參與管理事務或開會。換句話說，他是這次任務的完美人選。

看著哈利．安德魯斯走進來，我意識到應該還有許多這樣的人也在基地內等候。每個位子都有候選者，想想也是理所當然，無法保證起飛前以至於起飛中不會因爲意外而折損人員，爲了因應各種狀況，一定得有備案，到時候才找人就來不及了。

佛勒介紹他的說詞也印證了我的猜想。「安德魯斯博士剛才在別的地方觀看討論進行，所以我們直接繼續就好。」

彷彿什麼尷尬也沒有，會議就此重啓。沒人再抗議、批評，接下來大家的言談都基於資料和數據而非人身攻擊，焦點放在每個想法的優劣。我們都心知肚明賭注有多大。

會議中間有個空檔，我再次提問。自從看見異物照片後，這件事一直擱在我心上。

「進入下個階段之前，我認爲應該先設想異物代表的各種可能性。假設的輕重順序，會影響到酬載分配的先後標準。」

「很明顯吧，」桂葛里開口。「它是長冬的罪魁禍首。」

「當然這是第一優先的可能性，」我應。「但現在仍無法肯定。要是錯了呢？」會議室又陷入沉默。

輪到閔肇接話：「其實也可能是科學船或探索船之類的。我是說，它未必引發了長冬，或許是來觀測的。」

我點頭。「而且，可能對方也無力阻止。」等大家建立了想像以後，我又補充。「還有一種可能性。」

所有人的視線集中過來。

「假如它早就在那裡了呢？或許這個東西飄浮了億萬年，現在才被發現只是因爲我們最近才努力搜尋？」

哈利．安德魯斯望著我。「的確，這個物體體積夠小，地球人的望遠鏡並不容易注意到，尤其在它沒移動的情況下。根據目前手邊的資料推測，異物有可能來自十億年前存在於金星的古文明，或許只是那個文明離開時，懶得把垃圾帶走而已。」

「那個文明也可能是被摧毀的。」桂葛里發表意見。「可能性還有好多種。想想看，異物有兩個，它們會不會是交戰雙方？兩艘宇宙戰艦正好打到太陽系來，而在人家眼中，地球是個即將凍死的螞蟻窩，理都不想理。」

來自澳洲、身負第一次接觸重責大任的語言學暨考古學專家夏綠蒂．路易斯，清了清喉嚨試著參與討論。「看到照片之後，我也一直在想那到底是什麼，比較容易得到的結論是太空船。但如果是船，船員是什麼樣子？與地球人類似？還是更像昆蟲？或者無法以地球的生命體來類比？該不會是機械形態吧，或者異物自己就只是機器、類似宇宙無人機？還是異物根本就是活的，是宇宙的一個物種？我讀完簡報資料，依然沒什麼頭緒，NASA有這方面資料嗎？」

「沒有。」佛勒說。「我想在各位找到它之前都不會有線索。目前最好的指標，是阿爾法對探測器的反應。無論阿爾法到底是什麼，可以肯定它具有動力、能夠偵察周圍環境。我們發現阿爾法之後，國際太空站與人造衛星立刻發生意外、遭到破壞，這一點絕對不能輕忽。剛才詹姆斯說得沒錯，目前無法認定長冬與異物有絕對的關聯，只是朝這個方向假設需要很多個巧合，例如正好有不明原因造成太陽輻射驟減、地球危在旦夕的這個時刻發現異物，阿爾法一被發現似乎就表現出敵意，還有它們的航道正好都朝太陽移動等等。種種跡象顯示，它們與長冬這個異常現象應該有關……反過來說，我們也希望兩者有關。要是長冬並非異物導致，我們便無法解釋地球的衰亡，更想不出挽回的手段。」

他轉身背對我們，自己在底下踱步。「我們試圖從各種角度設法保全人類，也做了很多準備，但各位應該都明白，倘若太陽輻射持續減弱，地球人生存的機率會急遽降低。從現狀判斷，我們認爲就算最好的情況也僅有極少極少的人類能存活，而且他們必須忍受黑暗、寒冷與飢餓，屆時說不定活下來的人反而會覺得自己很不幸。」

佛勒掃視房間，望進每個人眼底。「這次的任務是我們所能擁有的最好機會，絕對不能放棄。現在必須假設異物就是地球未來的關鍵，無論其中的關聯是什麼形式。爲了人類的存續，大致上只有兩條路。」他先看看我，再看看漢普斯泰德少校。「就依據兩種不同目標，來安排酬載內容。」

雖然沒說出是哪兩條路，但在場眾人心裡有數——若無法與對方爲友，就只好摧毀異物。

而我擔心兩條都是死路。

19 艾瑪

最後我還是睡著了。

再醒來時渾身一震，總擔心自己是不是錯過了什麼，像是警報訊息、另一波碎片來襲等等。這種感覺就好像攀岩者困在峭壁上，其實相同點很多。我也是困在極高處，找不到路下去。太空艙破損代表我不可能這樣子進入大氣層，但燃料耗盡被地球重力拉扯也只是早晚問題，我會如同被放在小熔爐內，燒得連灰都不剩。

問題在於我還有多少時間？一小時？一天？要是能知道就好了，至少能在生命最後做個倒數。

我很飢餓，卻不敢拿下頭罩。現在無法肯定太空艙是否穩定，我還沒重新加壓。吃喝雖然是生理需求，但都還能緩一緩。

看了看時鐘，發現我睡了四小時。還不錯。

螢幕上有訊息，很長一篇。是我妹妹寄來的。

親愛的艾瑪：

政府派人過來，轉交了妳寫的信，希望我能回覆，還提到上面的狀況和妳提出的請求。我真的難以置信。拜託告訴我，這全是天大的誤會，太空艙可以送妳回來，對吧？我聽到的消息只是電離層（注）發生風暴，導致太空站和衛星斷線失聯，並不是被摧毀啊？太可怕了，我現在不知道該相信誰才好。[11]

政府的人要我們趕快打包上路，搬去死亡谷那邊的安置營。艾瑪，我好害怕，大衛也是。他起初擔心其實長冬很快會結束，大家搬走之後財產會被充公，就算搬回來也得再白手起家一次。可是他對那些人破口大罵之後，對方把他帶去玩具間看了些東西解釋，他竟然改口叫我趕快收拾了。

我還有好多想說的，但他們要我停了，筆電得收回去。我愛妳。我愛妳。我好愛妳。

注：Ionosphere，太空物理研究範圍中，最靠近地球表面的一層。

20 詹姆斯

大家在簡報室內忙了好一陣子，總算擬定了完整的計畫。預備與對方接觸時運用的溝通手段十分聰明，單靠我一個人絕對想不出來。兩艘太空船之間的通訊、與探測器之間的通訊也是，太天才了，連電磁傳輸也不需要——這或許正是大家保命的關鍵。

最後四小時，我試著列出任務所需的機器人原料清單。很難選擇，我前後看了好幾遍，思索是不是該挑些別的——很像學生思考考卷上的選擇題，時間一秒一秒過去。眼前確實也是一次考試，但不及格的代價太大，而且沒有重考的機會。

時間一到，立刻有人敲門，哈利拿著自己的清單過來，放在桌上讓我過目，也取了我的列表瞭解。我們先前就說好要比對內容，或許會有一方想得比較周全。

「不曉得你還記不記得，其實之前我們見過面，」他開口。「某一年的IROS（注）吧？」

「記得，我正高興終於有機會與你合作。」

「我也一樣。」哈利坐下。「唔，後來你……遇上那種事情，真遺憾。我覺得對你不公平。」

「謝謝。你那邊看得怎麼樣？」

❄

NASA工作人員抓緊時間替我補習，講解了零重力下的種種狀況、介紹我要搭乘的太空艙構造。雖是囫圇吞棗，我也盡量吞了，事實上，太空艙無論發射或後續操作都先交給地面基地負責，要等所有模組脫離大氣層並組合成功才會有我的事。

升空前有八小時能休息。NASA總部大樓內設有太空人專用的房間，裝潢很棒，特別是與我之前待的地方相比，簡直是皇宮。

我懶得脫衣服，就直接躺上床，盯著天花板，集中意志要大腦安靜下來。但就像關不掉的電視機，思緒在各式各樣念頭轉來轉去，想確認是否遺漏了什麼、有沒有更好的作法。

有趣的是，昨天晚上我也失眠了，以爲馬上會有犯人進來宰了我。當時我以爲在地球只剩最後一夜，現在這種感覺更加明顯——無論成敗，都是我在地球上的最後時光。

昨夜我做好拚命的準備，爲的是保全自己。今夜我又做好拚命的準備，爲的是保全這個種族。

所以更應該好好休息。

我開始調節呼吸，片刻之後放鬆身體。

❄

半夢半醒之間，敲門聲傳來。

注：IROS為「智慧機器人與系統國際論壇」之縮寫。

我累得癱瘓，像被壓住了動彈不得，懶得起來應門。

開口發出的聲音聽起來虛弱遙遠。「請進。」

進來的人是佛勒。「抱歉，」他停在門口。「吵醒你了嗎？」

我翻個身還是坐起來。「算是吧。」

「能入睡就好，你們得養精蓄銳，所以我長話短說。」

他遞了文件夾到床上，我拿起打開，裡面是一位「艾瑪·梅休斯」博士的資料檔案。遺傳學家、國際太空站指揮官，我以為NASA的標準人事照片會身著太空裝，盯著鏡頭面無表情，結果完全不是。照片看樣子是起飛前拍的，就在這裡的交誼廳。她坐在桌子後頭，嘴角上揚，手勢好像正在和人說笑。那模樣像個剛進夏令營的孩子，感覺得到她對生命的熱情，那份暖意彷彿隔著畫面滲透過來。

稍微讀了她的資歷，與我挺相似的：未婚、無子、很年輕就全心投入自己有興趣的領域，滿腦子只想著向前走。差別只是她一步步爬上太空，我一步步跌進監獄。

「剛見面那時候我提過，國際太空站遭遇異常太陽活動，而梅休斯指揮官正在裡面。太空站全毀，但她還活者。」

「怎麼活下來的？」

「直覺、膽量、聰明的行動，和非常非常好的運氣。」

「她難道……」

「在不在上頭？在。」

「你們打算怎麼辦？」

「原本計劃你們升空之後再接她回來。」佛勒從書桌那邊拉椅子坐下。「但又有意外狀況。」

他遞了另一個資料夾過來，裡面是些照片。頭一張看起來是太空艙洩漏氣體，再來是太空艙飄浮在宇宙黑色背景。艙體破了洞，洞口彷彿枕芯噴出了縷縷白絲。

「她的太空艙被殘骸打中。」

我點點頭，猜得到佛勒爲何急著趕來。梅休斯並非本次任務成員，若從自己、從任務、從地球上數十億人角度考量，她的死活與我無關，沒必要繼續聽下去。可是我沒說話，好奇地等著聽佛勒想怎麼辦。或許我是被照片裡頭她那種單純與活力觸動了什麼吧。

「詹姆斯，我們所有資源都投入了接觸計畫，兩艘船發射之後所剩無幾，沒有手段能救她下來。我們趕不上她的氧氣消耗的速度。」

佛勒低頭，盯著自己的腳。「NASA、ESA、JAXA、Roscosmos（注）將所有產能放在任務需要的引擎、模組、太空艙和你想得到的那些東西上。趁著銀行還能動、金融尚未崩潰，各國政府把握最後機會下訂單，民間承包商瘋狂趕工，爲的是無論你們找到什麼，都要有辦法因應。但是艾瑪等不了那麼久。簡而言之，當初我們將人送上去，如今卻沒辦法救她下來。」

「你會過來，代表有機會。」

「只是求個可能性罷了。目前不確定發射之後是什麼情況，或許立刻被炸成碎片，又或者什麼事也不會發生。送貨艙上去的時候，對方看來沒反應，所以還是很有希望。」

「那，實際作法是什麼——就理論而言？」

注：分別為美、歐、日、俄的太空活動主管單位。

「理論上完全不做更動，按計畫將船隻組件發射到近地軌道，然後等待。」

「等看看會不會有太空艙正好接近她的位置。」

「沒錯。」

「那你大概得通知所有隊員。」

「嗯。風險因素很多，載具對接、收容新成員等等，當然最麻煩的部分在於，這件事和任務本身沒有直接關係。」

「如果救了——」我立刻糾正用詞。「如果我們救到她，是放入逃生艙送回地球嗎？」

「有人這樣提議，但開會討論過後還是打了回票。每艘船上就只有兩個逃生艙，一個艙裝三個人算寬鬆，但四個人就達到極限。才出發就用掉一個，代表隊員裡注定有兩個人回不了家。」

「所以她要跟著我們去找異物？」

「別無他法。聽我說，詹姆斯，這件事牽連到多少層面，你我都懂，畢竟這與核心任務無關。只是我身為NASA代表，理當盡力保全自己送上去的人，所以一定要過來詢問你的意見。」

我又翻起資料，下意識以為能在裡面找到兩難的解答。無論救或不救，都得有個理由才能下定決心。

理智上，我覺得變因能免則免，風險與報酬不成比例，任務成敗攸關全人類存滅，非必要的變數都該排除。身為科學家，自然懂得這些道理，然而人除了邏輯亦有良知，眼睜睜看著她無辜葬身冰冷太空還無動於衷，我辦不到。

我將文件遞回給佛勒。「我沒問題。」

❄

再醒來時，我還以爲自己仍然睡在監獄那臺烘乾機裡，渾身痠痛得不行，腦袋又昏又脹。我晃到隔壁浴室，有氣無力地刮了鬍子，畢竟不知道要多久之後才有下次機會。鏡子映照出我充血的眼睛、憔悴的面容，經過這兩天的洗禮，我感覺一下子老了十歲。

有人敲門，兩個NASA操作員進來，與我核對了任務流程。

一切仍感覺很虛幻，幾個小時以後就要上太空。我戰戰兢兢打起精神，過往經驗裡，對未知的恐懼，通常遠比事態的實際發展來得糟糕，所以很久以前我就設計了鎮定心神的辦法：催眠自己現在只是預演，還沒正式開始，將思考抽離處境，避免情緒受到太大影響。

操作員帶我去禮堂，這裡比起簡報室氣派得多，NASA高層和幾位官員已經站在臺上，神情極爲嚴肅。連副總統也露了面，身旁是我在電視見過的參議員。他們領著我來到前排，等了片刻後，其餘三位美國籍隊員進來會合：丹恩．漢普斯泰德、哈利．安德魯斯、安迪．瓦茨。

接著進來的顯然就是候補人選。我向有可能取代自己的機器人設計師點點頭，她也微笑回應。之前就認識對方——至少認識她的作品，才華很出色，比錢德勒有用多了。

副總統先開口，再來是參議員，最後才輪到佛勒。我都當成耳邊風，心裡已經飄到船上，想像自己在研究室爲任務量身打造新工具的場景。

舞臺後方的螢幕亮起，連線直播某個發射平臺的火箭升空。不是甘迺迪基地，這裡已經是早上九點，而那邊的天色還昏暗。底下一行小字揭開謎底：貝科奴太空基地，位於哈薩克。

俄羅斯方面最先行動，預備發射載運物資的無人艙。螢幕右下角倒數計時歸零後，火箭噴出白煙，機身抖動，向上飛到鏡頭之外。又一組鏡頭追蹤火箭，它竄向大氣層，然後畫面就黑了。

背後傳來竊竊私語。我回頭一看，驚覺原來有超過兩百人聚集在禮堂內。他們滿臉驚駭，雖然沒說出口，但似乎認爲火箭到不了軌道就會被摧毀。

所幸螢幕又亮了起來，這次鏡頭自太空眺望地球，也就是說酬載貨艙順利抵達軌道，火箭與其分離後朝地面墜落。太空艙飄開，噴射器間歇噴出白色煙霧。

禮堂爆出歡呼，大家屏息以待、充滿期盼。幾分鐘過去，太空艙還在原位，毫髮無損。

背景傳出模糊的俄語對話。

佛勒走到講臺上替我們翻譯。

「各位，代號I-P的太空艙五分鐘前到達了近地軌道，尚未遭遇異常太陽現象。」群眾又熱血沸騰，大半人忍不住站起來拍手擊掌、連聲叫好，連丹恩．漢普斯泰德也吹起了口哨。身爲待會兒就要被射進太空的人，我得說自己也挺亢奮的。

螢幕裡場景一變，切換到酒泉衛星發射中心，這裡主要負責大型酬載與人員運送，位於中國蒙古的戈壁沙漠，夜空下燈火通明。

火箭升空抵達軌道，沒有受到阻礙。接著是日本種子島太空中心，同樣成功發射。

同樣順序又一輪：貝科奴、酒泉、種子島的第二波火箭都上了太空。

終於要發射有人載具了。還是從貝科奴開始，雖然沒有特別點出太空人身分，我知道一定是桂葛里，畢竟先前只有他是俄羅斯出身。想不到的是，我居然緊張了起來，貨物升空和自己認識的人要上去還是差別很大——尤其還是我在和平號上的同伴。儘管認識才不到一天，我心裡已經將他當成朋友了，所以忍不住擔憂起來。

跟之前一樣，火箭爬升，然後畫面就黑了。

過了片刻，浮現自桂葛里所在座艙瞭望地球的影像，禮堂再度歡聲雷動。

輪到酒泉，也就是閔肇。接下來是種子島和田中泉美。與我同船的一半成員已經進入太空等待。

顯然各基地都趁著所在區域處於地球黑暗面、不在太陽視距直線內才行動，也就是利用黑夜掩護火箭發射。這個設想十分縝密，能有效提高成功機會。不過輪到甘迺迪與圭亞那的時候就是白天了，倘若有誰從太陽那頭監控地球人，勢必會留意到下一波、現在即將執行的火箭升空。

鏡頭轉到已經準備就緒的發射平臺，火箭一支支飛向天際，有如大型煙火秀，爲人類最盛大的一次獨立日，慶祝揭開序幕。

這次也一樣，送上去的東西沒遭遇攻擊或受到外力改變向量，連太空垃圾也沒看見。

想起太空垃圾，我也想起艾瑪．梅休斯。她還在北美大陸上方的地球同步軌道上，如果清醒著，應該全部看見了過程。能看見是好事，會讓她對生存懷抱一絲希望。我們很快就來。

21

艾瑪

我從舷窗看見地上朝太空發射東西，而且超過了二十次。火光來到高空，火箭分解、脫離。非常壯觀的場面，比我初次自太空瞰視地球，更加震撼。

但是，爲什麼？尤其還發射這麼多次，難道想重建太空站？

或者，打算救我？

很危險的心態，容易讓自己陷入失落和絕望。一個人搭乘損壞的太空艙遊蕩，就大局而言代表了什麼，我很明白。無論地面這波行動的目的爲何，規模遠遠超過救援任務，恐怕與探測器發現的怪東西、與長冬的成因有關。希望他們已經找到解決辦法，若犧牲我能阻止長冬延續的話，也是一項划算的買賣。

不過我還是凝望小窗外面，視線追隨著衝上太空的一道道白煙。火箭脫落、許多太空艙飛入宇宙，我靜靜地等待，並做好心理準備。

或許，或許其中會有一個靠過來，帶我走。

22 詹姆斯

無人載具發射結束，閒雜人等被請了出去。我在地球的最後這段光陰，什麼事都很朦朧。操作員爲我套上太空裝，檢查了一次、兩次、三次之後，才領我出門乘坐巴士，穿過園區前往遠處的發射平臺。眼前一片大草原上的發射塔，是佛州海岸寬闊美景裡最突兀的物體。

感覺太過超現實，我的腦袋根本無法好好處理，連他們說些什麼都沒聽進去。

到了發射地點，我們搭電梯上去九十英呎高空。旁邊有個小房間，門口牌子寫著：「地球最後的廁所。」我渾身腎上腺素爆發但又神經緊繃，立刻被戳中笑點，狂笑得停不下來，小號的時候整個人都在抖。

太空船進入宇宙之後，靠NASA新開發的XI引擎提供動力，不過要脫離大氣層還是得靠火箭。現代發射程序與太空時代初期其實差別不大，只是安全許多。他們是這樣告訴我的。

到了太空艙裡，操作員爲我繫好安全帶，靠在我旁邊從頭複習一遍發射流程。可能想藉此安撫我的情緒，但老實說一點用也沒有。

最後他爲我裝好頭盔、鎖緊艙門，留我一個人在裡面，周遭只剩下通訊系統傳來的聲音及影像，以及前面幾個螢幕邊緣閃動的數據。

太空艙是圓柱狀，目測大約長度十八英呎、直徑十呎。我覺得自己像隻小蟲子被關在罐中，罐子裡還塞滿各種電子儀器，牆壁上鋪著白色軟墊。

從中央螢幕能看到丹恩·漢普斯泰德的發射程序已經展開，火箭底部噴出白煙，搖搖晃晃地緩緩凌空，緊接著一陣爆炸後急速上升。我感覺口乾舌燥，視線離不開畫面，心思只能放在自己最熟悉的領域：科學。簡報沒有特別解釋包圍火箭的白色氣體，但我猜不外乎是做爲燃料的液態氫與液態氧。液態氫是地球上第二冷的液體，所以燃料槽內溫度是華氏零下四百二十三度（注）。燃燒之後生成的白色廢氣並非煙霧而是水蒸氣，也就是氫氧結合的副產物。科學能預測、能再現，不需要擔心，NASA都做了這麼久，應該不會出意外才對？

他乘坐的火箭鑽過雲層，彷彿針尖刺破枕頭。

過了一分鐘，鏡頭切到漢普斯泰德太空艙的外部攝影機，他與火箭分離之後，已到達可以俯瞰地球的高度。地面基地傳訊詢問情況，他操著德州腔回答：「呼叫戈達德，收到了，一切平安，風景很棒。」

頻道上一陣歡騰。螢幕畫面在每個太空艙間切換，應該是要給還在待命的我們做好心理準備，先瞭解上頭是什麼情況。已經好幾十個太空艙飄浮在大氣層外，黑色背景將白色圓筒烘托得十分顯眼，後頭只有幾顆星辰閃耀。

下一個升空的是哈利·安德魯斯。我比剛才還緊張，儘管兩人的交情就幾個小時，卻總覺得已經認識好幾年。

既視感很強烈。火箭一飛沖天、從地表視野消失，之後哈利透過通訊系統講話：「我沒事，覺得有點像塊煎餅而已，但還是完整的煎餅。」

我大笑的同時，控制中心告知：「39C號平臺請做好發射準備。」

然後開始倒數計時。三十分鐘。十分鐘。一分鐘。

「辛克雷博士，準備升空。」

我全身發麻、掌心冒汗，在艙內東張西望，覺得頭昏眼花。

「辛克雷博士？」

「收到，」愣了一秒後我再補上。「準備好了。」再準備也不過就這樣。

火箭開始晃動，金屬摩擦、嘎嘎作響，有如巨大機器人自沉眠中甦醒。

十。

九。

八。

七。

倒數計時的音效在我耳邊好縹緲。

到了六，我根本聽不見──太空艙厲害搖晃得像是遇上地震。

隨著砰一聲巨響，火箭動了，還動得很快。最初從螢幕上看還感覺不出來，但對身體而言就像雲霄飛車脫軌飛出一樣。頭兩秒很刺激，但之後我開始喘不過氣，彷彿一隻大象從胸口將我壓進坐墊裡。別說思考了，眼睛都幾乎看不見。

啓程前我明明針對發射程序惡補過？一點用也沒有。就算想逃也動不了，緊急降落什麼的門

注：攝氏零下兩百五十二點七度。

兒也沒有。

幸好一切都無所謂了。舷窗外漸漸被白色覆蓋，我進入了大氣層。

七分鐘之後抵達軌道，火箭的嘈雜轉爲沉默。我解開安全帶，胸口也不再有被大象踩著的感覺，反倒整個人輕飄飄地像根羽毛。

太空艙後側傳來兩下怪聲，乍聽好像裝了消音器的槍響。火箭與艙體分離了。

「辛克雷博士，聽得到嗎？」

我原本想說點俏皮話振奮隊友精神，尤其希望美國區最後上來的安迪·瓦茨能放輕鬆，結果心思卻被拉走，眼睛緊盯著舷窗離不開。從宇宙眺望地球時，前所未有地感受到自身有多麼渺小、多麼無關緊要。我眞的離開世界了，說不定也回不去了，然而此時此刻心中卻充滿寧靜，隨之而來的是堅定與專注。

「辛克雷博士？」

「我在，風景的確壯觀。」

耳機傳來新一波慶祝，可是又被我當作了耳邊風。現在滿腦袋都是我在地球的過往。以前我活得亂七八糟，生命被幾次抉擇帶偏了方向，其中一回特別懊悔，因爲代價是我所擁有的全部。不過到了外太空，一切都不重要了。只要想著完成任務就好。之前的人生引領我來到此時此地，火箭加速的壓力離開了胸口，使命的沉重卻來到了雙肩。只許成功不許失敗，我得保住大家的未來。亞歷一家人、佛勒、我認識的每個人。

耳機傳來佛勒的聲音：「詹姆斯——」

從語調感覺得到他啓用了私人頻道，身旁的螢幕顯示印證我的想法。

「聽見了。」

「你的太空艙很靠近梅休斯指揮官所在位置。」

他沒提出要求，也沒有必要。

「好，我會過去。」說完我飄回座位，繫好安全帶。

「這裡會慢慢爲你的艙內減壓。她那邊是減壓環境，兩邊都減壓能避免靠接過程出意外。」

艙體搖晃，環境監控系統提示我，氣壓正在降低，不過緊急警報事前就已關閉。

地面基地的技術人員印象中叫做馬丁尼茲，開口的語氣比佛勒更公事公辦：「辛克雷博士，請問現在狀態？」

「正常，太空衣沒問題。」

「預計六十秒後靠接，請準備。」

能從舷窗看見另一個太空艙了，同樣是白色圓筒狀，不過外殼上有些黑點，很像大麥町狗的斑紋。過了兩秒我才想通：那是太空垃圾撞擊之後留下的污垢。我傾身朝前，想透過舷窗先確認梅休斯的狀況，但什麼也看不到。

「辛克雷博士，請做好碰撞準備。」

碰撞？這是太空人最怕的兩個字。結果兩邊只是輕輕接觸，雖然隔著太空衣，我還是聽得見氣閘接合的叮叮咚咚。

「辛克雷博士，你可以過去了，祝好運。」

我解開安全帶，手一推飄向艙口，趕緊旋轉門把，心想必須抓緊時間，倘若這時再遇上太空垃圾堆，只怕兩個人都別想活著離開。

我的心跳加速，蹦蹦聲傳進耳朵，忽然覺得自己正在挖墳，要挖出被活埋在裡頭的人。

艙門開啓，對面是梅休斯那個太空艙的外層，上面有許多黑色凹痕。緊接著便是重頭戲，我飄過去抓住艙門上的轉輪，要是打不開就束手無策了，無法將艾瑪．梅休斯從宇宙空間裡這座連空氣也沒有的墓穴救出去。

我拉了拉，艙門毫無反應。再試一次，還是一樣。感覺這扇門也被太空垃圾狠狠撞過。

「博士，什麼情況？」

我喘著氣。「待會聯絡。」說完繼續用力拉。

「詹姆斯，」是佛勒。我停下動作，邊喘邊聽。「艙門卡住了嗎？」

我轉頭望向攝影機，之前說過上了太空就會中斷太空艙與地面之間的通訊，避免國際太空站慘劇重演。他應該是自己猜到的。

「對，卡住了。」

「有個工具或許幫得上忙，去找一個標示『A補給品』的箱子，看到東西你就懂了。」

我回去自己的太空艙，掀開箱子就找到他說的東西，造型和替汽車換輪胎的千斤頂差不多，但當然是針對太空艙設計過，正好能卡在艙門轉輪上。除此之外，還有一條長把手以及一個大腳踏板，即使沒有說明書看了也明白用法。臀大肌是體積最大、力氣也最大的肌肉，人類無論跑、跳、爬樓梯都要不斷拉伸這個部位，因此一般人腿部推舉能做的重量，比起雙臂或腹部都強上許多。

我帶著工具回到對面艙口，將其固定在轉輪上，肩膀挨著牆壁、雙腳站在腳踏板，嘗試找出適合姿勢，然後一鼓作氣用力踩下去。

沒用。

「詹姆斯？」

「找到工具了，正在努力。」

「瞭解。」

我緩口氣，再次拚上全身力氣，踩得臀部發疼、兩腿顫抖，幸好終於換來了一陣金屬摩擦的嘎嘎聲。

艙門總算動了，可是我的腿從踏板滑開，整個人扭了半圈，心裡驚嚇得要命，怕太空裝會刮破，在沒有加壓的環境，我的下場會很淒慘。不過我沒聽見氣體洩露，保險起見，我還是仔細檢查了一遍，沒找到破洞。

眞是千鈞一髮，以後行動必須更謹愼。

呼吸順暢了之後，我盡量保持鎮定，開口呼叫：「艙門動了。」

接下來靠手轉，只是每一圈都有個地方卡得很緊。最後推開門前，我刻意閃到旁邊，但沒有氣流衝出。

我朝裡頭張望，看見了兩個人，都動也不動，似乎沒察覺我進來。

基地並未告知有兩人，提起的只有梅休斯。「我進來了，」我稍微遲疑。「可是看見兩套太空衣，對艙門開啓都沒反應。」

「收到。我們與梅休斯指揮官失去聯繫已經長達九十分鐘，至於另一位成員已經在國際太空站事故中殉職。」

「那我要不要……」

佛勒替我省下後面半句話。「不必了，詹姆斯，把他留在那兒吧，空間不夠。」

「明白。」

我端詳兩具太空裝，其實挺好分辨。其中一套有些部位凹縮，如同洩氣的氣球。我將梅休斯轉過來查看，她的太空衣似乎無損。面罩玻璃下那雙眼睛緊閉著，金髮圈圍住她的臉蛋，儘管彷彿凍結在時空之中，依舊散發出難以抗拒、十分吸引人的磁場。

我推著她回去新太空艙，然後將門關好，接著呼叫基地：「回來了，梅休斯沒反應，太空衣加壓正常，我該怎麼做？」

「博士，請稍候，我們會解除兩邊靠接，重新加壓你的太空艙。」

「收到。」

我打開醫療包，同時分析她可能是什麼情況。太空衣外觀沒損壞，除非有其他故障，否則梅休斯不至於窒息。不過，她上回進食是什麼時候？恐怕已隔了太久。

我翻翻醫療包，基地的人果不其然還是設想周到。

「辛克雷博士，艙壓回到正常水準，你可以為她取下頭盔，進行急救了。」

我摘下她的頭盔，立刻伸出兩指探測脈搏。

但梅休斯的溫度冰冷得讓我的心也跟著發涼。

23 艾瑪

我醒來時，口鼻被面罩蓋住，有個男人在旁邊捏著簡易呼吸器連接的塑膠袋，將空氣擠送過來給我。

我的胸口像是燒了起來，喉嚨也陣陣刺痛。

男人為我取下面罩，仔細觀察後開口：「梅休斯指揮官，妳聽得見嗎？」

我回答的聲音又啞又弱，幾乎聽不見。「聽得見。」

他拿出一個瓶子，靠在我唇上。「喝下去，可以嗎？會有幫助。」

我點點頭，液體被他擠進嘴裡，從鹹甜味道推測成分是葡萄糖以及鈉之類的電解質。我乾渴的喉嚨好似上了油膏那樣得到滋潤。

男人自己也沒戴頭盔，別過臉望著旁邊，猜想是對著耳麥說話。

「呼叫戈達德，這裡沒問題，看樣子她只是脫水加上營養不足、低血糖與電解質失衡，還有太空艙很冷，有些失溫。」

之後幾秒鐘，他聽著戈達德那邊的回覆，我邊喝營養補充邊打量起這個人。他的面孔瘦削，除了眼睛周圍有一點點細紋，看來外表年紀不大，感覺與我相近，三十好幾不到四十。他留著沙褐色短髮，有幾絡垂在額頭，湛藍色雙眼目光精明卻溫和，眼神除了專注還流露出一股關懷，立刻讓我安下心來。

「收到。」他回應基地後，轉頭過來。「感覺好些了嗎？」

「還可以。」

「那就好。」他用黏扣帶綁住瓶子免得飄走。「抱歉，我得爲妳做個身體檢查。」

我們互望兩秒，然後我只能點點頭。

他先摘了我的右手套，又取下左手套。

我的體力還沒回復，只是撐起身子就顫抖。「等等，你是說……就在這裡檢查嗎？」

「呃，是的。」

「爲什麼不是回地面再做？」

「我們……要過一段時間才能回去。」

「『一段時間』是多久？」

「現在估計十個月，但會有誤差。」

我忍不住笑了。他是在開玩笑吧？可是那張臉不動聲色，表情認眞。

「你沒開玩笑？」

「沒有。」

我左右張望，從這個艙裡的物資來看，頂多支撐幾週。不過我想起來了，先前地表發上來很多太空艙，與火箭分離後一個個像錫罐在軌道上漂流。

「計畫是？」

「指揮官，我們的時間有限。」

「那請給個濃縮版本吧，另外，叫我艾瑪就好。」

他點頭。「好，艾瑪，我是調查隊員之一，行動目的是瞭解『異物』究竟是什麼。」

我忍不住蹙眉，這份困惑被他發現了。「『異物』是指探測器發現的東西——也就是國際太空站出事之前，妳傳回地球的影像。」

「飛上來的太空艙都要組合起來吧？」

「對，會組成兩艘船，分別是和平號與火神號。」

「所以你上太空主要不是來救我。」

「的確不是首要目標，但帶妳離開也是我自己接受的任務內容。」

「讓你自己決定？」

他愣了一下。「嗯。」

「你還答應了。」

「是的，我說會盡可能設法帶妳回家。佛勒、基地那邊所有人都很關心妳，才抓緊發射前短短時間內全部安排妥當。」

我十分激動，心中充滿謙卑和感激。實在太幸運了，我不禁眼眶泛淚，但趕緊眨了眨、深深呼吸，希望他沒察覺。

「嗯，那下一步是？」

「再過十分鐘，圭亞那太空中心會執行最後一波發射。」

「再來？」

「先等『異物』的反應，看看會不會和國際太空站一樣。」

「意思是說，看看我們會不會被炸死。」

「嗯。不過對方或許也可以將我們推出軌道、丟一堆太空垃圾過來之類的。總之，沒事的太空艙就進行組合，所以還有得忙，我們得趕快準備。」

「所以你得現在爲我做檢查。」

我心慌意亂，試著進入狀況。原本一個月內就要從太空站回家，卻變成要再多待十個月？我的骨質怎麼辦？當然前提是眞的能回到地球。

那也是未來的問題，眼前的事情先解決，何況我連面前這位仁兄都還不認識。

「請問你是？」

「詹姆斯。詹姆斯．辛克雷。」

有點耳熟，但一時想不起來。「你是醫生嗎？」

他猶豫了。「是。」

「感覺話沒說完。」

「我沒眞的執業過，其他身分包括機械、機器人和AI工程師。」

可眞是驚喜。下個問題還沒說出來，詹姆斯主動回答了：「我之後會負責組裝偵查異物用的無人機。」

「之後組裝？」

「嗯，在航程中動手做。」

「有趣。」

「應該挺好玩的。現在呢，我得脫下妳的衣服。」

我的嘴角和眉毛不禁同時揚起。

「純粹醫學目的。」他趕緊補上。

「你明明是沒執業過的醫生。」

「唔，不過我保證，這個太空艙裡沒有比我更厲害的醫生。」

雖然這個笑話有些蹩腳，但看著他微笑，我也跟著笑了。我喜歡他的笑容，也喜歡這個人，不知道為什麼，感覺相處起來很舒服。

「好吧，那請大醫生你繼續。」

詹姆斯伸手解開我的太空衣下半身。「或許有點生疏了，但反正就跟騎單車一樣，」他將太空衣拉開之後，忽然抬起頭。「我是說身體檢查。」

「不然呢？」

我高舉雙臂，上半身也被脫掉。頭盔和通訊裝置應該是昏過去那時候，他替我做CPR前就拔掉了。

太空裝外層底下有液冷式排熱衣，造型基本上就是接了許多管線的內衣。由於太空裝就像個烤爐，所以得透過這種設計避免人體過熱。不過根據詹姆斯一開始對基地的回報，這一身液冷衣似乎讓我過度散熱了。

我們彼此配合將排熱衣脫掉。接著我的身上只剩下貼身衣物，普通的棉質內衣褲、長袖緊身衣褲，滿是汗臭味。上了太空沒什麼重力，但有些太空人還是會穿胸罩，這是個人喜好問題，出於習慣或想調整身材曲線。而我的話，每天運動時段會換上運動胸罩，但現在則沒穿，內衣底下是尿布，而且應該快滿出來了。

我的視線不禁飄向角落的攝影機，這下子豈不是在ＮＡＳＡ一半人員，以及不知哪些閒雜人等面前表演脫衣秀嗎？當然，都上了太空，存活比起面子來得重要，但總覺得像個校外教學的小學生被抓到尿褲子，全班都在注意我。

詹姆斯留意到了。「他們沒在看，擔心多餘的頻寬和通訊會觸發另一次異常太陽活動。」

我鬆了口氣。「這樣啊。」可是心跳還是和擂鼓一樣快。

「就我們兩個，只是檢查一下而已。」

「嗯。」我只能擠出這點聲音。

他沒動作，等著看我想怎麼進行，也就是讓我主導，自己決定從上半身還是下半身開始。

我抖著雙手將拇指插進腰帶、拉下褲子。詹姆斯也伸手幫忙，彎腰將褲頭拉到骨盆附近停住。

「接著會施加一點壓力，要是痛的話就出聲，然後給個等級——十級代表妳這輩子最痛的經驗。如果程度有變化，就告訴我新的數字。」

「好。」

詹姆斯在鼠蹊部施力，起初溫和試探，接著多了點勁道。他的臉距離我的大腿才幾吋而已，他一抬頭，兩人四目相交，我趕快搖搖頭表示自己明白這是在檢查，只是並不覺得痛。

他的手繼續往下到腿部，同樣先輕後重測試反應，眼睛也仔細確認每個部位。

我的左大腿忽然像被電到似的。「痛，二級。」

他多出了點力氣，痛覺稍微提高一點就停住。

「三級。」

「確定？」

「嗯，不太嚴重。」

「應該只是挫傷，沒有骨折。」

他拉伸我的右腿左右擺動時，膝蓋一陣痛楚漫起。

「痛，三級。」

「也是挫傷。」

後來檢查出五、六處類似的擦傷，都沒超過二級。右腳踝比較麻煩，被他扭的時候，我皺起了眉頭。

「痛，四級。」

詹姆斯做得很徹底，轉了轉又用指尖按壓。「現在？」

「五級。」

他抬頭說：「扭到了，也還好韌帶沒受傷，骨頭沒斷。」他語畢便從醫療器材裡拿出一根軟管，在上頭抹了很多膏狀物。

「外用止痛藥膏，可以消炎、加快痊癒。妳先盡量用另一條腿的力氣吧。」

詹姆斯小心地爲我纏上，三不五時確認是否太緊，接著飄到我胸口前面，等了等。

我又開始緊張，感覺他是要我自己脫衣服。

結果我猜錯了，這回他主動，伸手輕輕扣著我的肩膀，低聲說：「我把妳轉個方向。」

我在沒有重量的宇宙空間轉了圈，然後衣服被他拉起來，放在前面飄浮。詹姆斯開始從我下背部一路往上探。

「二級。」我小聲說。

這次他直接把藥膏塗在背上，動作放得很慢，緩緩為我按摩。

找到三個疼痛點之後，他的手向上移動，在我的背部及肋骨繼續檢查。

我的頸部也輕微痠疼（二級），肩膀手臂也有瘀傷，但不到需要治療的程度。

「佛勒跟我說了國際太空站的狀況。」詹姆斯掐了掐我的手，接著檢查一根根手指。「妳很勇敢，也很聰明。」

「運氣好而已。」

「沒錯，但還是很勇敢很聰明。」

被他這麼一說，我感覺自己臉紅了，還好這個角度他看不見。左手小指有一陣刺痛，不過能夠轉移話題，我反倒很慶幸。

「三級。」

詹姆斯再捏捏轉轉那根手指。「也是扭到，沒斷。可以包紮，但會放不進太空衣的手套裡。」

「沒關係，別包了吧。」

他的雙手回到我肩膀上。我以為又要將我轉一圈，結果又猜錯。

「軀幹部分，妳應該能自己檢查。」

我的心臟好像要跳出來一樣。假如這時候測量我的脈搏，可能會以為我有高血壓。

我還是提醒自己：生存比體面重要。於是我伸手扶著太空艙牆面，轉過來面對詹姆斯，直視他的眼睛。

「沒關係，你繼續吧。」

詹姆斯用力吞一口口水，才轉開視線並伸出手，拇指沿著我的左右鎖骨移動。

「一級。」

「可能是頸部疼痛發散。」

我意識到自己屏住呼吸，雖然裝作若無其事地吐了口氣，但想必詹姆斯能感覺到我的心如擂鼓。

他的手小心避開了我的胸部，只碰觸兩側和底下。我失叫出聲。

「四級。」

他稍微使了點力揉揉看。

「五級。」

「肋骨挫傷，不大可能骨折，暫時也無法處理。」

後來又發現我的腹部也挫傷。他的手停在尿布頂端，我身上沒別的衣物了。詹姆斯並沒特別解開它，只是口氣很溫和地說：「考慮到妳經歷的狀況，現在妳的狀態算是好得不可思議。」

「你這樣覺得？」

他注視我的眼睛。「我確認過了。」

我們凝望彼此，過了多久我真的不知道，可能僅僅一秒、也可能過了一小時。宇宙彷彿徹底靜止，直到轟隆聲劃破靜默，太空艙牆壁撞了過來。我壓到詹姆斯身上，兩個人一起翻滾。

24 詹姆斯

艾瑪和我在太空艙裡翻滾，兩人撞來撞去，都伸出手想抓住東西，感覺眞的像被裝進烘乾機，而且機器還啓動中，只是這回有另一個人在。一個我剛認識卻希望能照顧她的裸體女人。

我總算扣住牆上握把，等艾瑪被彈過來的時候，一手將她撈過來，轉到牆壁那側用身子護住，鬆脫的東西打中我背上。

假如這個太空艙也被殘骸擊中、開了孔，兩個人都活不成。目前處境在一到兩個G力（注）之間，在這種推進力下，我們不可能穿好太空衣，連戴上頭盔都有難度。

宇宙空間是眞空，或者說接近眞空，所以物體得到加速度就幾乎不會減速，能夠持續前進。當然還有天體重力，此外就沒什麼東西干預。

事實上，太空艙因爲異常太陽活動而被轟離地球軌道是預期情況之一，我們起飛前也特地爲此接受特訓。安排的對應方案是關閉所有通訊，並趕往會合地點。問題就怕我們到不了，或者其他隊員與太空艙也遇上了阻礙。眼前最重要的是確認坐標，維持航道正確。

「要過去另一邊牆壁。」我低聲告訴艾瑪。

她開口時呼出的熱氣撲上我的耳朵。「你帶著我吧。」

我用左手勾著她前臂，右手放開握把，朝牆面一推，飄向對面艙壁，抓到那頭的握把以後，再轉了個圈掩護艾瑪。

螢幕顯示了我們的加速度與位置，數據來自艙外攝影機追蹤與天體相對位置後計算而得。系統建議我啓動推進器矯正航道，我按下「同意」。

「抓緊了。」

艙體右側晃動，然後頂端一陣噴發，我們滾了兩圈以後總算平穩了些，但速度依舊飛快。

「怎麼回事？」

「轉錯路口了。」

艾瑪笑起來，胸口貼著我。

她順手將飄來的東西收到背後卡住，身體挨得我更緊。

「要出太空艙嗎？」艾瑪邊問我邊撈了一卷繃帶。

「十五分鐘後。」

「其餘太空艙位置？」

「還不知道，大家都關掉了通訊，而且太空艙沒有配備直線視距的分析裝置，只能靠天體定位。」

安靜幾分鐘後，推進器又啓動，看來是準備組合了。

「你從哪兒來的？」

注：因飛行期間加減速或慣性而造成的重力，一個G等同於地球表面的正常重力。

我愣了一下回答：「艾吉費爾德。」心裡暗忖之後再解釋，但我原本可是個重刑犯，來當太空人算是刑期交換。

「我在北卡羅萊納州阿什維爾長大。你呢？」

「紐約市。」

艾瑪套上褲子。太空艙受到的外力減弱，她早已習慣這種環境，動作比我更俐落。

「妳一直都想當太空人嗎？」

「成長過程中其實沒這麼想，後來是打算遠離人群獨處。」

「卻是選擇被關在這麼小的空間，好幾個月才能回家一趟？」

艾瑪笑著說：「唔，一開始沒想到會進國際太空站。」

「那妳原本的打算是？」

「我求學階段時，商業太空旅遊的發展速度很快，已經有無人機探索火星，或者在小行星帶尋找礦藏。那時候，我想著要參與第一波外太空殖民地。」

有趣，看來艾瑪．梅休斯還有很多值得認識的地方沒寫在檔案上。

儘管我想講些有料的話，但一下子卻想不出來。「很酷。」

「就是個夢想，希望能到新的世界生活，建立不同的社會。」

「那艾瑪．梅休斯想成立的社會是什麼樣子？」

「文明平等的高尚社會。」

「那我挺想試試看的。」

「我還沒放棄喔。」

「只是方向歪了點？」

她笑得燦爛。「用笑到肚子痛當標準，這個雙關語有三級。」

「那剛剛修正航道了？」

「四級。」

「嗯，不能再說下去了。」

她笑出聲，盯著舷窗。「人還活著就該知足了。」

「活下來卻半裸著和一個陌生男人在太空漂流，不知道妳父母會怎麼說呢？」

艾瑪的笑容稍微僵硬。我想起她的父母已過世，不該提的。

「不是怪人就好。」她回答。

「嗯，我超正常的。」

她眼睛一瞇。看來艾瑪能聽懂玩笑話，和我互動這是挺重要的一點。

「你呢，以前就想做無人機嗎？」

「其實呢，我……不算是真的無人機工程師。」

「不算是，那算是什麼？」

「機器人工程師，專長是……更複雜的東西。」

「哪種更複雜的東西？」

所以，艾瑪不知道我的過去、不知道我付出的代價，也不知道世人如何看待我。還是別隱瞞比較好。「讓我惹了一身麻煩的那種。」

她又瞇起眼睛，似乎以爲我又在開玩笑。「你惹誰不開心了？」

「應該說，全人類吧。」

她的語調變得柔和。「聽起來是個有叛逆精神的人。」

「爲了自由奮鬥。」

「誰的自由？」

「所有人，大概吧。」

艾瑪斂起笑意。「你是認眞的？」

「我平常愛胡說八道，現在倒是沒有。我做了個東西，本來以爲能替大家爭取到自由與尊嚴，改變整個世界。」

「結果卻惹了一身腥？」

「沒錯。我失算了，沒考慮到人性。以前從來不思考別人怎麼看待我發明的東西，因此得到了寶貴的教訓。」

「有什麼感觸？」

「從既得利益者手中奪走權力的改變，都會遭遇抵抗。改變越劇烈，抵制的力量就越可怕。」

「和牛頓第三運動定律很像：一物體受外力作用時，必產生一反作用力，作用力與反作用力大小相等，方向相反。」

「之前沒聯想到這點。但沒錯，是差不多。」

艾瑪和我也很像。她想遠離有缺陷的世人與世界，重新創造一個。我也覺得這世界有毛病，只是以爲自己留下來能夠有所作爲。結果看看我的下場。

前進噴射器又有動作。不到五分鐘就要會合了，太空艙的慣性仍強大，但還在能應付的範圍內。

「倒數五分鐘，該著裝了。」

❄

抵達集合坐標，只有三個太空艙等候。我以爲會更多的，也希望待會兒還會看見更多。雖然想將擔憂藏在心裡，不過艾瑪似乎察覺了。

我們飄在兩邊舷窗，各自觀察。

「這邊兩個是無人太空艙。」我大聲告訴她。

「這邊這個也一樣，接下來呢？」

「等吧。」

「現有的四個不組合嗎？」

「不必。不是不行，但有一套比較合適的組裝流程，所以太空艙內建軟體也設定好了，會根據最後在場的模組決定順序。尤其考慮到大型引擎的部分，沒有它的話，哪裡都去不成。」

「要等多久？」

「還剩大約兩小時。」

「這兩小時怎麼打發？」

我伸手拿了一包口糧。「先讓妳補充水分和熱量吧。」

「那用不到兩小時。」

「當然，但解釋任務內容給妳聽的時間差不多。」

艾瑪用餐時，我說明後來又找到第二個異物，代號「貝塔」。

她聽見之後，咀嚼的動作停下來。以艾瑪的腦袋一定立刻明白兩個異物代表什麼，但我還是直接講出來，並且列出任務目標：進行第一次接觸，請求對方援助；若失敗就考慮摧毀異物的可能性。

她邊吃邊說：「希望能和對方講道理。」

「的確。」

接著我根據記憶介紹了成員，主要針對她要搭乘的和平號，不過特別提起丹恩·漢普斯泰德會在火神號上，畢竟他是關鍵差異。

「我算是累贅。」艾瑪說。「每個人都有明確地位，只有我是順道撿來的。」

「搭便車也不代表就只是累贅。」

「不是因爲搭便車，而是因爲我缺乏相關技能。」

「佛勒給我看過妳的資歷。以妳的能力到哪裡都不是累贅，在太空中尤其不會。像我是第一次上太空，在地球製造功能複雜的機器人就已經不容易，現在更是多了很多障礙要克服。妳管理國際太空站好幾個月，已經熟悉太空環境，絕對能夠幫上忙。」

「你是要開職缺給我嗎？」

「有興趣？」

她笑了笑。「待遇如何？」

「基本上……可以賺到妳自己的、妳親朋好友的，以及地球上所有人的命。」

「福利呢？」

「無上限，包牙科治療。」

「那我考慮看看。」

「別拖太久啊，還有別人應徵。」

「是喔。」我身後另一扇窗外，有東西引起她注意。「新的太空艙。」

我轉身一看，哈利．安德魯斯的面孔貼在那邊的舷窗。他戴著頭盔，但拉起了面罩。不對勁。哈利不該到這裡來，他要去的是火神號集合點。除非成功上來的艙數根本不足以組成火神號了。換句話說，我開始擔心和平號是否也折損許多人——更迫切的問題是，剩餘能運作的艙數有多少，任務是否還沒眞正開始就畫下句點。

另一種可能是任務控制中心更動了他的太空艙路線。爲什麼？或許後來判斷我一個人無法勝任，又或者單純認爲兩顆腦袋總強過孤軍奮戰。這一點我同意，儘管才相處幾小時，已感覺哈利能與我成爲好搭檔。我欣賞他，也覺得與他共事會是愉快經驗。

哈利舉手朝我揮舞，我也打了招呼，無論如何，見到他總是很開心。

❄

過了兩個鐘頭，所有艙大致到齊，只差兩個艙。撇開哈利，其餘本來就是和平號元件。擔憂的是失蹤的兩個艙會不會彼此相撞，或者與火神號那邊相互干擾。不幸中的大幸是它們皆是補給品，缺了還是能出發。NASA人員早有安排，各類物資分散在各個艙內，也就是每個貨艙大致上裝載同樣的內容。換算起來折損率只有百分之七左右，是可以承受的幅度。

希望火神號那邊一樣幸運。沒有電子通訊前提下，不會合之前什麼都無從得知，然而雙方合流是幾個月以後的事情。

啓程前的幾個月，NASA爲太空艙開發了一套極其天才的通訊模式，不需要電磁傳輸、只需要直線視距即可。每個艙的每一面上都有「通訊板」，總計十二片分散安裝，確保其他太空艙能夠看見。通訊板採用電子墨水技術，類似早期的電子書閱讀器，螢幕是一層薄膜，底下溶液內充滿微膠囊（注）。薄膜底下的電場正負決定浮上頂端的粒子，正電場時是白粒子、負電場時是黑粒子。每片通訊板藉此表示符號，卻不需要對外散發光線、微波或其他輻射，電荷都藏在薄膜內。

NASA還編纂了代碼表，透過一系列符號濃縮簡化訊息。兩艘船都配備長程望遠鏡，用以觀測通訊板內容，雖說距離十分遠，當然與電磁傳輸無法相提並論，可是沒有比這個更安全的通訊手段。

但也要火神號存活，才有對象能通訊。

隔著舷窗，已經能看見通訊板畫面變換，複雜圖像維持不到一秒就閃到下一張，彷彿快速翻閱黑白漫畫。經由如此巧妙的對話方式，太空艙彼此聯繫、接近、結合，像一場華麗磅礴的交響音樂會。這應當是人類歷史上最壯闊的太空工程，耗費數個月、也許該說許多年的計畫，地球上最頂尖的腦袋被逼到絕境，仍然交出一張漂亮的成績單。

我赫然意識到，人類面對越深的黑暗和越大的危機，反而越能展現才智與潛能。熱戰與冷戰催生出核彈以及太空競賽，接著在長冬中，我們迎來最深入太陽系的宇宙長征。眞希望全世界都能親眼見證太空船成形瞬間，明白沒有幕後嘔心瀝血的科學家和技師，便無法造就這樣一樁空前的奇跡。

❄

艙門打開，哈利飛了進來。他掀開面罩，我們照著做。空氣瀰漫淡淡的人工、金屬氣味，我心想總會習慣的，能正常呼吸就已足夠幸運。

他笑了笑。「歡迎搭乘外星異物航空，請兩位出示登記證。」

「被風吹走啦。」

他繼續笑著說：「好吧，這次通融，下不爲例。」

「對我們這麼好？」我指了指艾瑪。「哈利，這位就是艾瑪・梅休斯指揮官。」

「能與女士同機，是我的榮幸。」

注：以高分子材料（統稱囊材）做為壁殼，將物質包裹為直徑一到一微米的膠囊。

25 艾瑪

朝著阿爾法異物航行已一個月，這也是我生命中最不可思議的時光。想當初頭一回乘坐太空艙，完成靠接、進入國際太空站，我心中充滿了訝異讚嘆。和平號則更上一層樓，本身就是技術奇跡，但船上的成員更出色、更令我敬佩。每個人各司其職，各有所長，儘管面對的難關彷彿一座山脈，他們卻能夠如雷射般精準雕鑿。

我羅斯工程師桂葛里鎮日鑽研引擎效率，常常在船上飄來飄去，同時自言自語。

來自澳洲的夏綠蒂專長是語言學和考古學，她醒著的時間大都埋首撰寫第一次接觸的草案，偶爾停筆向詹姆斯和哈利確認無人機功能極限，或者詢問莉娜自己的發想可否轉變爲程式語言。

中國籍領航員閔肇也很忙碌，他根據能想出的各種情境，不斷地計算前往阿爾法和返回地球的其他路線。

船醫兼心理諮商師田中泉美是日本人，年紀約比我大了十歲。她總是來來去去關心每個人，像母雞媽媽般照看著大家。

我大部分時間在詹姆斯和哈利旁邊幫忙，坦白說挺開心的。他們兩個人有種奇妙默契，亦敵亦友，各自開發無人機之後交換靈感和意見，比賽誰做出的功能更完備、運作更有效率。他們雖然會辯論，但並不針鋒相對，僅僅是以科學家的身分交流、互動，而不是追求自尊顏面，反倒有種惺惺相惜、彼此扶持的氛圍。

除此之外，我觀察到有些古怪的情況：哈利對詹姆斯表現出特殊的袒護態度。雖說哈利原本就比他大上十五歲左右，但我感覺其中還有內情，或許和詹姆斯所說的過去、也就是他闖出的大禍有關。有好幾次我旁敲側擊，但他堅決不肯透露。我也不敢問哈利，可是我真的好想知道究竟發生了什麼事。即使心裡一直將焦躁情緒詮釋爲想瞭解朋友與同伴，但我知道沒這麼簡單。

通常我會過去機器人實驗室幫忙焊接。所有成員之中，動作速度我不是第一也有第二，可以與我競爭的只有閔肇，不過他手邊的事情已經夠焦頭爛額了。我上工得很愉快，喜歡當個有用的人，也喜歡身處團體之中，尤其能避免頻繁想起已喪生的太空站夥伴們。然而傷痛藏在內心深處，心思仍三不五時會掉進那個黑暗角落，整個人陷入悲哀消沉的狀態。心傷和身上的扭傷、挫傷很像，幾乎無所不在，但總要疼了才會想起來。只有時間能治癒，需要多久我自己也不知道。隨著一天一天離地球越來越遠，心痛程度漸漸緩和、平復，我的靈魂慢慢活了過來。

啓航時，我提出疑問：食物飲水是否足夠大家消耗？畢竟原定計畫是六個人，現在多出我和哈利，需求多出百分之三十三——同時又缺了兩個太空艙等於百分之七的補給。詹姆斯擔保物資充裕，希望他不是安慰我而已。

莉娜時不時會進來實驗室，討論無人機的軟體該怎麼寫。她正在開發通用的操作系統與驅動程式，能夠支援各種可能的硬體設計。目前已經有好多樣式：單純的攝影無人機、搭載機械手臂的無人機、可以合體並在異物上打洞的無人機，每個都很厲害。詹姆斯還想出怎樣讓無人機不透過電磁訊號也能向和平號傳資料回來的方式。

他和哈利有了個大膽想法，決定召集全體船員開會討論。這個計畫需要所有人合作，才能順利執行，難度相當高，而且必須耗費大量無人機原料。它會是個風險，但不冒險不行。

就看我們如何說服大家了。

26

詹姆斯

船上最寬敞的地方是中央交叉點，大致呈球狀，原本有個專有名稱，但後來大家習慣叫它「泡泡」。此處各方向都有窗戶，中間擺了白色圓桌，我們可以將自己綁在那邊，所以就來這邊開會。

會議由艾瑪、哈利和我聯合召開，目的是提出能大幅提高成功機率的計畫。不過有其風險，所以我對結論很擔心——這是組隊以來第一次集體重大決議，過程未必能順遂。

所有人到齊，飄在圓桌邊，由哈利開場。

「我們想派遣無人機群做先鋒，代號雅努斯（注）。」

「用意是？」桂葛里問。

「收集資料。」哈利立刻回答。

夏綠蒂皺眉。「我確認一下，意思是單純觀察呢，還是要與異物進行接觸？」

注：Janus，羅馬神話的門神，形象是門前後的兩張臉、或朝四方向的四張臉。士兵出征前會從有其形象的門下穿過，此習俗逐漸演變為凱旋門。

「兩者皆有。」我開口。

夏綠蒂搖頭。「那麼我反對。第一次接觸需要嚴密控制，必須能夠做出回應並進行調整，細節無法全部交給運算法或ＡＩ。」

這是預期內的態度，我保持語調平靜。「技術上而言，地球人已經與對方進行了第一次接觸。探測器在異物周邊取得數據並回傳，結果是被對方摧毀。」

「所以我的想法更合理。」夏綠蒂說。「沒有思考能力的機器面對未知情境太不利，代價太大、風險太高。」

「我們，」我指指哈利和自己。「就是基於任務的凶險，才認爲需要派遣偵查部隊。妳剛剛說得沒錯，機器本身無法表現出高度適應性。不過，如果每個機器單位都有專門作用，就能有很好的學習速度——重點是和平號與船員不會直接曝露於險境。」

夏綠蒂探身向前。「我們上船就是冒著生命危險——」

「但不是輕生。」我反駁。「大家上船不是爲了證明自己多有膽量，而是爲了完成任務。假如什麼都沒調查到卻死光了，任務一樣失敗。」

閔肇似乎察覺氣氛不對，舉手插話。「可是有些明顯需要解決的問題，例如對我來說，計算無人機的航道並不容易。說得準確些，我們根本不知道異物目前的位置，只是按照最後發現的坐標和軌道做出預測而已，實際上它可能已到了別的地方。要是無人機被送到錯誤地點，也沒辦法矯正航線。再者，也需要桂葛里解決推進與燃料方面的問題，並且顧及我們自己的用量。說了這麼多，總之就是希望一樣一樣討論，再做決定。」

出發前並未正式指派任務指揮官。和平號合體完成前，閔肇表現出帶頭的態度，或許是因爲他負責駕駛、決定方向，也或許因爲他天生具有領袖特質。總而言之，閔肇在這事情上的表現確實優秀，此時此刻也起了關鍵作用。

我朝哈利點點頭，請他繼續。

「雅努斯先遣隊包括兩架偵察機和三架特殊功能機，分別是觀測、互動與阻擾，總共五架。」

「體積？」桂葛里問。

「很小。」哈利回答。「基本上就是推進器和一個工具，不過都會安裝通訊板。」

「燃料或電力需求？」

「盡可能降到最低。除了偵察機之外，其他都不必返回，所以這兩架會大一點，需要較多加速能力。現行計畫是一架偵察機特別高速，獨自趕到異物周邊，透過長程望遠鏡確認異物是否出現在預期位置，理想上是能看見對方卻不被對方看見。倘若沒發現異物，就切換到搜索模式，花一週時間試圖找到它，接著與其他無人機合流，彼此進入望遠鏡視距之後，就以通訊板傳遞資訊，最後也單獨返航，將結果回報給我們。」

「我喜歡。」桂葛里說。「其他部分就算了，至少確認對方在不在預料的軌道上很有意義。」

我差點笑出聲。「多謝支持。」

「別客氣。」

「我也贊成，這是一步好棋。」閔肇說完，大家的視線轉往莉娜。

「我加入。」

夏綠蒂只是點點頭，泉美至今不發一語。

「再來？」閔肇問。

哈利將雙手擺在面前，指尖交觸成塔頂。「再來，從和平號發射小型無人機，前往火神號軌道，透過通訊板將我們得到的資訊分享過去，包括異物位置與各單位想告訴他們的事情，確保他們得到最新資訊，並且修正航道。」

沉默持續良久，桂葛里講出大家心頭那句話：「前提是火神號還在。」

哈利淡淡說：「嗯，另一個用意就是確認火神號的情況。」

「還有，」我補充。「我們是否要更改未來的無人機設計。」

「假設火神號沒了，或者失去武器，」閔肇直接說破。「你們就得考慮裝載炸彈。」

「沒錯。」我回答。

夏綠蒂張大眼睛。「等等，你們要製造具有攻擊能力的無人機嗎？」

我點頭。「不得不爲。哈利不在火神號那邊，換句話說，他們幾乎沒有生產無人機的技術。剛才閔肇提到另一個問題，就是目前不知道火神號是否順利拿到核彈。最糟糕的情況下，找出異物弱點並加以攻擊的責任，也會落在我們身上，所以別無選擇。」

她倒抽了口氣。「已經製造出炸彈了嗎？」

「沒有，還在設計。」

「什麼當量等級？」桂葛里問。

「不可能到核彈等級，有些也不具備燃燒性。我們正在思考各種不同攻擊模式，比方說動能、電能、雷射，當然也要考慮將傳統炸藥改造成適合太空使用的型態。」

這回桂葛里一反常態，口氣很謹慎。「有必要的話，我應該可以改裝反應爐。時間足夠的前提下，能做出外殼，寫出超載程式。」

反應爐目前放在兩個獨立房間，與逃生艙連接著。桂葛里這番話的弦外之音，就是要犧牲逃生艙，而我們再也無法返回地球。

「那個可以日後討論，」閔肇打斷。「現在先專注在無人機先鋒部隊。如果鎖定了異物位置，打算怎麼做？」

「唔，」哈利回答。「有趣的部分現在才開始。兩個斥候監控僚機，部隊慢速靠近異物。首先是觀測機，外表會做得像是小行星，它會從旁邊擦過但不接觸，一路搜集各種讀數，包括視覺訊號、輻射、微波、無線電波等等能掃描的部分。同時我們也能第一次近距離研判異物的外殼是什麼材質，說不定能據此推論整體構造，另外也能看看背面的樣子。」

「也許另一面就有破綻了。」桂葛里低聲說。

「沒錯。」哈利叫出一張圖片，上面標示了航道向量。「掃描結果由偵察機帶回來，以通訊板發送給我們——只要它能回到和平號的望遠鏡距離。高解析度影像檔之類大型資料則必須把無人機接回來才能取得。觀測機與異物擦身而過的時候會計算坐標，同樣發送給偵察機，再回傳到和平號上。」

我轉頭對夏綠蒂說：「第二波是無人互動機，會展開接觸。」

「準備怎麼做？」她的語調明顯苛刻。我猜她視第一次接觸爲自己的職權，哈利和我卻利用無人機可以搶先抵達的特性逾越分界。

我盡己所能保持態度鎭定，與夏綠蒂形成鮮明對比。「這就不是我們能決定的了。」

哈利聳聳肩。「嗯，我們負責製造無人機而已。」

「第一次接觸方案確定了嗎？」我問。

夏綠蒂的情緒瞬間從不滿轉變爲戒備。「唔，沒有，還沒完成。這和組裝機器人不一樣，需要時間慢慢調整，尤其只有一次機會，必須步步爲營。」

「目前妳對進行接觸的想法是？」閔肇問。

「我……目前的想法是要建立溝通管道，並且發展出語彙集。」

顯然有些人對語彙集這個名詞感到陌生。我有時會忘記英語並非大家一致的母語。桂葛里瞇起眼睛，閔肇的眼珠子轉來轉去努力思索，泉美直接盯著夏綠蒂，莉娜則不動聲色。

「啊，」夏綠蒂自己解釋。「就是要找出能夠與異物溝通的字詞。」

桂葛里眼睛一翻。「那也要對方想溝通。」

「嗯，當然是以此爲前提。我覺得你們好像想直接射飛彈？」

我舉起手。「沒人這樣說。」

夏綠蒂轉頭望過來。「那詹姆斯，你的意思是？」

「這次任務的目標範圍大於與異物溝通。我們最主要必須確認對手是什麼，並且將情報送回地球。」我等了等，沒人打斷。「異物願意溝通是最好的情況，但如果它沒意願，我們必須讓地球有所準備，最好能知道如何對抗。如妳所言，第一次接觸就只有一次機會，一旦展開交流，對方就會察覺無人機存在，我們也失去了奇襲優勢。」

「所以你才想用觀測機先徹底研究？」閔肇問。

「對。先做好觀測，再嘗試互動，碰壁的話就測試異物的防禦能力。對我們而言，這是唯一一條符合邏輯的道路。」

夏綠蒂咬著下唇。「好，這主意不錯。與對方聯絡之後，確實就藏不住無人機了，想再靠近很困難，所以先派觀測機過去。」

「我們就是這麼想，」我說。「不過第一次接觸的流程要交給妳安排，如果現階段能知道一些細節會很有幫助。」

她十指交扣放在桌上。「好。我目前設想的接觸模式首先是測試不同傳播媒介，微波、無線電波、廣播、輻射——一樣一樣實驗，直到有回應。」

「訊息內容主要是？」我問。

「簡單一點的東西。非亂數的數列，費波那契數列，三角、方塊、五角形的有形數，中心多邊形數，魔術方陣等等。重點在於給對方一套有邏輯的數列，看看他們是否能說出下一個數字。假如他們的回答正確，代表有溝通的意願，不過下一步就比較麻煩。」

「如何溝通。」

「沒錯。我還在研究。」

「瞭解。我的想法——」我又指了指哈利和艾瑪。「我們的想法是，初次嘗試只要能與對方有最基礎的接觸就足夠了。或許妳能從得到的資料，判斷如何建立更複雜的語彙庫。」

她思考片刻，點點頭。「嗯，我同意，應該能加快不少，也許抵達的時候能直接進行有意義的對話。」

「或者直接毀了它。」桂葛里說。「第三種無人機用意在此吧？上頭有武器？」

目光集中到我身上。「對，第一種無人機是觀測，第二種是互動，互動失敗的情況就測試對方的防禦。我們找到異物時必須做好準備，不是談判就是攻擊，此外也能當下就先確認到底面對什麼——指對方究竟是敵是友——如此一來可以讓地球盡早做準備。至少目前我們與地球的距離跟找到異物時相比，還是近了很多。」

眾人沉默下來，我猜他們已經意識到哈利、艾瑪和我想出的計畫的價值所在。雅努斯無人機艦隊其實是NASA原始任務設定的一大改良，能省下好幾個月時間，提早確認異物實際位置。於是我也領悟了爲何NASA沒有指定任務指揮官，他們要的就是類似今天的會議。一群天才聚在一塊兒爭辯，缺乏有權終止辯論、獨斷決議的領導人，摩擦也就代表火花的誕生。第一次接觸任務的成敗在於每個人的研究成果而非指揮明快，因此NASA希望大家各司其職又能充分表達意見，深度討論是優秀計畫的搖籃。

「形式？」閔肇問。「我是說武器。」

「正在設計磁軌砲。」哈利回答。

夏綠蒂蹙眉。「我以爲槍炮在太空不管用。」

桂葛里的語調有點不耐煩。「可以的。」

「沒有氧氣無所謂？」夏綠蒂追問。

「可以。」他回得急促。「何況磁軌砲不是一般槍炮。」

哈利態度從容，就事論事。「傳統槍炮是以火藥做爲推進力發射堅硬彈丸，在太空也能正常運作，因爲炮彈裡面自帶氧化劑，能點燃火藥、引發爆炸，將彈丸沿著槍管或炮管推出去。這個過程不需要外界提供多餘氧氣，差別只是在太空發射的時候，煙霧會從炮管前端出口散開。

「不過，我們要做的東西與火藥、氧化劑或氣體無關。磁軌砲雖然最後也要將砲管對準目標，但採用了不同發射機制。磁軌砲的砲管是兩條利用巨量電力磁化的軌道，電磁力流動可以產生極高動能，彈丸速度遠比傳統火藥來得高。」

「攻擊計畫是？」桂葛里問。

「連續發射六次磁軌砲，保持彈點密集。」我回答。

「瞄準主幹？」他追問。

「不，瞄準外圍。」

俄國工程師奸笑起來。「想鑿一塊下來是嗎？」

「對，拿來研究。我們認爲最優先目的是瞭解異物材質，據此推測如何……消滅阿爾法，以及其他異物。」

又是一陣沉默後，閔肇開口：「還有其他要討論的嗎？」

「目前就這樣。」我說。

「我覺得不錯。」他表達支持。

「我也贊成。」桂葛里附和。

夏綠蒂點點頭。「我也同意。」

「一樣。」莉娜說。

視線集中到泉美那邊。「其實這些都超出我的專長範圍，我上船是負責維持各位身心健康、正常工作。這計畫似乎就是提供大家更多生命保障，我當然支持。」

我朝哈利與艾瑪揮揮手。「無人機設計還有很多部分要做，實際組裝也會遇上不少難關。但應該能在兩週還是三週之內完工？」

實際上我是望著艾瑪發語。正常會議時，她都沒講話，也是理所當然，她身爲計畫制定人之一，早就知道我和哈利要跟大家說什麼。除此之外，艾瑪是計畫核心，哈利和我會設計，可是動手組裝起來，她的速度遠勝過我們。

「沒問題，」她回答。「根據目前設計，兩週已足夠了。」

我轉頭對莉娜說：「軟體部分也需要很多支援。」

「好，我已經好好研究過自動無人機系統，現在需要比較明確的東西。」她朝夏綠蒂說。

「首先就是對異物的互動安排。」

「已經有草稿了，我整理一下，兩、三天內可以給妳。」

「太棒了。閔肇，我們這邊很快會需要飛航參數。」

「航線本身簡單，」他回答。「麻煩的是計算出手頭能用的推進力和距離有多少，這些部分充滿變數。」

「我們也這樣想。」我說。「所以覺得要再分配一下工作小組。」我先指著艾瑪和哈利。「加上桂葛里和閔肇，我們五個要討論無人機的詳細構造，以及我們願意消耗在這次先鋒部隊的資源量。」

大家都點頭同意。

我吸口氣。「接下來兩星期，每個人都會很忙，恐怕沒時間休息，需要互相交換的資料非常多，但成果一定會很豐碩。我們能確認異物位置和火神號狀態，最重要的是將任務進度提前好幾個月。只差開始動手做了。」

27 艾瑪

詹姆斯的預言沒錯，後來兩星期是我這輩子最辛苦的經驗。爲了上國際太空站接受的訓練相較於打造雅努斯無人機艦隊，居然像是小菜一碟。我每天除了睡覺、用餐、運動之外，全都忙著工作。

成員的壓力也很大，而且經常針對做事方式起了口舌之爭。到這時候我才明白，之前不起衝突是因爲每個人關在自己的小圈圈，偶爾互動就好，往來不甚頻繁。一旦像現在這樣時限緊繃、彼此催促，扞格便無可避免。

最焦躁的人非詹姆斯莫屬，協調統整的任務落在他頭上。閔肇在形式上比較像船長，實質上卻是詹姆斯做指揮排程、分配工作。剛開始眾人還有互相辯論的餘裕，過了那階段以後，所有人都專注趕工。不只是我，大家都一樣，逐漸將他視爲這支隊伍的領袖。

不過，這幾天我和他起了點矛盾。一週前他替我抽血檢查，再給我打了針，說是有益骨質密度。接著他調高我的運動時間到每天三小時，可是我通常只能做一半，因爲得騰出更多時間組裝，否則就會拖延到無人機計畫。詹姆斯對我沒做滿三小時運動頗有微詞，結果我們變得像老夫老妻那樣鬧彆扭，明知對方不會妥協卻又各自生悶氣。

我焊接電路板的時候，他飄進實驗室，抓住桌角。「有事情找妳談談。」

根據過去的經驗，這句話代表他要談的內容不會太有趣。一縷輕煙從板子飄到我們中間，有如剛剛開過一槍。

「嗯。」

「艾瑪，妳的骨質密度到了很危險的程度，一定得多做運動。」

「要先做完無人機。」

「做得完。」

「已經快趕不上發射排程。」

詹姆斯搖搖頭，滿臉挫折。「期限是人訂的，可以往後延。」

「延多少？一天？一星期？」

「有必要就延。」

「如果一天就左右了地球上百萬人的生死呢？」

「如果沒有這麼嚴重呢？」

「在太空，每秒每分都很重要，船上所有人裡，我最清楚這一點。攸關生死的大事就在眼前，我不覺得應該把自己的健康當作第一優先。」

「應該。妳傷了自己就等於傷了所有人的士氣。」

「我還好。」

「不好。妳信不信我這個醫學出身的專業意見？」

「信。但你能不能尊重我的決定？我想做自己覺得對的事，以任務和地球人為重。」

「兩者不該相提並論。」

「確實不該。詹姆斯，這是我們最好的機會，所以直到無人機發射出去之前，我都會繼續加班，明白了嗎？」

他大大呼出一口氣。「妳怎麼這麼固執？」

「你自己不也一樣？」

兩個人大眼瞪小眼。我很生氣，還知道他也很氣。儘管認識不算久，但我就是摸得透他的脾氣。

哈利從艙口探頭進來，眉毛立刻上揚。實驗室裡許多無人機零件飄浮著，電線、電容、機殼——乍看像是炸彈爆炸後的場面被定格。現場氣氛也像，他馬上就感受到。

「呃……詹姆斯，你有空……幫個忙嗎？」

❄

每次我進去健身房，如果有人正在用器材，就會立刻跳下腳踏車或解開彈力帶，還聲稱自己剛好做完，但他們通常看起來沒流什麼汗。

想必是詹姆斯私下運作，感覺全船的人聯合起來要我運動。可惜沒用，越接近期限，我運動得越少。其實大家都一樣，不止運動量減少，睡眠時間也縮短。這種作息會影響生產力，但誰睡得著？我滿腦子只想著要盡快完工。

然而還是錯過了預訂日期，差了四十二小時。所幸雅努斯艦隊是工程天才和團隊合作的心血結晶，大家引以爲傲。雖然個個睡眠不足、神經緊繃，但完工當天大夥兒情緒高昂，齊聚到了泡泡，將自己綁在座位上，緊盯大螢幕上的發射筒。發射機制與磁軌砲相同，桂葛里用平板電腦追蹤反應爐數據，確保船身能承受發射時的反作用力。

引擎發電時，太空船內迴蕩起嗡嗡聲，接著忽然就砰！第一架無人機飛了出去，因爲太小太快，我們幾乎看不見，就像小孩玩具射出的ＢＢ彈。又一次嗡嗡聲、又一次砰，第二架也發射了。全部出動之後，太空船復歸靜默。

眾人望向盯著平板的哈利。他抬頭微笑。「通訊板第一次傳輸到了，所有數據正常，發射成功。」

狹小空間裡的歡呼聲震耳欲聾，我們或者擊掌或者握拳輕觸，歡欣鼓舞。詹姆斯轉頭看著我，點了點頭，我直接伸手給他一個擁抱，彷彿之前的爭吵也經由發射筒被無人機帶向遠方。他抱住我的時間比想像中久，我也沒特別鬆手。

「接下來呢？」夏綠蒂問。

他還是沒放開我。「各位先生女士，開慶功宴吧。」

哈利打開櫃子，撈出一堆真空包裝的餐點。「餐廳開張啦！訂餐吧，正餐有牛肉雞肉、馬鈴薯泥、鮮蝦雞尾酒、辣炒豌豆，點心有太空冰淇淋（注）、巧克力蛋糕。」

詹姆斯過去打開另一個櫃子。

「餘興節目有一堆桌遊，想玩什麼直接多數決。」

❄

這是各種意義上都完美的一夜，不必盯著螢幕拚命趕工，也不必唇槍舌劍爭論不休，就只是大家聚在一起，做件之前從沒做過的事情：玩。

玩完之後所有人又飽又累，但我知道大家還想著一件事：洗澡。太空很乾燥，我們感覺像是穿越沙漠，一直流汗、一直累積污垢，只不過上星期沒人騰得出時間沖澡，單靠體香劑掩蓋異味然後就埋首工作，其餘什麼都不想。

詹姆斯伸手出來，掌心朝下，拳頭握著八條鐵絲，原來是要所有人抽籤。夏綠蒂、莉娜、泉美和我抽到四條比較長的，所以先洗，男士們都抽到短的，他和哈利最後。一定是作弊，我不知道方法，但非常肯定。不過也沒人戳破，大家都累壞了。

淋浴間是個狹窄圓筒，只是一根管子裝上門罷了。沒有排水管，靠機器直接將水抽走。我的皮膚摸起來像是被砂紙磨過、沾滿木屑，好在有及時雨洗淨污垢，水流彷彿一層薄膜包裹全身，提供潤澤。

連著幾週來，我都睡在實驗室。幾乎每個人都在工作地點旁邊直接休息。今天我總算回到鋪滿墊子的獨立包廂，太空裡的簡便床位就長這樣。相比之下鬆軟舒適，已經是酒店閣樓的豪華程度，我睡了一夜好覺

船上只有六組包廂，大小也不夠睡兩個人。幸好之前桂葛里在引擎艙裡、閔肇在導航儀器旁邊，都替自己整理出類似的空間。

我快入夢時，詹姆斯拉開簾子，乾淨清爽的臉上掛著笑容。「晚安。」

注：利用低溫低壓製造出「凍乾」狀態的冰淇淋，口感與一般冰淇淋有所不同。

❄

國際太空站出事以來，我沒有睡得這麼香甜過。

醒來刷牙洗臉之後，我飄進泡泡吃早餐。詹姆斯已經在那兒敲著平板電腦。

「早安。」

「早。」他遞給我的一瓶水還有平板，上面是運動課表。給我的。又來了。

「艾瑪，這不是問妳意見，是要求妳做到。拜託。或者如果妳有別的運動規畫也行。」

我瞥了一眼，每天四小時。

「對這次任務，」他說。「還有對我個人，都很重要。」

「好吧。」

❄

發射前的日子飛快，發射後就度日如年。

預訂的聯絡日期來到，今天應該會從雅努斯偵察機得到回報。大家都很緊張，只差沒說出口。時間到了，我們沒在泡泡集合。其實既然不確定異物位置，自然無法百分之百肯定無人機何時回報，也沒有誰想開口當那個煞風景的人。即便如此，聯絡時間到了又過去，我看在眼裡，想必所有人也心裡有數。

一整天結束，什麼消息也沒有，大家開始無法專注。

第三天，詹姆斯召集大家到泡泡開會。「從顯而易見的說起吧，雅努斯小隊沒有聯絡，換句話說，異物恐怕不在NASA預測的位置。」

「或者無人機被滅了。」桂葛里插話。

「再不然是故障。」閔肇補充。

「可能性很多。」詹姆斯回答。

「現在的計畫是？」莉娜問。

「查出問題，然後補救。」

28

詹姆斯

問題如雨後春筍冒出來。

我的壓力很大，泉美也非常在意。她時時追蹤大家的壓力情況，要求我們一定得休息，每人每日都要離開實驗室或工作站至少一小時。我通常會躲進寢室，繼續檢查設計圖、做筆記。

除此之外，每天都要在泡泡集合一次，八個人都必須出席。泉美安排了促進團隊精神的活動，包括桌遊、自我剖析（對我而言很痛苦）、分享感受（我覺得是拷問），表達對任務進度的看法（大家都沒說實話）。

雅努斯成功發射那一夜，我們同吃同玩像個大家庭，而那股和樂氣氛逐漸蒙上了陰霾。

因爲各種理由，他們期待我能想出辦法。也不是沒道理，畢竟無人機是達成任務的主要手段，也是我的專長。

可是這就好像將整個地球的命運放在我一人肩上。要是我猜錯了，地球人就會滅亡。說不定，現在全人類已經滅絕。

坐牢的時候，我彷彿與世隔絕，但考慮到受囚之前世界對待我的態度，隔絕就隔絕，沒什麼大不了。現在的情況截然不同，無法得知地球的狀況對我，應該是對所有人來說，都成了一種折磨。緊繃氣氛與此有關，和家人朋友關係緊密的成員情緒更激烈，他們想知道自己在乎的人是生是死、日子順遂還是已經在難民營裡時時有凍死的危險。大家已經盡力了——每個人都試著說服自己，問題在於盡力後仍然沒能扭轉局面。

眼前有三道難題：物料、動力與時間。物料部分最拮据的是無人機引擎，雅努斯艦隊消耗了一半存量。動力則受限於和平號反應爐有其上限，供應無人機的同時，也得考慮我們自己要花多久才能抵達目的地。時間方面，每天能工作的時間就是那麼多，那幾個鐘頭裡一個人巔峰狀態持續不了太久，但我們需要的是實際產能。和平號瀰漫著背水一戰、破釜沉舟的氣氛。

幸好我有了計畫，於是召集團隊進泡泡商議。

我指著哈利與艾瑪，核心團隊的另外兩名成員。「首先要說的是，我們傾向派出一架小型無人機找到火神號，利用通訊板將異物不在預期位置的消息告訴他們，當然也希望能得到那邊的最新報告。」

夏綠蒂聽了，好像很厭煩。「確定這是好主意？」

桂葛里以同樣態度頂了回去。「對，之前認為應該這樣做，現在還是認為應該這樣做。」

「之前覺得是好主意，原因在於有情報可以分享。」夏綠蒂反駁。

「找不到異物就是情報！」桂葛里叫著。

泉美高舉雙手。「大家都知道規則，不能吼叫，不能人身攻擊，必須就事論事。先休息十分鐘，之後回來泡泡，重新來過。」

有人翻白眼、有人大口嘆息，但所有人乖乖解開安全帶，向著各個方向飛離會議桌。

哈利、艾瑪與我回到機器人實驗室。「進行得真順利啊。」哈利無奈地說。

艾瑪踩著我拿備用零件改造的工作桌腳踏車。

「不難想像她們的抗拒會比上次大得多。」

❄

所有人再次回到泡泡，這次由泉美親自主持，先發給大家一小張紙。

「針對是否派遣無人機尋找火神號，做個非正式不記名投票。請各位寫下『要』或『不要』，以及答案背後最主要的理由。我負責統計結果和報告。」

桂葛里攤手。「我自己都看不懂自己的字。」

「那就寫零或一吧，一代表要。我想你寫阿拉伯數字，總不至於看不懂。」

他有點懊惱，但沒再多言。

泉美開票之後宣布：「六票贊成對兩票反對。」

閔肇搖搖頭。「問題是，什麼時候說過我們要採民主投票制度了？一個計畫得到比較多人支持，不代表就應該執行，有時候一個理由就足以推翻一切。」

「那匿名還有意義嗎？」莉娜嘟噥。

泉美也嘆氣。「投票是個活動，讓大家習慣說出第一反應，同時附上背後理由，這樣才不必吵架，能夠好好討論。討論完可以再投票。」

「討論就夠了吧？」閔肇說。「像大人一樣好好說話？」泉美舉起手，但他繼續說。「無人機能用的引擎不是有限嗎？」

我點頭。

「發射之後，無人機耗盡電力，引擎也跟著回不來了。」

「那倒不一定，」哈利接話。「我們正在研究如何回收利用，例如重新裝載電池並發布新指令。」

閔肇眼睛微閉。「嗯？類似裝卸平臺？找一個太空艙，開艙門，讓無人機返回實驗室？但是我們移動速度是——」

「不是那種概念。」哈利打斷他。「我們正在設計無人機母艦，負責為其他無人機充電和安裝新軟體。」

「很酷。」莉娜說。

「非常酷。」桂葛里附和。

我再朝哈利和艾瑪指了指。「規格部分還在研擬，需要克服的部分不少，但可行性沒問題，然後我們也可以從太空船發射電源模組到母艦做替換。」

閔肇的手指在桌面跳動。「有趣，現在無人機應該是最珍貴的資源，必須排定用途的先後次序。」他轉頭望向泉美。「所以我認為針對無人機如何運用進行投票並非明智之舉。先確定順位表與無人機能實現的功能，才有辦法為任務做排程。」

他說到這兒停下來，看看有沒有人提出異議，但大家都沒開口。我完全同意他的想法。

於是閔肇繼續說：「我認為，確認一個異物的位置是當務之急。」

「不是已經嘗試過了嗎？」桂葛里回應。

「關鍵詞是『一個』，」閔肇切中要害。「我們搜索了阿爾法，但有沒有可能阿爾法根本已經不存在了？或許發現地球人的探測器以後，它就自我毀滅？也許就是異物自爆，才導致探測器沒回傳後續影像？這同時代表雅努斯艦隊可能白跑一趟。別忘記異物的坐標本來就只是預測值，我們從頭到尾不知道對方的飛航能力。從地球人角度來看，能肯定的只有異物好幾週之前就已達成目的，現在未必還在太陽系內。」

「重點是？」哈利問。

「重點就是剛才說的，第一優先應該是確認異物位置。既然針對阿爾法已經做出嘗試，現在應該派出另一架或另一批無人機從其他方面下手。如今看來，說不定貝塔有機會接觸到的，其實是貝塔。」閔肇將平板電腦放在桌上。「我計算了與貝塔交叉的軌道，根據同樣是最後所見位置加上對阿爾法的加速度假設。」

「有可能接觸到貝塔？」夏綠蒂問。「就算無人機能找到它，船有足夠的……燃料？還是反應爐動力？到達那個位置，然後還返航地球？」

桂葛里聳肩。「要看它究竟在哪裡，移動得多快。」

雖然沒明說，但我有同感，就是別想著回家比較好。

「先有足夠資料才能制定計畫。」閔肇說。「另外，解釋清楚一些好了。夏綠蒂，其實和平號不必跑到異物面前，只要進入能用無人機做各種測試、必要時和對方作戰的距離就好。」

大家陷入沉默，最後還是閔肇自己接話：「總之，我個人也很想知道火神號的情況，但無人機不能用在滿足我們的好奇心上，得先鎖定異物位置才行。」

他說得不無道理，只是視野稍微狹隘。

我將自己的平板遞過去。螢幕上是和平號與火神號對接，一起在太空航行的模擬圖。

「其實與火神號取得聯繫，並不只是爲了確認他們的處境，還牽涉到你不斷提及的重點，也就是無人機。我們三個——」我又指向哈利、艾瑪。「同樣意識到無人機是目前最主要的資源限制。火神號上應該還有無人機原料可以轉移給我們，既然哈利不在那兒，他們就沒有生產無人機的技術。」

閔肇將我的平板遞給桂葛里。俄國佬瞇著眼睛在上面點了點，莉娜湊到他旁邊一起研究。

「可行性高嗎？」她問。

「可以，」桂葛里回答。「得做點功課。」

最後結論是趕緊著手準備與火神號對接。這個計畫由桂葛里和閔肇主導，至於無人機則先不用在搜索火神號上。

第二次無人機群將以小型高速集中為主，目標是鎖定第二個異物。儘管也提出了是否用一架高速無人機前去確認雅努斯艦隊狀態，但討論之後暫時作罷。

散會後，我沒有立刻回到工作崗位，反而走了一趟醫務室。泉美正低頭注視平板。

「泉美——」

她轉頭。

「中斷議程假投票是個好主意。大家都太緊繃了，沒辦法好好講話。增加討論空間才能提高成功機率。」

「只可惜效果不彰。」

「不是只看結果而已。妳已盡力而為，就算結果不如預期，妳也多了份經驗，下次一定會更好。」我朝舷窗比了比。「這艘船上每個人不都一樣嗎？人人拿出看家本領，然後從中學習。」

「從對人的觀察力來看，也許你更適合擔任船醫。」

「泉美，相信我，我不擅長人，比較擅長機器人。」

出去之前我再補上一句：「別氣餒啊，妳做得很棒了。」

回去實驗室要穿過幾個太空艙，途中我想像著泉美的工作有多勞累。其餘人都有專門領域——無人機開發、推進動力、航行控制、軟體工程、文化接觸——相對而言，泉美要做的事情不那麼直接明瞭，充滿了未知數，因爲她負責管理的是我們，任務就是保持所有人的能力與效率。我一點也不想和她交換。

我回到實驗室，看見艾瑪將自己綁在工作桌邊，腿踩腳踏車、手焊電路板。「感覺像隻太空倉鼠。」她頭也不抬就開口。

「本來想問妳要不要從天花板接個有吸管的水壺下來……是不是改天再提比較好？」

她笑了。「對，別討罵挨。」

艾瑪仔細端詳電路板，似乎很滿意。「你覺得會議氣氛如何？」

「很好。」

她蹙眉。「眞的？」

「眞的。每個人對任務有不同觀點，這是好事。閔肇說得沒錯，我們必須找到異物，先前鎖定的目標很有可能早就不見了。」

「那你覺得目標換成另一個就能找得到？」

「我覺得，不試試不行。」

❄

六天後，和平號發射第二支無人機艦隊，名爲「伊卡洛斯」。艦隊成員包括三架超小型高速機，用於搜索貝塔。經過討論，最終決定既然要做就得做到好，三架無人機，搜索覆蓋範圍就是三倍大。

計畫十分縝密、伊卡洛斯系列設計也比雅努斯更優秀，但發射當天的氣氛依舊低迷。大家都是同樣的感受：時間越來越急迫，可是我們連自己是否走在正確方向都無法肯定。

之後一次會議，主題是要不要派無人機帶消息回地球。這個提案以毫釐之差遭到否決。

哈利、艾瑪與我持續無人機母艦開發，代號「瑪德烈」(注)，偶爾也叫做無人機媽媽。說來慚愧，不過每天待在實驗室的人生無趣，只能這樣自娛娛人。哈利在這方面很有天分，今天忽然開口提議改名爲「父艦」，全名「教父．無人機版」。他很喜歡《教父》系列電影的馬龍．白蘭度。

哈利壓低嗓音說：「無人機，永遠不要讓人知道你們在想什麼。你們沒有訊號也沒有嘴巴，只對家族裡的人亮出通訊板。家族就是一切。」

我們笑得越開心，哈利演得越起勁。「我們要向異物提出一個無法拒絕的條件。」

演到後面，連馬龍．白蘭度其他電影的對白都出現了，有些我根本就不知道出處。

「這架無人機本該可以出頭、本應能夠找到異物，怎麼會變成現在這樣的膿包，沒了燃料以後，成爲漂流宇宙的垃圾。」

聽他說這段臺詞來自《岸上風雲》，不過我沒看過。

注：Madre，即西班牙語的「母親」。

哈利又冒出一段《現代啓示錄》的改編：「這架無人機看過恐怖，你見過的恐怖，但你無權稱它爲凶手。」

接著是《攔截人魔島》。「這架無人機在望遠鏡找到惡魔，也被惡魔囚禁。」

總算又回到《教父》。「看看異物如何蹂躪我的小無人機。我要你們無論如何將它打理體面，別讓船員看見它這模樣。」

他眞的很熟悉這些電影。數不清的經典名句裡，最呼應當下情境的應該是：「永遠別恨你的敵人，那會影響你的判斷。」

很精闢的見解。人類因長冬凋零，而異物與長冬脫不了干係，我沒有把握能客觀冷靜地看待。

艾瑪拿了塊電路板讓我檢查，如往常那般完美無缺。她的技術越來越好，速度更上一層樓。

「哈利，你怎麼記得住這麼多電影臺詞啊？」她從物料堆再抽了一片板子。

「我也不知道。要是我的腦袋像詹姆斯一樣都裝了有用的東西，說不定現在已經找到異物囉。」

「想太多。」我咕噥。

很懷念的環境。工作，與自己喜歡的人合作。在監獄當然也要勞動，但不必用腦袋。思考活動就像維他命一樣，每天都得補充；也像肌肉，長期怠惰就會萎縮。

其實佛勒找上門的時候，我很懷疑自己是否能夠勝任，那時候只差一個月就整整滿一年沒進過實驗室。幸好習慣回復得很快，而且也要感謝哈利。我不只一次懷疑ＮＡＳＡ爲何將他調到和平號來，難道是對我沒信心嗎？儘管手邊尚未有能拿得出的成果，我認爲這個小組的效率已經達到巔峰。能做點新玩意兒的感覺眞好。

隨著日子一天天過去，卻沒得到伊卡洛斯的消息，大家心裡都有數：我們沒有時間了。彷彿航向期待的新天地，卻被一陣狂風吹偏了方向。

瑪德烈即將完工，我們卻不知道該送她去那裡拯救迷途的小無人機。

我越來越擔心艾瑪的骨質，運動跟不上劣化速度，而且這是惡性循環。她流失的骨質越多，之後就流失得越快。泉美也十分關心，我們私下討論過好幾次，卻想不出辦法，也不敢和艾瑪說什麼。到現在我都不確定艾瑪自己知不知道狀況，希望她還沒發覺。

和平號上不止我和泉美私下會晤，哈利也與桂葛里、閔肇有個小圈圈，最近他們見面的次數更加頻繁。他說三個人是討論瑪德烈的推進模式，不過聚在一起的時間未免太長，而且只要我闖進導航模組艙，他們就會忽然噤聲，感覺是在講我的事情。我喜歡哈利、也信任哈利，但還是存疑有什麼不知道的事情正在醞釀。這些念頭沒告訴別人，可是也沒辦法繼續悶在心裡多久。

❄

我在實驗室睡著，被一隻手搖醒。艾瑪的臉就在我眼前幾吋外。她面露微笑。「快點來。」我們手牽手飄出機器人實驗室，穿過幾個貨艙進入泡泡。一半人已經到了，桂葛里也容光煥發，這眞稀奇。

哈利在我的背上一拍，不過因爲零重力所以沒發出聲音。「找到啦，詹姆斯！找到異物了！」

「哪一個？」

「第二個。貝塔。我們成功了。」

29 艾瑪

發現貝塔後，大家精神一振，又覺得自己上太空是有意義的決定，相信我們走在正確的方向上，無論用什麼手段都必須調查出眞相。任何團隊、任何任務都一樣，太久沒有成果就會一蹶不振。找到貝塔雖然是一次大勝利，但距離終點仍十分遙遠。

昨天我們發射瑪德烈前去尋找雅努斯艦隊。瑪德烈可以爲其他無人機補充動力，並指引它們轉移到貝塔。貝塔與太陽的距離比預期要近得多，其實伊卡洛斯也是在搜索範圍邊緣發現它，那已經是閔肇預測的極端軌道。經過這次觀測，他更相信異物採用太陽能，越接近恆星，速度會越快。

如果閔肇的推論正確，又會衍生幾個問題。首先可以肯定阿爾法已經高速脫離，到了我們追不上的地方。

鎖定貝塔之後，全船成員也確立幾個新方針。昨天我們又朝地球與火神號發射無人互動機，裝載至今獲得的所有情報與數據。此外，和平號改變航向，前去攔截貝塔。

我問桂葛里究竟追不追得上，他回答得很保守：「或許可以。」說完還看了哈利一眼，之後咕噥著沒辦法確認異物的加速能力、太陽能量輸出變動與重力影響。

應該還有其他因素。我留意到哈利、閔肇、桂葛里的私下聚會，可能與我有關。每次我一接近，他們就忽然轉換話題。也不是只有這三個人會私下聊天，我也看過泉美與詹姆斯在醫務室裡說悄悄話，可以肯定是在講我的事，想必是擔心我的骨質。狀況確實糟糕，我的牙齦萎縮、握力衰退，指甲變得容易裂開，抽筋次數更頻繁，在夜裡尤其嚴重。我彷彿進了時空隧道、加速老化，整個身體要散架了。可惜現實不會改變，除了運動與營養補充，日前誰也無能爲力。

總比死在國際太空站或救援太空艙裡頭要好。至少我還有最後的貢獻，與地球上最聰明、我認識過最棒的一群人，參與這次不可思議的任務。

我們必須堅持到底。

❄

瑪德烈從雅努斯分出一架偵察機，返回和平號進行報告。母艦找到雅努斯艦隊以後，爲它們補充動力、更改航向前往貝塔，預計兩週後抵達，我在心裡默默倒數計時。

貝塔在我們後方且移動飛快，和平號過去找它比起追阿爾法簡單得多。好消息到此爲止，壞消息是，貝塔快到有可能與和平號擦身而過，我們什麼也來不及做。

時間不等人。很快就會有答案。

❄

哈利、詹姆斯與我在實驗室工作時，桂葛里穿過艙門進來。

「去泡泡開會。」

他面無表情，我覺得是壞消息。

到了泡泡，所有人集合以後，將自己綁在會議桌。閔肇開口說：「無人互動機從火神號返回了。」

換言之火神號還在，大家鬆了口氣。但根據閔肇的神情判斷，好消息到此爲止。

「接下來我逐字念出他們傳來的訊息。」閔肇盯著平板電腦清清喉嚨。「請注意，火神號狀態不佳，六個太空艙未抵達集合位置。」他舉起平板。「他們附上了表。我和桂葛里已經查過，其中一個當然就是說哈利，另外四個都是補給品，最後則是奧利佛·卡恩斯，火神號的航空工程師。」

與桂葛里對應的職務。的確不妙。

眾人沉默良久。在場就數我沒有與原班人馬會面過，但同時也只有我體驗過在太空失去夥伴，兩者相乘，所以我較快回神。我試著保持語氣客觀平靜。「我想NASA是在知道狀況的前提下，將哈利的太空艙送來和平號。失去卡恩斯，火神號就沒有航空工程師，想必任務指揮中心判斷哈利的技能也會無法發揮。」

「妳這麼說都還算輕描淡寫了。」哈利回答。「這邊少了桂葛里的話，很多事情根本沒辦法做。」

俄國佬聳聳肩。「眞的，終於有人發現了。」

會議室內冒出幾聲笑聲，但無法掩蓋大家心裡的失落與沉重。任務完全落在和平號這裡了。

「還沒完，」閔肇說。「火神號船員希望將無人機材料轉移到和平號。並請考慮德爾塔酬載完好一事。」

「德爾塔？」我問。

詹姆斯靠過來告訴我：「兩艘船最大不同處是貨艙內容。他們有核彈，我們帶了更多無人機零件。」

「成員也有一處明顯差異。」夏綠蒂說。「我和丹恩．漢普斯泰德。」

「對。」詹姆斯附和。

「訊息最後一段，」閔肇繼續念。「我們改變航向，準備前往會合並對接，靜待和平號進一步指示。」他抬頭。「報告完畢。」

稍微停頓，他再開口：「大家討論有什麼選項。」

「等我一下，」詹姆斯說。「我需要思考一下。每個人都應該先想想再決定。」

❄

回到實驗室內，詹姆斯將我拉到旁邊。「妳的身體狀況越來越差。」

「我知道。」

「妳不知道實際上究竟有多差。」

「我知道，詹姆斯。」

「我們——泉美和我——在這裡無法為妳治療。要有眞正的醫院、更強的重力環境。」

「來不及了，我們都很清楚，不是嗎？」

「未必。太空船自己有動力，接下來很可能有另一艘船加入。它本來就沒有實際用處，預備過去丟核彈之後，全速逃回地球。」

「不行。」

「什麼不行？」

「我不會回去。不准你把我塞到火神號上送回地球。我要留在這裡繼續幫忙。你明知道追蹤異物還需要火神號，就算只是為了保險也好，萬一和平號出了差錯，至少有艘船能將搜集到的情報帶回地球。火神號不能當作救護車浪費掉，我們每個人都可以犧牲。」

「人不是犧牲品。」

「是。沒什麼好討論的。」

「妳明不明白自己衰弱、死亡的話，對大家代表什麼？」

「成員都很堅強，可以承受。」

「別那麼有把握。」

「你是代表大家，還是自己？」

「兩者皆是。艾瑪，拜託，請妳要好好考慮。」

「不需要。」

他雙手一張。「妳眞的瘋了，瘋了！然後要把我也逼瘋了。」詹姆斯撂下話之後衝了出去，幸好太空船沒重力也沒有能甩的門，不然瞧他氣急敗壞的樣子，可能會把門鉸鏈扯斷。

我認爲自己的選擇沒錯。我是爲了完成任務，解救地球上每個人，其中也包括我妹妹和她的孩子。但此時此刻的感覺好糟。

❄

一小時後，大家回到泡泡做出決議：與火神號會合，將物資轉移過來。詹姆斯一臉鬱悶，可能是因爲方才吵架，也或許是因爲他肩頭上的重擔。他並未解釋計畫細節，也沒再提起要把我放在火神號或什麼載具送回地球，不過我懷疑他還有別的打算。

❄

回到實驗室，詹姆斯、哈利與我討論新材料進來以後該怎麼處置。存量將近有三倍，更重要的是引擎元件多出很多。

我提出心裡直接浮現的想法。撇開剛剛與詹姆斯那種爭執之外，實驗室大致還是很穩定，什麼點子都能說出口，就算起了辯論，氣氛也平和不失焦。我覺得和國際太空站很像。

「可以試著先取得讀數什麼的。派小隊趕到異物那邊，看看對方的反應。」

「嗯，」詹姆斯的視線落在桌子上。「但也得看得更廣一點。」

「該試試我的廣角鏡了。」哈利又開起玩笑。

我和詹姆斯都笑出聲，卻也都沒望向彼此。他還在生氣，結果就是我也不高興。

「這趟任務其實並不僅限於兩個異物而已。」詹姆斯說明他的觀點。「重點是將情報送回地球，讓人類得以存續。」

我抬頭。「所以？」

「你們想想看，兩個異物在同樣向量上，背後代表什麼？」

我懂了。「有大型船艦。」

哈利用手指掐著下唇。「那你有什麼主意？」

「大規模的無人機搜索艦隊，順著異物的向量過去，一路保持靜默，單純收集數據。再做一支比瑪德烈更大的無人機航母為指揮中樞，將資料放進通訊方塊，送回地球。」

哈利微笑。「航母的航母？詹姆斯，你說那麼多幹嘛，告訴我『要更大』就好啦。」

「你有那麼膚淺嗎？」

「大小很重要，別忘記E等於mc平方。」

這絕對是我聽過最理工宅的笑話，但我還是笑了出來，詹姆斯也一樣。他終於朝我瞥了一眼，看得出來其實他並不想跟我嘔氣。我又何嘗願意，之所以起衝突是因為他在乎我，而我更在乎任務成敗。

❄

我們三個在泡泡裡公布方案。出乎我意料，其他人居然表示還要考慮考慮。或許嚴格來說，這種作法已經超出原始的任務設定，一開始只是希望我們找到並分析異物而已。

眾人無法達成共識，於是散會各自回房。

過沒多久，桂葛里又在實驗室露了臉。

「再派無人機出去搜索的話，我們得有辦法支援。」

「瑪德烈二號——」哈利一開口，又被桂葛里舉手打斷。「我說的不是更大的無人機航空母艦，而是指之後會有兩艘太空船，其中一艘沒有實際功能。」

又出乎我意料之外，桂葛里這次沒把話說得太直接。他點點頭離開，不過我們三個會意了也沒再討論，各自回到工作崗位上慢慢思索。

❄

隔天，詹姆斯、哈利和我有了新的計畫，內容不涉及火神號，主因是我們不願隨便對那艘船做出安排——在有些情節之下，火神號成員等於被判了死刑。

❄

泡泡裡又針對無人機配置起了爭議。這次戰線分明，哈利、詹姆斯、桂葛里與我，想將剩餘的無人機沿著異物軌道發射出去，確認是否還有其他異物或大型船艦存在。其餘成員不甚贊同，有些人反對得特別積極。閔肇針對詹姆斯質疑。「這並非我們的任務內容。」

「怎麼不是呢?任務就是用盡一切手段保護地球。」

閔肇的手指在桌面跳來跳去。「我們的任務——」

「不應該被簡報文字內容綁死啊，閔肇。」詹姆斯的情緒激動，儘管他努力克制了還是很明顯。「你覺得爲什麼要送我們上太空?是爲了照本宣科嗎?不對吧，是希望我們動腦袋判斷怎麼做最合適，所以我們必須找到對方的基地。」

詹姆斯又望向其他人。「現在找到的機率很高。再者，如果異物是長冬的成因，就只能從源頭加以對抗，否則對方有數百萬、數十億個異物的話，怎麼辦呢?」

他沒能說服大家，之後吵吵鬧鬧、氣氛越來越僵持，也進一步突顯出每個人的性格。

閔肇喜歡照規矩辦事，支持尋找第二個異物是因爲他認爲仍在任務規範之中。回到地球向上級報告時，說自己採取了全然預定之外的行動，對他而言難以接受。

泉美和他的立場接近，一方面或許是醫師身分導致態度保守，另一方面有可能覺得我們的作法太極端。

夏綠蒂在意的始終不變——她擔心有可能折損大量無人機，然後無法以自己設計的溝通模式進行第一次接觸。

莉娜相對中庸些。所有人裡頭，就屬這位德裔軟體工程師最木訥。她只是詢問了風險與報酬，結果卻引發詹姆斯和閔肇另一次唇槍舌劍。

在我看來，哈利喜歡這個計畫的原因在於他喜歡做無人機，還有無論詹姆斯說什麼，他都支持。儘管這點我也一樣，但我就事論事覺得，這計畫有其好處。直覺告訴我，對方有敵意，並不僅僅因為我懷疑是它們摧毀了國際太空站、害死我的夥伴，其餘證據也都指向同樣結論。

桂葛里比我走得更前面，他認為已經是戰爭狀態，總是表示要「直搗敵人大本營」。

好不容易等到莉娜的一票結束僵局，兩派人馬各退一步：和平號會留下三架小型無人機的原料，因此夏綠蒂不再抗拒。閔肇與泉美仍舊持保留態度，但同意既然是多數決就會配合執行。私底下，詹姆斯和閔肇為了會議室裡的大呼小叫向對方道歉。

我們已超越了同舟共濟，現在是互相關心照顧、就算意見不合也懂得妥協體諒的一家人。即使兩個人彼此嘔氣的時候也不例外。

❄

與火神號對接的前置作業是與時間的一場賽跑，沒人知道究竟兩艘船會先合流，還是雅努斯艦隊會先抵達貝塔。

詹姆斯和哈利全心鑽研第三支無人機艦隊如何設計。他們命名爲「中途島」，也就是二次世界大戰之中形勢逆轉的關鍵戰役。哈利不僅僅是電影臺詞的人體圖書館，同時還是歷史狂人。詹姆斯也知道不少，但沒他那麼誇張就是了。

「少了中途島，贏家就變成了日本。」哈利綁在實驗室工作桌邊說。「那一仗打得太漂亮了，是海戰戰術史上的經典。」

我不禁暗忖，哈利是不是也將我們正在做的事情當作戰術演示，並且覺得勝券在握。

「美軍艦隊在中途島拿下日軍四艘航母。攻擊珍珠港那六艘的其中四艘。日軍從這裡一蹶不振，沒辦法補上船艦和人員缺口。」

詹姆斯正在解開一團打結的鐵絲。「有人覺得瓜達康納爾島戰役同樣重要。」

哈利沉吟幾秒。「沒錯，但那是地面戰。」他笑著說。「我們現在要打的是空戰。」

聽他們兩個講歷史還挺好玩的。以前我對軍事史沒太大興趣，但他們聊起這種話題有股熱情，感覺生動許多。聽他們說了兩天太平洋戰爭史，比我之前一輩子學到的還多。

而且新的無人機代號就從那段歷史找靈感。三架母艦無人機分別叫做大黃蜂號、約克鎮號、企業號（注），其餘約一百架小型偵察機沒有獨立名稱，用PBY加上流水號。我還是問了PBY代表什麼（答案是一九三〇、四〇年代時廣泛運用於偵察、救援、反潛艇的水上飛機）。

後來又做了兩架特殊功能無人機。女灶神號攜帶多餘元件，所以體積大、速度慢，不過若有

注：皆為航空母艦名稱。

必要，其他母艦可以從這裡取得備品。大莫號則是戰鬥用，搭載四艇磁軌砲與提供電力的大型電池，外形也特別凶悍。詹姆斯和哈利決定名字以後笑得好開心，其實「大莫」是個綽號，代表二戰時期美國最後建造也最後退役的多層戰艦密蘇里號，它在二戰結束時被指派爲受降艦。

我還發現原來詹姆斯和哈利有點迷信。他們替無人機取名字只挑有功績的船艦。根據哈利的說法，美軍並未在海上折損過戰艦，反倒珍珠港事變時沉了四艘。臨時參加的太空任務變成了內容豐富的歷史課。

起初我擔心泉美會覺得他們這樣取名不尊重，忍不住眞的去問了她。她面無表情地回望過來。「我爲什麼要介意？」

「唔，就，因爲戰爭。」

她心不在焉地點點頭。「嗯，好，我不介意。」

我懷疑自己要被列入心理輔導名單了。

❄

在寢室睡得和個死人一樣的時候，我忽然被叫聲吵醒。我試著將注意力集中到聲音上，結果還是聽不懂到底嚷嚷什麼，只知道好像有華語、日語、還有哈利大叫什麼「ET來電啦！」

簾子被拉開，詹姆斯靠慣性鑽了進來，人到了我的上面，嘴唇距離我只有幾吋遠。

「成功了，雅努斯抵達貝塔。不只取得觀測數據，還進行了第一次接觸。對方有回應。」

30 詹姆斯

我覺得自己彷彿擱淺在荒島的水手，卻看見一面船帆出現在海平線上。我無法判斷大家是否能得救，也不知道那面帆是敵是友，但總歸是個希望。與異物的第一次接觸就代表希望，希望能夠與對方溝通、談判，並且找出生存之道。

泡泡裡，夏綠蒂整個人亢奮起來。所有人都過來集合。艾瑪還睡眼惺忪，閔肇依舊一臉剛毅，桂葛里頂著亂髮、神情狐疑，莉娜與泉美一反常態變得很活潑，哈利和我也樂不可支。得讓艾瑪也參與。

我舉起手。「從上面拍攝做紀錄吧。」

大家稍微挺起身子，哈利啓動泡泡裡的攝影鏡頭。桂葛里難得想到要伸手梳理頭上的鳥窩，可惜效果有限。

哈利正色以對，他認眞起來的嗓音很有磁性。「和平號全體成員報告，任務開始後九十二天，我們與太陽系內第二個異物『貝塔』取得聯繫。此外星造物目前穿越本星系，目的地不明，但軌道與太陽交會。如任務日誌記載，和平號曾經派遣雅努斯無人機艦隊前去尋找第一個異物『阿爾法』，不過沒有收穫。第二支無人機艦隊伊卡洛斯則成功鎖定貝塔所在位置，雅努斯艦隊改變航道前去會合。雅努斯由兩架偵察機與三架特殊功能無人機組成，它們分別負責觀測、互動以及阻擾。」

聽見阻擾兩個字，我忍不住嘴角上揚。比起「磁軌砲無人機」或「戰鬥無人機」要好聽很多。哈利行雲流水地繼續說下去。

「觀測機成功經過異物周圍空間，取得影像及其他被動性質、非發散形態讀數。無人機將在大約二十小時之後與我們會合，和平號則預計在四天後與火神號進行重組，十二天後到達貝塔所在地。接下來交給本次任務負責第一次接觸的專家，夏綠蒂．路易斯。」

夏綠蒂的澳洲腔感覺比之前重了些。我想每個人都強烈意識到這段錄影很有可能會流傳全球，甚至傳承好幾個世代。當然前提是地球人還有未來。

「第一次接觸的形式是以包括微波、無線電波、光波等各種波形爲媒介，發送一系列簡單數學題。內容首先是費波那契數列，零、一、二、三、五、八等等，」她吸口氣。「很榮幸在此回報，互動機發送費波那契數列第四十六個數字以後，異物做出回應，而且是正確的第四十七個數字。也就是說，地球人成功與外星智慧生命進行了首次接觸。」

夏綠蒂的語氣昂揚，感覺是個好的斷點。無論誰在什麼時間、什麼地點看見這段畫面，一定能夠感染到我們的情緒。

興奮。

還有希望。

我朝哈利快速比了手勢，他點擊平板螢幕。「錄影結束。」

「好，」我說。「從一開始就計劃有重大消息的時候要發送通訊方塊回地球。我提議現在就放一個出去，附上這段影片。」

沒有異議，所以大家各自行動，等方塊朝著地球出發，再重新集合。第一次與故鄉聯繫就是超前進度的好消息，我心裡不禁有些小驕傲。

閔肇啓動議程。「好，開始討論吧。」

「眞希望能在場目睹。」夏綠蒂說。

「還不知道無人機是什麼下場，話別說得太早。」桂葛里接話。

「意思是？」她的語氣尖銳。

桂葛里聳聳肩。「意思還不夠清楚嗎，無人機可能已經變成碎粉了。」

我舉起手。「先談談計畫需不需要變更吧。」

艾瑪接著說：「我個人覺得樂觀。或許因爲我想要相信吧，但總之看起來像是有機會。當初阿爾法立刻摧毀或癱瘓了探測器——」

「未經對方許可、暗中偵察的探測器。」夏綠蒂打岔。

桂葛里悶哼。「暗中偵察還有先跟人家說的嗎？」

「我想說的是，」艾瑪趕緊搶話，不讓夏綠蒂跟他吵起來。「前後結果明顯不同。當然無人機的行爲模式和探測器也不一樣，但貝塔發現無人機存在之後，沒採取攻擊行爲才是重點。這代表什麼？或許兩個異物隸屬交戰中的兩方陣營。」

她的說法懸著好一陣。假如艾瑪說中了，事情會更複雜，不過也代表地球可能爭取到盟友，更有機會終結長冬。

「或許吧。」哈利開口。「然後太陽系現在的狀況與他們的戰爭有關？其中一方需要太陽能，或者試圖阻斷太陽能？也說不定地球人早就與某一邊扯上關係，只是我們自己無法理解。」

莉娜附和時，我有點訝異。「也許地球人來自他們，是外星人的後裔，或是被製造出來的生化機器。」

很有趣的理論。人心眞的很難看透，平常安安靜靜的尤其如此。

接下來是閔肇。「但也可能我們只是無端遭到牽連，某個陣營出於道德立場想保護地球。」

「回歸問題本身，」哈利說。「我們得根據現有資訊，判斷計畫是否需要調整。」

「當然要，」夏綠蒂搶著說。「得加快腳步，盡早趕到貝塔那邊。」

「理由是？」桂葛里問。

「不是很明顯嗎？」夏綠蒂沒好氣地說。「想互動，必須我們親自在場，按照對方的反應不斷調整訊息。這是人類歷史上最大的轉捩點，我們卻還慢條斯理的，不當一回事。」

「並沒有慢條斯理。」桂葛里反駁。「我們現在的移動速度已經可以寫成『光速的好幾分之一』，意思就是飛得非常非常快。」

「還可以更快。」

「要付出代價。」桂葛里嘀咕。

「是什麼？」

「給無人機的動力得降低。反應爐輸出有上限，得保留給中途島。」

夏綠蒂的脾氣上來了。「眞沒想到居然還要提起中途島。拜託，」她的視線掃過眾人。「有個願意和我們對話的異物在眼前了還不過去，執著於再派無人機找下一個是爲了什麼？」

我搖搖頭。「夏綠蒂，中途島的用意沒那麼簡單。而且不該爲了提早到達貝塔，就將所有雞蛋放在同一個籃子裡。」閔肇和泉美的神情有點茫然，我意識到自己不該用太多英文俚語。「我們有責任為地球做好準備，因應所有事態演變。互動才成功一次，能確認的還太少。」

哈利巧妙轉移話題。「夏綠蒂，幫我們做個複習，第一次接觸下個步驟是什麼？」

「好。」她深呼吸。「偵察機軟體回報了第一次接觸的時間。互動機收到異物回答費波那契數是五十二小時前。」

「偵察機返回的這段期間，進行接觸的無人機在做什麼？」艾瑪問。

「根據排定的程序繼續嘗試，」夏綠蒂解釋。「發送更複雜的內容，嘗試擴展溝通詞彙。最主要是傳達地球人具備智能且追求和平的訊息。」

以我和人類這種族相處了三十六年的經驗，認為兩個描述都值得商榷。

「和平號正快速接近異物，」我指出。「原始計畫是將偵察機送回貝塔，繼續觀察溝通進度。依據速度與距離計算，如果現在就發射，偵察機往返大約四十四小時。我傾向維持原議，讓它再跑一趟，同時確保和平號與火神號的對接能順利。中途島艦隊也照舊，生產完畢就派出去。各位怎麼看？」

「我同意。」桂葛里率先表態。

閔肇附和。「我也同意。」

然後是艾瑪。「唔，附議。」

哈利說：「夏綠蒂的觀點也值得考慮，但我覺得確實有必要確認是否存在其他異物。」

再來是泉美。「我同意詹姆斯。」

莉娜說：「觀測機會在二十小時後回來，對不對？帶著在貝塔周圍區域取得的數據？」

我點頭。「沒錯。」

「四十四小時之後，偵察機又要更新第一次接觸的進度。那我覺得照原定計畫就好，除非從觀測資料找到非改不可的理由。」

結果一面倒，很快就散會了。夏綠蒂自然不開心，但畢竟所有人都有表態。這個任務比最初的想像複雜得多。

泡泡通向和平號每個區塊，是船員的向心力中樞、也是意見碰撞的舞臺。我們在衝突中取得共識、精益求精。

不過離開泡泡後，哈利、艾瑪和我幾乎什麼事情都很有默契（除了艾瑪的身體和工作量這兩個棘手難題）。才剛回到實驗室，感覺劍拔弩張的氣氛一掃而空，哈利將我拉過去給了個熊抱。艾瑪湊近，我將她也拉過來。

「成功了！」哈利叫著。「到底是不是眞的呀？」

「我也好不敢相信，」艾瑪低聲說。「上太空就是希望有朝一日能建設新殖民地。可是今天……居然和外星生命聯絡上了……做夢都想不到。」

她現在的模樣看得我也覺得幸福了起來。那種喜悅與嚮往彷彿回到了童年。我已經很久很久沒有這種滿足感了。

❄

觀測機到達前夜，我輾轉難眠。

大家坐在泡泡盯著大螢幕。無人機進入視野，乍看就像很小的小行星。閔肇透過和平號外的通訊板發送靠接指令，無人機繞到太空船側面，並進入我們準備好的艙口。外側艙門關閉，泉美穿好太空裝飄進去替無人機接線，莉娜的軟體介面自動截取數據。

「不必等我。」泉美在頻道中發話。我們確實等不及想揭開異物眞面目，何況事態也是分秒必爭。

莉娜的手指飛快地敲打鍵盤，爲數據做分類。螢幕跳出機器帶回的影片檔，所有人目光集中過去，發不出聲音。

貝塔就在畫面遠方，太陽位於無人機背後，光芒照亮異物正面。探測器初次得到的影像是背面，太陽在異物後方，阿爾法只是強光前面的一團朦朧。如今鏡頭聚焦異物的幾個發現，令我無比震驚。首先自然是體積與形狀，這個角度看到的物體接近圓形，但無法確定究竟是球形或者圓筒一端，反正非常巨大，直徑少則一英里、多則兩英里。無人機幫我們做了估算，畫面右下角一塊黑色宇宙背景冒出白色字母：

》估計寬度：2.4公里。

》估計高度：2.4公里。

所以長寬都是一英里半。

無人機繼續接近，路線並非直接攔截異物，稍微保持了距離。鏡頭繼續追蹤，逐漸能看清異物的邊緣。

我心跳加速、合不攏嘴。原來不是圓形而是六角形。巨大的六角形。這認知彷彿當頭棒喝，我差點眼前一黑。

艾瑪察覺了我的異狀。她用眼神示意：怎麼了？

我微微搖頭，希望其他人還沒留意到。

隨著無人機持續拉近距離，被太陽照亮的貝塔表面，有如旭日下波光粼粼的湖面，但反射並不刺眼，如同固定成六角形的一片黑曜石海，而且看不見任何紋路或凸起。

我想我知道接下來會是什麼發展，可是我好害怕，我不想猜中。

無人機從異物周圍擦過，畫面停格在交錯瞬間。螢幕的靜態影像清楚顯示異物外觀。從這個距離看過去，它像是晶圓那麼纖薄，簡直是航向太陽的一面帆。無人機估測深度爲三公尺。反胃感在體內翻攪，但我必須專注。

形狀是分析異物的關鍵。六角形。六角形在自然界有其意義。蜂巢，蒼蠅複眼，肥皀泡泡。爲何是六角形而非圓形？因爲六角形才能組合在一起。

結論如此，但對於地球人的意義是什麼，我不敢肯定，只是已經有了假設。不好的假設。

螢幕回到影片模式，現在看到異物背面，同樣找不到任何標誌的一團黑潭，而且少了反射的陽光，若不是在宇宙背景下被太陽照亮邊緣輪廓，異物幾乎可說是隱形。

畫面跑過一堆數據，莉娜幫我們做了整理。

「環境訊號都是零。和我們一樣採取隱匿模式。」

影片結束，閔肇開口：「討論討論，看看每個人注意到什麼。」

話聲此起彼落，可是我只有模糊印象。桂葛里好奇它會不會有生命，也就是某種巨大的太空昆蟲一類。閔肇懷疑它是外星人船艦脫落的一部分。夏綠蒂堅稱既然對方能夠溝通，不管是什麼，都具有高度智力。

我陷入自己的思緒太深，差點沒聽到他們叫我。一次又一次，閔肇喊著我名字：「詹姆斯，詹姆斯——」

「唔，我在。」

「呃，那你怎麼想？」

「我想……我想我還需要一點時間思考。」

漫長的沉默。

哈利開口：「我附議。我想大家都一樣。」

❄

回到實驗室，艾瑪走過來追問：「你知道了什麼吧？」

「或許，還不確定。」

「告訴我，詹姆斯。」

不行，除非有把握。「需要更多資料。」

❄

十小時後真的得到了更多資料。比預期提前十四個鐘頭，再度印證了我最深的恐懼。

「偵察機從異物返回，」閔肇表情嚴肅。「向對方送出費波那契數列的互動機沒有回應。」

「會是故障嗎？」夏綠蒂問。

「不無可能。」哈利淡定地說。

「偵察機提早返回。」桂葛里直接破題。

閔肇點點頭。「嗯，前往貝塔途中就發現互動機正在漂流。」

「時間？」桂葛里問，閔肇沒聽懂，挑了挑眉。「它什麼時候……」桂葛里似乎在考慮用什麼詞才妥當。「失去功能？」

閔肇瞟了平板。「就在第一次接觸之後。」

我用力吞嚥口水，不想表露情緒。感受就像上法庭那天，站在被告席上聽法官宣判無期徒刑，不得假釋。差別在於如今不是只有我面對，而是整個地球的人類。我們犯下的罪恐怕是在錯誤的時代生於錯誤的行星。

桂葛里開門見山說：「和探測器一樣，遭到異物攻擊了。」

「有可能是故障。」莉娜的口吻變得很小心。

「還是該親自在場才對。」夏綠蒂感慨。

艾瑪趕快主導話題，我很慶幸。

「現在應該專注討論下一步。」

「沒錯。」閔肇附和。

他們望向我。

「得先將負責與異物互動的無人機取回，」我說。「盡快。然後查出究竟是什麼情況。」

31

艾瑪

詹姆斯知道了什麼，卻沒有告訴大家。

航程大半時間中，我對他生氣都是因爲他的意見太多，特別是針對我的身體狀況。沒想到現在我生氣的竟然是他有話不肯說出口。感覺要瘋了，他不說出來，我怎麼幫忙？從觀測機取得影像以後，他彷彿一個人將整個世界的命運背在身上。

無人機艦隊按照明確計畫行動，最初是觀測，再來是接觸，接觸失敗的情況才進行阻擾。目前無法確認接觸是否失敗，有可能是機器出了技術問題。

泡泡裡的下一次集會，桂葛里主張按照計畫派出裝載磁軌砲的無人機。夏綠蒂自然反對，這次我也一樣，還加上了莉娜和泉美。閔肇認爲可以先讓阻擾機就定位，但按兵不動。

至於詹姆斯，他靜靜聽完以後，解開桌子安全帶說：「得先確認互動機究竟出了什麼事，在那之前什麼辦法也沒有。」

說完他就離開了，沒有要討論、辯論的意思。

哈利和我回去實驗室，發現他低頭盯著平板電腦，咬著下唇一個人悶著。

「怎麼回事？」我問。

「什麼？」

「剛才在泡泡，怎麼說呢……不跟大家商量一下？」

「沒時間。」

他將平板遞給我，上面是新的無人機設計圖。極小、極快，需要動用反應爐存下的大量電力。這支新艦隊取名為赫利俄斯（注），由三架迷你無人機構成，其中之一能夠發送微型通訊方塊回地球報告。微型通訊方塊體積大略是三個二十五分美元硬幣疊起來，但包含無線傳輸在內所有功能與正常方塊相同。

「我們得沿著異物的向量軌道發射偵察機，在潛行模式下高速行進、沿途攝影，將發現回報給地球。」

「我同意。」哈利平靜地說。

無論詹姆斯隱瞞什麼，看來哈利也知道，又或者他們私底下聊過，卻沒告訴我。這麼一想就讓我不禁惱火了起來，但很明顯詹姆斯現在還不願意說，只想盡快完成計畫。

「好吧，事不宜遲。」

❄

我從來沒這麼拚命做一件事，更不用說做得這麼快了。距離詹姆斯亮出赫利俄斯設計圖才十三小時，新的無人機艦隊就從和平號出發。磁軌砲出力超越極限，轟射無人機時，整艘船像遇上地震。

詹姆斯究竟認為能夠在那裡發現什麼？為何忽然害怕成那樣？

❄

火神號來到和平號旁邊。大家再度到泡泡集合，兩艘船所有人的臉貼在圓形小舷窗上。姊妹船並未受到明顯損傷，各模組沒有焦痕或破洞，不過能感覺到它比和平號小些，而且與任務簡報書的介紹不一致，由中心往外延伸的幅度短了些。

大家提出好幾種交換無人機資材的手段，其中也包括兩船對接，但最後決定採用栓索法，貨櫃扣在繩索上推過來，可以想像成宇宙空間裡掛著一條曬衣繩。不過我們用的栓索還附了電纜，支援點對點資料傳輸。雖然必須保持潛行模式，不能傳播任何訊號，但只要兩艘船肩並肩，就能保持直接通訊，盡可能交換情報，像是觀測機取得的影片和讀數。

當然最重要的是雙方開啟視訊通話，終於能正常交談。

固定栓索和搬運貨物的工作就交給和平號的機械手臂。

我在這方面的操作經驗最多，所以機械手臂的控制就由我來做。我做得還挺開心，而且和平號、火神號船員忙著視訊會議時，我才有事可做。他們彼此好好問候之後，很快開始討論觀測資料代表什麼，會議由詹姆斯主持，但不知爲何一直避免做出後續決定。總而言之，氣氛就像團圓夜那樣愉快。之前聽詹姆斯說大部分船員應該只見過一次面，不過感覺得到那份革命情誼，想必來自於任重道遠的太空生涯。

剛登上和平號時，我總覺得自己是外人。他們要進行歷史上最艱鉅的任務，而我莫名其妙闖進來搗亂。所幸詹姆斯和其他人都沒對我另眼看待，願意接納我加入船上生活，無論工作、會議

注：Helios，古希臘神話太陽神。

甚至吵架都算上我一份。我也是這個大家庭的成員，也因此現在又有了輕微的隔閡感，彷彿自己是個被收養的小孩，第一次面對親戚到訪。其他人都像是過去就有了交情和聯繫，別人聊天的時候，我只能獨自到廚房打雜。

畢竟我原本不屬於這裡。

最後一個貨櫃也從栓索放進開放艙，我收起機械手臂以後，留在泡泡外面的控制站，不知道自己該做什麼好。進去泡泡自我介紹？從這兒也聽得見他們講話，正在討論如何回收出狀況的無人機。詹姆斯的話題繞來繞去，好像想拖延時間，爲什麼？

結果他忽然從背後冒出來，嚇了我一大跳。「嘿。」

我捧著心窩。「嗨。」

「沒事吧？」

「被你嚇到了。」

「這邊如何？」

「很順利。」

詹姆斯望向螢幕，鏡頭對著存放無人機材料箱的貨艙。

「好像都到了。」

「嗯，全在裡面。」

「那……妳接下來要做什麼？」

「我……自己也不知道，剛剛正在想。」

他輕輕拉著我的上臂。「我幫妳決定吧。過來，有些人想見見妳。」

進了泡泡，我綁好桌面安全帶，望向螢幕裡滿臉笑容的火神號船員。

詹姆斯指著我。「火神號的朋友們，這位就是艾瑪．梅休斯指揮官，國際太空站不幸事故的唯一倖存者。同時她也是我們能快速發射大量無人機的幕後推手，都快把我和哈利擠掉了。」

我中學畢業以後應該就沒臉紅過。「呃，沒有那麼誇張啦。」

「別被她騙了，」哈利在旁邊大叫。「她在實驗室裡超猛。」

接著詹姆斯介紹火神號成員，每個人用母語跟我打招呼。

「*Bonjour*。」（法語）

「*Hallo*。」（德語）

「*Zdravstvuyte*。」（俄語）

「*Ciao*。」（義大利語）

「嗨，艾瑪。」

最後輪到丹恩．漢普斯泰德。「幸會，女士。」

感覺我又回到這個大家庭內。

詹姆斯對兩邊所有人繼續說：「最後要討論下一步怎麼辦。中途島艦隊的設計圖剛才傳過去了，組裝完畢會立刻派遣。再來，等雅努斯艦隊沒反應的互動機回來後要詳細調查，我認爲必須確認無人機情況，才能擬定計畫。」

兩艘船上許多人點頭。

火神號上與閔肇同樣位置的安東尼奧最先回應：「聽起來有道理。另外，我們這邊也討論過很多次，既然沒辦法製作無人機，結論是火神號最大的用途是攻擊。」

這次兩邊沉默很久，都不敢隨便接話。

丹恩・漢普斯泰德第一次發表意見：「保險起見，先說明前提，核彈與無人機設計原理不同，需要太空船控制，也就是必須啓動通訊系統。異物或許有迴避能力，也或許能夠由核彈追蹤到太空船。發射核彈的船必須負責瞄準操作——並且承受隨之而來的風險。」

弦外之音很清楚了：火神號發射核彈，然後自己也會變成箭靶。

然而火神號眾人沒有絲毫猶豫，反而個個神情堅定。看見他們如此無私勇敢，我們除了欽佩與感動，實在無話可說。

詹姆斯點頭。「明白了，那麼先等互動機返回，再安排下一步。」他停了半拍，隔著螢幕凝視火神號每個人。「能再見面眞好。」

一個鐘頭後栓索解開，兩艘船比肩前行。我想和平號的大家心頭都懸著同樣念頭，說不定這是最後一次與火神號船員交談。

❄

雅努斯艦隊的互動機終於抵達。偵察機與它連接之後，帶進了和平號。

我們聚在泡泡等莉娜與偵察機建立連線。

「好了。」她在平板前面彎著身子忙碌操作。

詹姆斯先開口問：「無人機失去動力時間是？」

「就在第一次接觸後。」

夏綠蒂問：「是軟體故障？」

莉娜聽了悶哼一聲。「無法排除，但機率很低。」

詹姆斯說：「偵察機得到什麼資訊？」

「通訊板部分不多，」她點了點平板。「互動機在各個頻道發送費波那契數列，到了第四十六次之後，貝塔有回應，於是互動機送出第四十八號數字。異物還有訊號，但不是數字，內容很複雜。之後就沒了，紀錄檔空白。」

夏綠蒂說：「得看看訊息內容。」

閔肇附和：「同意。」

哈利鬆開安全帶。「我該去收拾客房了？我是說貨艙？」

大家笑了，但詹姆斯笑不出來。他望向另一邊，我彷彿能看見他頭髮底下的大腦不停轉動。詹姆斯搶在哈利快離開泡泡時開口，聲音有點遙遠。「不對。」

所有人愣住。

「不對，哈利，別讓它進船。」

哈利還沒回話，他又繼續指揮。「艾瑪，用機械手臂把互動機夾回來，然後接上訊號線。莉娜，我們需要防火牆，不是只有軟體，要全面防堵。」

她點頭。「當然。我會在訊號線這頭設置獨立系統，與船內沒有任何連結。」

「太好了。」

夏綠蒂有點不耐煩。「可以請教這是在做什麼嗎？」

「無人機可能是特洛伊木馬。」桂葛里說。

詹姆斯仍舊沒抬頭。「嗯，既然對方傳送的訊息很複雜，裡頭也許夾藏了病毒。當然異物也有可能透過別種手段癱瘓無人機，又或者眞的是軟硬體故障。我們必須先做確認，動作要快。」

❄

機械手臂控制站一下子擠滿人。我操作的時候，莉娜就在隔壁，平板電腦直接連結纜線。詹姆斯、哈利、閔肇、桂葛里、泉美和夏綠蒂都待在後面等著。

第二次伸手，纜線接上無人機的通訊埠。

莉娜飛快打字輸入，手快得看不清楚。

「毫無反應，連診斷程式都叫不醒。」

大家不知該說什麼，視線集中到詹姆斯身上。他又露出那種渺遠的神情。

「拆開。」

「在外頭拆？」桂葛里大吃一驚。「我們速度——」

「我知道速度很快。」詹姆斯的聲音不帶情緒，眼睛沒看桂葛里而是直接盯著我。「啓動機械手臂上的攝影機。拆的時候要很小心，事關重大。」

我非常緊繃，眞的覺得掌心出汗。這個要求一點都不簡單，幾乎等於在太空裡戴著烘焙手套從事外科手術——而且時速是好幾萬英里。倘若無人機被我彈出去，就會永遠消失回不來，如同海灘上的一粒沙不知流落何方，我們唯一得知眞相的機會將成過眼雲煙。說得容易。

但我點點頭，一派若無其事的樣子。「目標是？」

「先看看結構。像剝洋蔥那樣剝開，動作放慢沒關係。之後在裡面找硬碟，妳知道位置。」

當然知道，畢竟是我親手組裝的，硬碟都鎖在中心節點。操作機械手臂的技巧也是我最熟悉、最靈敏。

我還是很怕，擔心會搞砸。但同時我又想自己來，不能辜負大家對我的期待。之前依賴我的夥伴們……先走了一步，我仍然背負著那份沉重，飛越地球與太陽之間一半距離，還沒能放下。或許一輩子都放不下。可是我心裡知道，現在我能幫到新的夥伴，我在和平號上是個有用的人。

詹姆斯的目光依舊留在我這兒。「嗯。」我深呼吸。

「把黑盒子也取出來。如果出了狀況，要在硬碟和黑盒子擇一，那就選黑盒子。」

我點頭。黑盒子是哈利的構想，他在無人機結構極深處放置了另一個硬碟，並裝上防護層，時時刻刻篩選無人機上所有系統訊息，加以複製留存。

我握住控制桿，開始移動機械手臂，小心翼翼拆卸無人機外殼。外殼鬆脫的瞬間就向外飄離，彷彿蒲公英種子般飛散在無垠宇宙。

接下來是內層支架。我瞥了瞥儀器，發現機械手臂的壓力值太高了，怎麼回事？

詹姆斯湊近，看著螢幕。「有問題嗎？」

「阻力過大，不知道卡住了還是熔解了。」

「用雷射。」

我吞口口水，情緒更緊張，以一隻機械手臂固定無人機，另一隻手臂切割支架邊緣。零件飄走以後，便能看見內部情況。

電線全都熔解了，像蠟筆或水彩五顏六色混雜成一團。電路板被夷平，上頭的電容、電阻、ＬＥＤ和二極管彷彿大火過後的建築物。

夏綠蒂率先發問：「怎麼會這樣？有什麼可能原因？太陽閃焰？」

「不是自然現象，」桂葛里回答。夏綠蒂張嘴想爭辯，他直接打斷。「統計學否定了這個可能性。」

「待會兒就知道了。」詹姆斯小聲說。「艾瑪，繼續，再多切一點。」

五分鐘以後，硬碟出現在螢幕上。「送到貨艙裡。」詹姆斯吩咐。

隨後的一小時很煎熬，我百分之百專注，還好最後也獲得成功，將硬碟與黑盒子都送到和平號內，甚至從無人機其他部分取得樣本、放在容器收好。最後我將自己刻的機殼整個拆解，所有零件隨即沉入深邃的宇宙之海。

我又以貨艙內的小型機械手臂爲黑盒子接上纜線，另一端是莉娜架好防火牆的電腦。

「我想看看訊息內容。」夏綠蒂開口。

「先看錄影。」詹姆斯立刻駁回，語氣沒有情緒、不帶質疑，所以也沒人再爭辯。

莉娜繼續輸入指令。影片開始播放，大家的眼睛離不開螢幕。

我們看見位在遠方的貝塔，負責第一次接觸的無人互動機從後側接近。

白色字符滑過畫面，是費波那契數列內容。其中一個數字變成紅色——代表對方的回應。下個數字又是白色，隨後卻冒出紅色問號，想必意指異物傳送的非數字訊息。

接著畫面一轉眼全黑。

「拉回去，」詹姆斯說。「從結尾倒數兩秒，開慢動作。鏡頭每秒一百幀，用每秒十幀試試看。」

影片再次播放，這回我看得瞠目結舌。異物變了形，六邊形朝內坍縮，化作左右是尖頭的扁豆狀，一端轉過來指著互動機，發出了強光。

強光之後錄影中斷。

我明白了詹姆斯這段時間在沉思什麼、哈利猜到了什麼卻沒有告訴大家——這是戰爭。

32 詹姆斯

我們將互動機被異物烤焦的影片放進通訊方塊，送回了地球。桂葛里、哈利與我，花了好幾個鐘頭探討異物究竟如何攻擊，目前認爲最有可能是輻射線或某種帶電荷的粒子衝擊，而結論是必須爲中途島艦隊加裝對應的防護措施。但我不知道實際上效果如何。

夏綠蒂只要醒著，就一直努力破解異物傳送的訊息，然而沒有更進一步的進展。我雖然佩服她的毅力，卻懷疑這不是聰明才智能解決的問題。

我認爲自己掌握了事件梗概：互動無人機播送簡單訊號，異物起初研判可能是自己人派遣的簡易構造通訊裝置，於是先回應了費波那契數，接著便發送加密但維持原本語言形式的訊息，但互動機無法以相同語言回話，異物立刻察覺原來不是盟友。

針對下一步怎麼做的討論意外簡短。我們讓偵察機返回雅努斯艦隊，向阻擾機傳達命令——直接對貝塔發射磁軌砲。用意在於取得較大塊的異物樣本，若異物碎裂情況符合預期，有可能達到二十平方英呎面積。昨天還發射了無人運輸機，負責將樣本送回地球。後來在泡泡吃午餐的時候，我忽然意識到這是人類第一次取得外星人物品，只可惜目前推測是敵非友，或者該稱之爲侵略者。我們研究對方是爲了擊敗他們、保護自己。

看過錄影以後，我思考了很多很多。異物的外殼顯然柔軟、具可塑性，或至少是小單位組成，才能彎曲成畫面裡頭的形狀。大家在航程中辯論了無數次異物究竟是什麼，會不會是漂流於宇宙空間的生物或生物群集體？還是機器，也許近似我們發射的無人機？抑或是太空船，船上的物種體型與地球人相比極小之類。有太多可能性，沒有足夠線索可供判斷。

不過線索就快到手了。

和平號內的氣氛陡然一變，大家變得不太講話、不太有笑容，對話簡單短促，焦慮緊繃瀰漫。想來當年遭到偷襲之後，珍珠港與美國本土都是這種狀況，每個人都知道大事不妙、惡戰難免，儘管是一場永遠做不足準備的抗爭，爲了心愛的人們以至於種族存續，仍必須咬牙堅持到底。

我知道艾瑪有心結，因爲之前我沒說出自己心裡的懷疑。希望她現在能體諒，這擔子實在太沉重，所有人知道之後都被壓得喘不過氣。艾瑪已經背負了國際太空站那幾條人命，我看得出來她心裡的傷口尚未痊癒，只是不願對我、甚至不肯對自己坦白。

她還很擔心妹妹一家人，之前錄了一段影片放在送回地球的通訊方塊（裡頭儲存空間很充裕）。每位成員都有錄影給家人朋友，其他人說中文、日文、德文、俄文，所以我聽不懂，不過艾瑪、哈利、夏綠蒂給親友的內容都差不多，就是催促他們前往安全地點躲好，還有我愛你們。

只有我沒送信回家。我考慮過錄影給哥哥，但覺得他會看都不看就丟掉，畢竟他早就說了要跟我斷絕關係。都已經世界末日了，還是尊重他的意思別再打擾。

我很想聯絡唯一的舊友奧斯卡，但擔心因此洩露他的藏身之處，那樣我將又一次辜負別人的信任。

❄

大家再次到泡泡集合，便是爲了發射中途島艦隊。磁軌發射臺釋放能量時，和平號劇烈晃動。無人機衝入深邃黑暗之中，快得連螢幕上也看不見，最後還是從發射臺的數據確認所有系統正常運作。

無人機會朝太陽的反方向移動，尋找派遣異物的外星母艦。如果確實有母艦存在，按照向量，它一定是在我們後方，因此這次發射和雅努斯那回有些不同，磁軌砲後座力反而推了我們一把，桂葛里也據此投入更多能量——其實他用得太多了點——多到和平號失去返回地球的機會。剩餘動力或許勉強能支撐一個逃生艙……只是或許而已。可是挪用反應爐動力這件事，沒有人提出異議，全員自動通過。我們已有覺悟自己必須留在太空。地球人和對方處於戰爭狀態，必須有人探查敵方規模與位置，個人生命沒有種族存續來得重要。

我想所有人出發之前早就明白將有去無回，現在只是把話挑明而已。

沒有人回得了家。

❄

莉娜眞是個天才。她寫出了一套壓縮演算法，以後通訊板可以傳送異物影像。起因是莉娜的思維有了突破，我們本來就不需要高解析度圖片才能確認異物狀態——很大的原因在於宇宙空間中許多東西都一片漆黑。她的解決方案是無人機同樣先拍下完整照片，然而儲存檔案時捨棄黑色或極接近黑色的像素。此外無人機也沒必要記錄太陽狀態，只要確認太陽位置，之後靠軟體補上太陽及星辰背景。更厲害的是原始影像建立完成後，無人機只需要接力傳送她所謂的「差異值」，也就是影像上有變動的部分即可。

另一項新安排帶來更大的優勢，讓我們能以最快速度看到「影像」。所有可以動用的偵察無人機在和平號與異物之間連成傳輸網路，雖然我們與異物的距離還很遠，卻能時時掌握最新情況。

異物逐漸毀滅地球。人類很快就會反擊。

我們就是見證者。

❄

大家的用餐時間不再相同，每個人餓了就自己去吃，少量多餐更能維持長時間勞動的體力。我們在走廊、在泡泡都常碰見彼此，不過絕大多數時間，人人皆埋首工作。曾經的和平號就像個小太陽星，每個人都是行星，大家手牽手繞著太陽轉；如今太陽彷彿化作超新星，我們被爆風捲走，在烈焰中粉身碎骨。

而泉美認爲這樣下去不行，於是要求船員定期進入泡泡聚餐。我們也正好利用機會討論較大的議題，比方說：眞的削下異物外殼以後呢？

桂葛里開口：「這不是很明顯了嗎？等樣本離開爆炸範圍，讓火神號去丟核彈。」

閔肇附和：「我同意。」

莉娜跟著說：「我也是。」

夏綠蒂蹙眉。「我不是反對，也知道這可能問得有點笨，但核彈在太空是怎麼爆炸的？」

我能感覺到她是眞心好奇，而不是想兜圈子。

哈利柔聲說：「問得不錯。」但又瞟向桂葛里，畢竟有相關領域的工程師在場，由他來解釋最合適。

桂葛里聳聳肩。「炸彈還是會爆炸啊，核分裂反應不需要氧化劑。你們想知道的應該是威力吧？以地球環境，也就是大氣層內來說，熱量與衝擊波才是破壞力主要來源，但眞空環境下當然沒有衝擊波和熱能波，只剩下核彈材料生成的輻射和電漿雲。核彈外殼針對製造電漿雲做過優化，這部分的效果很強，範圍也廣。」

夏綠蒂輕輕點頭。「謝謝。」她咬了咬下唇才繼續說。「嗯，我也支持核武攻擊，時間點可以再討論就是了。很遺憾我這邊解讀異物的訊息沒有進展，考量到探測器兩次失靈，加上國際太空站事件……」夏綠蒂的視線飄過來，艾瑪沒反應。「嗯，確實無法期待異物會釋出善意。」

「在我看來，」閔肇接著說。「從地球周圍幾乎得不到太陽輻射這點，就足夠辨別敵友。」

「對，」夏綠蒂回答。「這也得考慮進去。我們要盡量搜集情報，包括如何摧毀異物。」

不必等其他人的意見了，大家雖身心俱疲，但仍有共同的行動方針。

「回到丟核彈時間點。」我稍微停頓，他們都沒講話。「取得外殼樣本，無人機撤離，我認爲就立刻轟炸，避免對方有時間呼救或逃離。透過莉娜串起的通訊機菊鏈（注），我們來得及看到爆炸之前和引爆當下的畫面。」

「但之後的情況無法確認？」泉美問。

「剛開始沒辦法，核爆會導致通訊無人機故障。雖然和平號留在安全距離之外，也多少會受輻射影響。爆炸之後，我們得派一小群觀測機過去調查損害程度。」

所有人達成共識，確定與異物開戰，接著便是人類歷史轉捩點的倒數計時。

❄

清點後發現原料足夠建立兩條通訊線，一條連接貝塔、一條連接火神號，如此一來，在戰鬥中能夠即時監控兩邊情況，不過引擎零件也因此幾乎告罄。

泡泡螢幕上多了兩個大大的倒數視窗。

》距離火神號通訊線啓動：2:32:10

》距離異物通訊線啓動：7:21:39

我該去睡會兒，身體要撐不住了。但是我怎麼樣都睡不著，神經一直在體內振動、像個嗡嗡叫又關不掉的鬧鐘。

而且還有件事情得做。走去實驗室路上，我聽見艾瑪的聲音傳來，十分清晰，音量有點大，不像是聊天，可能在錄影？

「裴瑞茲先生您好，我是艾瑪．梅休斯，國際太空站發生意外時的指揮官。我想藉這機會向您致哀，您的女兒不僅是優秀的科學家，也是我的好朋友，同時她還是太空站裡的整人專家，有一次——」

注：Daisy-Chain，一種資料或裝置的串聯模式。

她忽然大笑起來，轉眼卻又啜泣出聲，哭了一會兒才喘過氣。「停止錄影，刪除檔案，重新建檔。」

我到了門口，門並沒關緊。但哈利也飄在旁邊，他跟我一樣決定別進去打擾她。

我向他招招手，兩人一起離開。

到了運動區，我騎上單車，他套上彈力帶。

「詹姆斯，你覺得之後事情會怎樣？」

「老實說嗎？我不知道。」

❄

我回到實驗室，裡面安靜多了。艾瑪一邊踩著腳踏車，一邊低頭對著電腦打字。

她抬起頭，露出泛紅的雙眼，但還是擠出一個笑容。「嗨。」

「嗨，過得怎樣？」

這問題尷尬死了。我很緊張，到底爲什麼？

「還好。」艾瑪回答。「剛才錄了些影片、寫了幾封信想送回地球。下次通訊方塊應該還能塞進去？」

「一定可以。莉娜壓縮過的圖片很小，我們也沒取得多少數據。」

「那就好。」

「呃，到達異物之前，我有件事情想說。」

她的手腳動作都停下來。更尷尬了。

「我，呃……之前太……堅持要妳做運動，那只是擔心妳的身體而已，希望妳別介意，都最後了——不對，不能說是最後。反正事情開始之前，我不想要我們兩個人心裡還有芥蒂。」

「詹姆斯，我懂的。我知道你關心我，就是因爲你關心我，所以我一直很感激。沒事的。」

艾瑪過來擁抱我，我們靠在一起許久。我不想放手，她應該也不想。

❄

大家到泡泡裡綁好安全帶，每個人的表情都很嚴肅，像陪審團準備面對死刑案的證據。視窗裡倒數計時還在繼續：

»距離火神號通訊線啓動：0:15:04

»距離異物通訊線啓動：5:04:33

後來我在工程區找到正在講話的哈利和桂葛里。泉美和閔肇飄在艙門邊旁聽，都背對著我。

「燃料不夠啊。」桂葛里說。

閔肇忽然轉身，看見我時嚇了一跳。「詹姆斯！」他叫得很大聲。

「嗨。」

四個人緊盯著我。「怎麼了嗎？」

哈利挑挑眉。「確認航線，看看送樣本的無人機燃料是不是夠用。」

無人機再十分鐘發射，所以我才過來找他，那些計算我們做過一百遍了。

不太對勁。

❄

目前已取得火神號的影像，並與他們建立即時文字通訊。菊鏈通訊模式頻寬不足，別說視訊，連語音也辦不到，但計畫內容與倒數計時已經雙邊同步。

我知道該入睡，可是依舊睡不著，只能坐在實驗室裡，繼續思索有沒有漏掉什麼細節。

艾瑪在艙門外面遊蕩了一會兒才鑽進來。

「我也有事想告訴你。趁著還沒攻擊前先說。」

我挺起身子。「喔？」

「謝謝你救了我。」

我點點頭。方才不知道她會說什麼，現在這感覺……好像是失落？就這樣而已？

「我能幫上忙也是運氣，」我擠出回應。「幸虧是我那個太空艙落在妳附近。」

「我很慶幸。」

艾瑪飄近過來。我以為她又是要抱一下，結果她將雙手搭上我的肩膀，上半身緩緩湊過來，最後輕輕地在我額頭留下一個吻。

❄

爲了預防最壞的情節發生，大家都換上了太空裝，還沒戴上頭盔和手套，但也都放在旁邊待命。或許小題大作了些——但真的出事，外頭也沒人能救援——不過艾瑪很堅持這一點。國際太空站的事情仍舊是她內心的陰影，這麼做能讓她安心的話，我不介意，大家也都不介意。

每個人拿著平板電腦到泡泡集合，用安全帶把自己綁在桌邊，然後眼睛緊盯著主螢幕。

異物影像上線，與第一次影片看到的相同，仍是黑色六角形，朝著太陽漂流。

分隔螢幕裡則是火神號，與我們一樣高速飛躍於宇宙空間。爲了彼此安全，兩艘船保持一定的距離，但不會超出即時通訊範圍。

我望向桂葛里和哈利。「還需要準備嗎？」

桂葛里搖頭。

「萬事俱備。」哈利回答。

接著我指示莉娜：「向火神號進行系統檢測。」

她看了平板幾秒才抬頭。「他們也好了。」

「對阻擾機發送命令。」

我這句話代表了地球人初次對外星人展開的攻擊。感覺好不眞實。

艾瑪與我目光交會了一瞬，之後我們又一起注視螢幕。

那一瞬彷彿永恆。

畫面忽明忽暗，無人機發射砲彈，異物被擊碎了一塊。

「成功分離樣本。」莉娜回報，語氣平板不帶情緒。

「回收作業開始，」哈利說。「預估九十三秒後，脫離核爆範圍。」

「與火神號聯繫了，」莉娜接著報告。「確認倒數計時同步無誤。」

時間一秒一秒流逝。我好討厭這種感覺——什麼也做不到，只能相信團隊想出的計畫，懷抱希望，耐心等待。

一隻手從桌子下面握了過來，溫暖柔軟、比我的手掌小些。是艾瑪。我瞥她一眼，她沒看我。我緊緊回握。

「火神號完成發射，」莉娜告訴大家。「三十七秒後抵達目標。」

呼吸好沉重，一切變成慢動作，感覺秒鐘拉長成小時。零重力和無聲環境之中，連時間與感官都逐漸模糊，只有艾瑪握著我的手依舊真切。

核爆進入最後倒數。

十二

十一

十

九

八

七

六

監控異物的畫面出現劇變——它再次坍縮變形，針尖射出強光。

「叫火神號快躲開！」我吼著。

太遲了，白光像長矛一把貫過，太空船霎時化作被撕裂的汽水罐。

異物沒有再變形，但表面依然發亮，像太空中燒得白熾的火鉗。離核彈接觸它還有三秒時，異物閃爍，鏡頭被白色填滿。

「戴上頭盔！」艾瑪驚呼。我從沒聽過她這麼大音量扯開嗓子吼叫，耳膜感覺刺痛。「還有手套！」

她把我的頭盔拋過來。

「採取防撞姿勢！」她吩咐之後，趕緊戴上頭盔並過來幫我。

我剛戴上手套，整個人就被搖晃的船體甩向牆壁，接著又被連接桌子的安全帶抓了回去，感覺自己成了人體溜溜球。眼角從舷窗可以看見外頭狀況：和平號有一條太空艙組合成的分支斷裂脫離了，彷彿被捲入龍捲風的農莊筒倉，而我們成了受困的農家主人，無助又無奈地眼睜睜目睹慘劇在眼前上演。

大家在泡泡裡彈來彈去，他們和我一樣綁了安全帶，周遭東西四處亂飛。現場死寂無聲，除了太空裝加壓的嘶嘶聲什麼也聽不到。我嗅到一股微甜的氣味，感覺不太對，進入太空時，太空裝也加壓過，沒有這個味道。怎麼回事？故障了嗎？

一轉頭，我的視野開始朦朧，有如酒醉。或者，被下了藥？

艾瑪在十呎之外飄浮，還沒鬆開安全帶，眼睛也逐漸無神，什麼動作也沒有。她受傷了嗎？我雙腿抵著牆壁，想用力一蹴，彈到她身旁，但肌肉就是不聽話。到底怎麼了？

結果我只能在半空中拉著桌子慢慢靠近她。然而一隻手伸過來拉住我，哈利的臉竄到我面前。我聽不見他說話，卻能讀懂那口形。哈利只說了三個字：

「對不起。」

33 艾瑪

我清醒過來，彷彿經歷了此生最嚴重的一次宿醉。至少感覺很像，頭昏腦脹又好想吐。頭盔被摘掉了，手套也是。

這是什麼情況？

記憶裡只有噩夢。和平號與國際太空站一樣被催毀，我努力想救人，和上次一樣。結果也沒變。我又失敗了。

腹部被束帶綁著，不讓我遠離牆壁。我伸手想抓，被另一隻手攔住。原來我不是一個人。

我轉頭看見詹姆斯。他面無表情，但我能察覺他眼神深處的哀傷。

我聽見自己嘶啞的聲音，好像砂紙摩擦牆壁。「發生了什麼事？」

他沒回答，反而別過臉，然後替我解開束帶，讓我能自由飄移。

我發現這是和平號原本的一個輔助艙，有小舷窗、加裝護墊的牆面，螢幕在角落，整個空間仍舊是圓筒狀。

「這裡是？」我再開口，還是很啞，但能說清楚些了。

「接下來好一陣子的家。」

「家？爲什麼——」

「讓哈利自己解釋吧。」

詹姆斯啓動螢幕，畫面上出現哈利的臉孔，背景是他和平號上的寢室，說話聲音壓得很低。

「嗨，詹姆斯，嗨，艾瑪。大家推舉我來錄這支影片。根本是半強迫嘛。冤有頭債有主，不能全都怪在我頭上。」

他深呼吸。

「我們大夥兒私底下聊過，結論是，如果攻擊異物之後出了差錯，應該讓你們兩個回到地球。」

哈利停頓一下。

「詹姆斯，地球上找不到另一個有你這種頭腦的人，也就是說，你無可取代。你的思維和行動總是領先其他人一步，也勇於向前邁進。如果人類眞的要與異物交戰，恐怕最後也得倚靠機器人科技。地球比起我們，更需要你——而且需要你遠大過於需要我們。」

他又停頓，呑口口水，情緒很明顯不自在。「艾瑪，妳上船以後十分賣命工作，大家都看在眼裡，其實妳並非接受徵召而來。當然我們明白，若妳被徵召一定會答應，但畢竟當初妳沒有爲自己做決定的機會。另外妳的身體狀況越來越差，眞的不能再待下去了。所以，假如有人能逃過一劫，那應該就是你們兩個。」

這一番話像石頭砸向鐵砧，讓我的心碎成片片，癱倒在螢幕前，使不出一絲力氣，淚水順著臉頰不停滑落，我覺得好痛好痛，痛發自身體裡從未察覺的最深處。

詹姆斯一臉木然。

不知道這段影片他看過了幾次，也不知道現在他腦袋裡裝的是悲傷還是憤怒。

我掃視周圍，找到運動單車、彈力帶以及足夠的存糧。上太空以來第二度獲救，人類的善意之深，遠遠超越我的想像。

哈利再次深呼吸。「詹姆斯，我想你大概會好奇我們是怎麼瞞天過海。其實挺簡單的，有幾次還差點被你逮到。莉娜修改了火神號傳來的物資清單，減掉四個大型引擎。桂葛里和我趁你睡覺時進行改造工程，那空間你一看就知道吧？比和平號原本的逃生艙更大，推進力也更充裕，所以你們只要兩個月就能回到地球。」他挑挑眉。「對了，詹姆斯，別妄想駭進導航系統，閔肇已經設定好返回地球的支線航程，莉娜也把你能找到的軟體漏洞都封鎖了，全程都是自動駕駛、完全隱蔽。到達地球才會開放控制權，不過你們也沒燃料可以亂跑。」

他的表情溫柔起來。「說是爲了你們，但追根究柢也不是那麼無私，我們還考慮了自己的家人與朋友。你最有可能保住人類，地球需要你回去。開始做分析吧，研究中途島帶回的樣本和數據，我們將一切希望寄託在你身上。你能看見這支影片，代表事情走上最糟的劇本，可是千萬別回頭找我們。還能活著的話，我們會追在中途島後面，試著摸清對方底細。還有另一個重點，詹姆斯——雖然我們是好搭檔，但功能重複了。就算扣掉你和艾瑪，和平號仍然保有完整人力和資源，無人機組裝有閔肇和桂葛里可以幫忙。」

哈利接著說得略帶哽咽。「大家會想念你們的。一定要平安到家，好嗎？」接著他舉起手按下按鈕，錄影到此結束。

我們沉默了很久。

「你覺得事情經過是……？」後來我開口問。

「我想……異物偵測到核彈、或者偵測到火神號對核彈發送控制訊號，後來追蹤訊號、鎖定太空船做出反擊。但之後的爆炸……規模太大，不像是純粹核彈造成的。我猜異物採取自毀行動，可能是能量過載。」

「爲什麼？」

「要將周圍空間裡的敵人一起帶走，或者消滅自身存在過的證據，甚至也有可能是想避免被削下的樣本落入敵人手中。」

「你覺得對方成功了嗎？」

「不知道。攜帶樣本的無人機那時應該在核爆安全距離的邊緣，但更遠處的和平號都被震得亂七八糟了。」

「我看見一個太空艙被甩飛。」

「我也看到了。」

詹姆斯坐在原地，盯著牆面。不知他們在太空衣裡用了什麼藥，到現在我還昏昏沉沉的，他說不定也是。

「哈利說得沒錯，你應該明白。」我拉起詹姆斯的手。「世界需要你。我的家人也還在地球，從這個角度出發的話，我確實慶幸你能回去。如果有人能克服人類面對的難關，那個人一定是你。」

詹姆斯重重地嘆息。「但拋下他們的感覺還是好差。我很長一段時間沒交到朋友了。」

我牽起他的手。「我也一樣。」

❄

回程第一週，詹姆斯十分焦慮，反覆地研究和平號留下的數據及影像。我理解他這種心態，之前他身爲實質意義上的任務指揮，變成現在這樣的結果，對他的自信心打擊很大。正是因爲有責任感，所以才自責。

我感同身受。或許我是唯一能體會的人，而且猜想這會不會是大家讓我隨詹姆斯回地球的另一個理由。他們希望我能幫詹姆斯克服心結。之前都是他陪在我身邊，現在我也會盡力幫助他。

「嘿。」

盯著平板的他抬起了頭。

「我們得有計畫。」

他漫不經心點頭。

「還要排日課。一方面我們得開始研究，你和我一起，一天一天進行。但同時我們也要每天有時間休息，可以嗎？」

「嗯，當然。」

「最重要的是，我們無法改變既定事實。而且顯而易見，如果沒有你，任務根本走不到這個階段。我們超前原本的計畫進度好幾個月，找到了異物、取得很多資料，甚至有樣本。面對未知的敵人，這個結果已經非常不可思議。」

詹姆斯與我四目相交，我知道他在想什麼。

「和平號有可能繼續航行。」我說。「而且也可以假設他們還活著，接下來就要靠我們。」

我飄到他面前。「只有我們回到地球、重新安排計畫，才有可能救回和平號，大家的生命操在我們手中。恐怕現在也只有我們知道發生了什麼事。」

我看見一絲活力從他眼底湧出，彷彿昏迷的病人逐漸甦醒，得到活下去的理由以後，意識回歸現實世界。

「妳說得對。」

「知道誰聰明了吧？」

他嘴角一揚。「得意忘形。」

「哪能跟你比呢。」我伸手一比。「從最重要的問題開始吧——要怎麼在地球安全降落？」

「我思考過。」他雙臂交叉。「最大的危險是可能會被擊落。」

「嗯，確實很嚴重。」

「是啊。目前所知，除非我們不在的時候有重新發射過，否則地球沒有能正常運作的人造衛星。再來，返航途中也不該發送訊號，隱匿行蹤才是上策。另一個異物阿爾法或者對方其他的船艦，都有可能偵測到訊號。」

「結果就是從地球看過來，我們同樣成了不明物體。」

「嗯。而且沒有事先知會。」

「哈利在錄影裡提到，抵達地球就能取得系統控制權。能有多少時間？」

「我檢查了軟體設定，落地之前大概有四十小時。不過在那之前，地面望遠鏡早就會發現，甚至核彈都已經能碰到我們。」

「他們賭地球不會攻擊。」

「很明顯。」詹姆斯靜靜說。「雖然不攻擊的機率確實比較大，但我們還是應該有所準備。」

「你能破解莉娜的程式嗎？」

「束手無策。」

「那有別的方案？」

「稍微有些頭緒。」

「這才像話。」

❄

詹姆斯拆開了太空艙內部組件，所以裡頭像是被炸過似的。拆卸工程不僅是計畫關鍵，也分散了他的注意力，不會一直想著和平號。我在旁邊看他賣力工作、不再糾結，就放心了許多。

計畫很簡單，就是製作一個通訊浮標。做好小型廣播衛星，從逃生艙氣閘射出去，遠離逃生艙一萬英里後，它會開始對地球發送訊號。它的速度比較快，會比我們兩個早很多時日抵達母星。萬一異物對衛星訊號有反應也無所謂，浮標遭到摧毀並不影響逃生艙。

錄製給地球的訊息時，詹姆斯徹底表現出被害妄想的一面。「重複一遍，以下爲預估抵達時間。」他朝麥克風說。「請參考任務簡報手冊，第三頁第一個數字，第十八頁第三個數字。單位爲日。」

他錄好之後，我嘆氣說：「怎麼搞得像諜報片。」

詹姆斯聳了肩。「這是戰爭。異物、或者異物背後的文明，或許掌握了能夠理解人類語言的技術，被他們知道抵達時間的話，即使看不見我們，還是能利用太陽活動破壞這個太空艙。」

「戰爭是有目的的活動，交戰雙方各有想得到的東西。我想，現在已經可以假設異物或它們的主人引發了長冬，但為了什麼呢？」

「不確定。」詹姆斯回答。

我笑著說：「別打馬虎眼，你一定有推論吧。」

他仰起頭，手裡裝好浮標外蓋。「好吧，目前已知的事件包括了阿爾法攻擊探測器、貝塔攻擊火神號，可能還發動了自爆想帶走和平號。兩個異物都是六角形，這個形狀代表應該還有很多異物，而且能彼此結合。它們出現在太陽系必然有其理由，目標可能是太陽、地球，或者地球人。」

「你認為最有可能的是？」

詹姆斯的態度有點閃躲。我認為他已經知道異物出現的真正動機，只是不願意告訴我，因為真相或許太過震撼。

「假如是衝著地球人，」我說。「早就可以展開侵略。那我們現在回去，地球大概已被占領了。」

「沒錯。」

「換個角度想，也許地球已經被占領很久了。地球上早就有外星人，他們安插了很多奸細、控制我們。」我挑挑眉，做了很戲劇化的鬼臉。

「妳的想像力可真豐富。」

老實說，他真是太低估我了。

❄

發射通訊浮標之後，我們建立了每天的生活規律。我運動的時候他就跟著運動，閒暇時也聊了回到地球想做些什麼，討論如何找到中途島無人機艦隊、發射更多機器追蹤異物。我很清楚感覺到詹姆斯有所隱瞞，他也遲遲沒有將推理結論說出口，但我不想給他太多壓力。

工作告一段落時，我們會玩牌消遣。至於工作內容，基本上就是分析和平號取得的數據，尤其重視短短的交戰經過。事情很多，我倒是慶幸，這樣不會常常想起和平號和國際太空站的夥伴們。

玩牌主要是玩金拉米（Gin Rummy）。和平號的夥伴裡不知道是誰如此有先見之明，放了一副附磁鐵的撲克牌在艙內。保持生活規律很重要，因為太陽就在背後，沒有日出日落的變化，時間總在不知不覺中流逝。為了模擬黑夜，我們遮住舷窗，在太空艙兩邊綁好安全帶，接著聊上好幾個鐘頭，直到有人打起呵欠。

以前不知在哪本書裡讀過，一次和二次世界大戰過後，大部分官兵乘著大船返鄉，跨越大西洋與太平洋的旅程成了調整壓力的過渡期，他們的腦部會將戰場上的壓力恐懼包裹好、藏起來，為回家以後相對寧靜舒適的生活做好準備。和現在的感覺有點像。之前在和平號上，情緒像坐雲霄飛車大起大落，壓力從不間斷，難關接踵而至。如今只剩下詹姆斯和我，短暫遺忘即將冰封的世界、失聯的六個夥伴以及我在地球上的妹妹家人、解救人類的重責大任。逃生艙成了獨立的小宇宙，外面的一切並未消失，我們依舊牽掛，只是能夠拉開心理距離。那一天還很遠，遠得也許根本不會來臨。活在當下，時間彷彿凝佇不前，我和他只繞著彼此轉動。這樣的生活也是一種完美。

晚上有時候我們一起追劇，通常是些老片，再不然就是《X檔案》、《星艦迷航記》這類。這是哈利留給我們的禮物，他的影視庫好像無窮無盡。《岸上風雲》裡，馬龍·白蘭度出現在畫面中說出「我本來可以出頭」，我忍不住想起哈利的模仿而大笑出聲，接著詹姆斯也在後頭竊笑，可是下個瞬間，我卻突然熱淚盈眶。

我伸手推了牆壁一下，往後飄向詹姆斯，被他接住、領到牆壁時還有點吃驚。兩個人雙腳觸到地板坐好，詹姆斯一手摟著我，不知道什麼時候，我的頭已枕在他肩上，他也輕輕將頭靠過來。我想不起來上一次感覺這樣幸福，或者這樣悲傷是何時何處。

❄

儘管每天運動，我還是感覺得到自己骨質流失很嚴重。應該說太過嚴重。即使回到了地球，我也恐怕走不出這個太空艙，骨骼支撐不住，也許到時連站都站不起來。無論詹姆斯打算去哪裡，我跟在後面只是累贅，除非是要拖延他的行動，否則完全幫不上忙。

「詹姆斯。」

他的視線從紙牌轉向我。

「說一下回到地面之後的狀況。」

他放下方塊七。「嗯。」

我抽牌一看，梅花J。手上還有一張J，但當成一對打出去有風險，我看得出來他快贏了，所以將牌扔掉。桌面有磁性，紙牌黏在了上頭。

「到時候，我大概沒辦法走路了。」

「嗯——」詹姆斯抽牌，看了以後收進手中的牌裡。他又拿到他要的了。出牌時，他說：「吃藥、接受物理治療，妳就會好起來。」

「要花很多時間。」

「對啊。」

詹姆斯抬頭望著我，表情很明顯就是：輪到妳抽牌。

我拿到K，出了也是自殺，只好再棄牌。「我會拖慢你的速度，一回到地球，你就得趕快行動。」

他放下牌，沒有翻開。「我會動起來，會執行想好的規畫，不過在那之前，要先送妳去世界上最好的醫院，確定妳有好好治療。我會留在妳的病房裡，直到有把握妳能完全康復。」

「詹姆斯——」

「妳可以不同意。那是妳的權力，我尊重。就算妳恨我、趕我走，也都隨妳。反正無論如何，我都會那樣做。」

說完他再抽牌，馬上丟出來然後亮牌。「胡牌。」

我只好跟著亮牌。

詹姆斯總是一眨眼就做完心算。「我贏了三十五分。」

我看了看計分表，這一局加上去他就破百。遊戲結束，他勝出。

❄

幾天之後的夜裡，詹姆斯休息時不是在艙內對面另一側，就是跑來我旁邊牆上的一條凹陷，躺在裡頭。他總是凝視著前方舷窗之外那片星空。

我解開安全帶，飄下去躺在他旁邊。當初想上太空就是為了這片滿天繁星，第一次看見時，震撼得連呼吸也停止，可是現在卻只想趕快回家。

他輕輕拉著我，就像和平號遭受異物攻擊前幾秒，我向他伸出手那樣。

此時此刻，我改變了主意，沒那麼急著回到地球了。

❄

一星期以後的某天，看完了一集《X檔案》，我轉頭望向他。

「可以跟我說一件事嗎？」

「問啊。」

「你為什麼進監獄？」

他煞有其事地聳聳肩。「我……更正一下剛才的答案。」

「為什麼不肯告訴我？」

「可能會改變妳對我的看法。」

「不會。」

「可能會。」

「其實回到地球後，我上網查也會有答案。」

「前提是網際網路還存在。」

「嗯，是有前提。但你親口說不是比較好嗎，還可以從你的角度來解釋？」

「是啊。」詹姆斯別過視線。「之後再說吧，這件事情……我從來沒有和別人好好講過，需要一點時間。」

「我的時間很多。」

然而，時間終究還是不夠。

❄

抵達前七天，我一醒來就看見詹姆斯全神貫注在終端機上。

他才轉頭，我就知道出了狀況。「怎麼回事？船故障了嗎？」

「船沒事。」

他稍微讓出位置。螢幕上是地球全景，太空艙長程望遠鏡收到的第一張遙測影像。畫面上有熟悉的白雲碧海以及美國東岸輪廓線。

不過，陸地也是一片霜白。

地球凍結了。

34

詹姆斯

距離返回地球剩下兩天，有好消息也有壞消息。

好消息是至今仍未被擊落，無論地球人或者掠奪太陽能的外星人都沒出手。

壞消息是也許我們無家可歸。研究了地表影像之後（我們收集了四次自轉的完整照片），確定北美洲已被冰雪覆蓋、歐洲幾乎遭到掩埋。非洲北端殘存了少數幾塊褐色土地，中東與澳洲內陸也有一小片。從這角度能看到的只有面向太陽的半球，無法確認日落後的地表是什麼景象，也就不知道夜裡是否仍有燈火。但無論如何，這絕對是地球人新的黑暗時代。

挽回的成功機率有多少？我試著不在艾瑪面前流露悲觀情緒，她已經受到不小打擊，最近心裡大概都是她妹妹一家人的安危，感覺得到她們姊妹情深。我擔心艾瑪、擔心自己的親人、擔心整個世界。不知道人類還剩下多少？此時此刻活在地球一定很淒慘，能居住的土地已不多，冰雪還逐步逼近，難以想像倖存者掙扎求生的處境。

看過照片之後，我們依舊保持每天的作息。規律在這種時候更重要，不只對我自己，也關乎艾瑪的身體狀況。

我不得不思考下一步。既然地球是這種情況，計畫必須做調整。

早上十點（我們採用美國東部標準時間），我套上彈力帶、艾瑪踩腳踏車同時播放加州理工學院的智慧機器人講課。哈利很有先見之明，大學講課影片都拷貝了一份留給她。艾瑪藉此機會繼續學習之外，也能分散注意力。

「我覺得要跟地球聯絡。」我邊喘氣邊說。

她的腳步停下來。「爲什麼？」

「不然不知道要降落在哪裡。」

「卡納維爾——」

「現在恐怕不行。」

太空艙改造出來的船體只能湊合著用，卻無法執行可控的降落，所以必須挑妥海面。原本預訂地點是卡納維爾角近海，因爲之前認爲NASA會發現我們、並提供支援。現在我沒把握了，畢竟連甘迺迪太空中心都被裹在冰塊裡。應該說，整個美國已變成大冰河。目前無從得知NASA人員撤退至何處、是否正在等待我們落地。他們並不知道會有人返回，也未必接收得到通訊方塊的播送。

我們到了地表也需要援助。我沒本事靠划船那種方式將兩個人帶回岸上，而且這只是問題的開端。即使運氣好，靠洋流潮汐爬上陸地，我還是沒能耐拖著艾瑪穿越荒涼冰原，尋找文明蹤跡。沒人幫忙的話，我們就跟死了沒兩樣，只是死在太空或死在地球的差異。

「嗯，」她回答。「什麼時候？」

「通訊封鎖解除就行動，」我瞥了一眼時鐘。「就今天。四小時之後。」

❄

我們坐在平板旁邊，盯著倒數計時，歸零的瞬間，通訊系統就會回到線上。剩三十秒的時候，她開口說：「嘿，如果無法取得聯繫，我們必須硬著頭皮降落……你把我留在原地就好。」

「艾瑪——」

「聽我說。我留在太空艙裡其實很安全，不會沉進海底，又有食物，電力還能維持一段時間。你去求援，找到人再想辦法回來幫我。執著於帶著我一起走，只會拖垮你的速度，你應該明白。」

我一點也不喜歡這計畫。「船到橋頭自然直。」

平板上跳出訊息。

» 通訊組件上線。

» 請注意本座艙採用國際漫遊費率。

兩個人看到這句話都笑出來。夥伴們考慮到最嚴重事態，悄悄爲我們安排緊急避難，同時還保有這份幽默，看了眞的很欣慰。

我們先前針對第一次通訊該聯絡誰進行過討論。倘若地球正在戰亂，立刻曝光身分也是風險，會淪爲可以利用或勒索的目標，甚至變成人質。現況有太多未知之處。

最後選擇的是NASA加密頻道，理由很簡單：最大的太空計畫還是掌握在NASA和他們的外包廠商手裡，這代表NASA與美軍擁有最適合支援我們的裝備。再者，艾瑪與我都是美國人——只要「美國」這概念還存在的話。

但我啓動通訊後卻猶豫了。「妳來說還是我來說？」

「無所謂。你說吧。」

我點了平板。「呼叫戈達德基地、NASA、航太企業，或任何聽見訊息的人：詹姆斯·辛克雷和艾瑪·梅休斯，即將從和平號返回地球，需要你們的協助。」

❄

起初沒反應，持續一小時、然後兩小時，感覺一切變成慢動作，我們只能盡量找事情做。

針對到達地球之後該怎麼辦，我的腦袋裡已經有個計畫。其實在太空艙醒來以後，我就一直思考這件事，目標很簡單——保住艾瑪的性命。

「你在想什麼？」她的語氣平靜，但我知道她心裡很緊張。到了地表，她的處境遠比我危險。

「我打算擴大通訊。」

「聯絡歐洲嗎？」

「嗯。」

和平號留下了一個優勢，我們有地球上所有的解密法，含括俄羅斯、歐洲、日本、中國等等許多太空中心和機構的系統。

我試了歐洲，一開始沒回應，經過了四小時，還是靜悄悄。

「接下來？」艾瑪問。「大範圍廣播？」

「時候未到，可能會被軍方攔截。」

「也可能是民兵。」

艾瑪擔心的是最糟糕的情況，而且不無道理。她若有所思，態度更加沉鬱。「你覺得，會不會是我們造成的？」

「什麼？」

「我們在外太空的舉動，像是在異物周圍偵察、進行攻擊……有沒有可能促使異物提升長冬的強度？他們為了反擊，所以凍結地球？」

我確實也考慮過這種可能性，但沒勇氣說出口，只能暗自慶幸目前無法確認眞相。若眞是對方的反制，我將會無地自容，畢竟當初全是我主導一切。因為一個人的決定，而引發地球的冰河期、數十億人喪命……這樣巨大的心理陰影，我恐怕一輩子都走不出去。

「或許。我不知道。」

艾瑪好像看穿了我的心事。「詹姆斯，我們只是盡本分。」她的安慰讓人好過了些，但也就只是很少的一點點。

我已經為人類世界造成過一次大威脅，還因此受審服刑，儘管對我並不公正。後來要我上太空救全世界，我也毫無保留努力過，但也許又會因此成為千古罪人。

❄

我們一起在太空艙中間休息，肩靠肩盯著舷窗外頭那片浩瀚無垠。平常都是我去拉上窗簾，然而今晚我凝望著宇宙，心裡清點艙內一切，腦中開始將各種東西做立體組合。有個雛形漸漸浮現，那是我們回家的關鍵。

「你又在想什麼？」艾瑪輕聲問。

「沒什麼。」

「你眞的很不會撒謊。」

我笑了笑。「這是優點吧。」

「的確。」隔了幾秒，她又開口。「你在想降落在哪裡比較好，還有怎麼造出一艘船。」

「嗯，沒錯。」

「結果？」

「可行。」我轉身看著艾瑪。「需要的零件都有，就在太空艙裡。我保證，一定會帶妳去醫院。」

「我相信。如果有人能辦到，那也就是你了。」

接著兩個人繼續手牽著手，望著窗外不再多言。我很慶幸有艾瑪在身邊，也很感激夥伴們讓她陪我回來。理由很多，其中之一我此時此刻才意識到：比起救自己，我更會義無反顧救她。

❄

早晨，我們開始大範圍送出未加密訊息。如今已被逼到絕境了，只能孤注一擲。

結果立刻收到回應，是個低啞男性嗓音。

「辛克雷先生，我是大西洋聯盟杰佛德上校。請稍候，正在將訊息轉達給負責單位。」

「大西洋聯盟？」艾瑪耳語。

「新的政治結盟吧。」

我再打開無線電。「收到，上校，我們維持待命。」

五分鐘後，新訊息進來了。這次不是杰佛德，換了個歐洲口音的男人，英語咬字過度清晰，一聽就知道並非母語。

「辛克雷博士，很高興能與你取得聯繫。我是中村空，代表太平洋聯盟歡迎兩位回家。大家十分期待你們帶回的情報，也已準備好提供援助，收到訊息請回覆。」

這下有趣了。

艾瑪關了麥克風。「打算怎麼辦？」

「先瞭解狀況。」

「哪方面？」

「例如哪邊是好人。」

「要是沒有所謂的好人？」

這句話一針見血，末世會勾出人心的黑暗。

「那就選比較能提供救援的吧。」

我再打開麥克風。「中村先生，我們聽見了。」

「太好了。說真的，沒想到兩位會這麼快回應。日本與中國太空中心都很期待能與你們見面，目前我方正在進行降落與回收作業的準備工作，預計地點是澳洲外海，附近就有安置營，太平洋聯盟政府總部設立在達爾文（注）。」

聲音中斷片刻，感覺他和那一頭的誰正在商議。

艾瑪也關了麥克風對我說：「太平洋聯盟，顯而易見是太平洋周邊國家集結而成。」中村方才提到中國與日本的太空機構、澳洲營地等等，都是線索。「嗯，我想一定是擠在澳洲少數溫暖乾燥的地區，說不定那就是亞太最後一塊能居住的地方。日本、中國、印度等國可能都將人力和兵力集結到那裡，能救多少是多少。」

「很複雜的情況。」艾瑪陷入沉思。

我也不禁揣想，是什麼事件與過程導致倖存者組織的求生。地理位置與人口數想必是關鍵，太平洋面積遼闊，涵蓋地表三成，比地球所有陸地加總還要大，相較之下，大西洋就小了許多，只有太平洋一半左右。可以推測美國有一群人留在境內尚能居住的小區域，其餘人大概要送往非洲。地球越來越冷，非洲反而會有更多適合生存的土地。根據先前望遠鏡得到的畫面，美國似乎全境都已遭到冰封。

人口也是必須考慮的因素。亞洲占世界人口六成，是北美、南美、非洲加起來的兩倍。簡而言之，他們對可居住土地的需求更高。選擇澳洲乾熱的地區最合乎邏輯，儘管東南亞也大半屬於熱帶，但季風影響強烈，所以也會被雪淹沒。

如果將地球分成東西兩半，雙方的處境應當相差不多，地理上彼此絕緣。問題還是在於我們如何抉擇。

此外，照片上能看見伊朗也有沒被冰雪覆蓋的地方，但他們遲遲沒跟我們聯絡。這一點也值得留意。

目前能確定的是地球還有人能接應，也就是說我並不需要將太空艙改造成船隻。說老實話，我真沒把握一定能改造成功。

頻道又傳出中村的聲音。

「辛克雷博士，時間有限，想請你先將任務中得到的資料傳過來。」

麥克風還沒打開，艾瑪開了口：「感覺不大對勁，他們應該早就收到通訊方塊才對？」

「或許他們收到了，現在想要新資料；又或者能接收通訊方塊無線傳輸的設備在大遷徙過程中弄丟了。不過妳說得對，我也覺得古怪。」稍加思索之後，我繼續說。「其實後來的資料與地球氣候變遷並沒太大關聯，只是解釋了人類面對多大的威脅。」

「遠超我們想像的威脅。資料證明異物有敵意，也就是地球處境極其危險，這種消息會引發戰爭。」

「不然就是激化已經開始的戰爭。」

「沒錯。」

「還有另一個理由不發資料。」

艾瑪挑眉。

我解釋：「當作籌碼。」

「做什麼用的籌碼？」

「保障我們的人身安全。他們要的是資料，取得資料以後，我們可能就沒用了。」

艾瑪轉過頭去，爾虞我詐、勾心鬥角是舒適圈外的東西。她的性格太真摯，善良過了頭。我恐怕我們即將回去的世界並不適合這樣純潔的心靈。

注：澳洲西北海岸大城，屬熱帶氣候。

我和她再次對上目光，試著保持語氣平淡。「不洩露資料還有另一個考量，就是異物也有可能正在監聽。或許我們的性命是被刻意留下來的，它們想確認人類究竟知道了多少。大西洋、太平洋兩個聯盟都沒開火擊落我們，恐怕也是顧及這點。」

「那要回絕太平洋聯盟？」

「正式拒絕可能會迫使他們出手，又或者刺激到異物。」

「那……」

「先拖延。」

我開啓無線電。「呼叫太平洋聯盟，我們知道了。需要花時間轉換資料格式才能傳送，之後再聯絡。」

艾瑪蹙眉。「你在無線電上撒謊倒是溜得很。」

「不認識對方的時候比較簡單。」

❄

中村沒有繼續呼叫，我認爲這解釋了他們的立場。

兩個鐘頭之後才有聯絡進來，那是個熟悉嗓音，令人感覺安心許多。

「詹姆斯？是我，羅倫斯．佛勒。聽見請回答。」

聽見是他，我彷彿在沙漠煎熬一年之後看見了水源，當然迫不及待想衝過去。那是希望的象徵，如同地平線上出現了綠洲。

我趕快按下按鍵，內心興奮不已。

「收到了，佛勒。能聽見你的聲音眞好。」

「我也很高興，詹姆斯。聽我說，先趕快做準備把你們接回來，地球上……發生了很多變化。」

「明白。」

「前置作業已經完成，降落坐標就設定在：回想你和我第一次見面的地方，緯度部分加上任務簡報第五頁第四個數字，經度部分加上第十五頁第七個數字。收到請回覆，不必說出坐標。」

我點開數位板任務簡報，默背數字，接著叫出GPS地圖。艾吉費爾德聯邦監獄是北緯三十三點七六度，西經八十一點九二度。加上簡報內的數字，結果嚇我一跳，根本不在美國境內，竟到地中海去了。那是突尼西亞近海。我眞希望能確認自己有沒有算錯。

「收到了，佛勒。」

「詹姆斯，請關閉所有通訊。我們會在那邊等你。」

中村立刻來了聯絡。

「詹姆斯、艾瑪，我們聽見大西洋聯盟發出的訊號，雖然他們表示會提供安全降落地點，不過我方也已經做好準備。評估結果顯示，降落在我們安排的地點能大大提升安全性。此外，我方資源較多、環境也更爲安全，建議二位前往我們規畫的位置。收到請回答。」

艾瑪仰頭嘆息，我也開始覺得壓力很大。

但我還是開了無線電。「呼叫太平洋聯盟。如各位所知，我們目前搭乘的載具爲和平號逃生艙改造而成，推進力有限，需要經過計算才能決定適合的降落地點，確定之後會聯絡。資料部分還在轉換，也需要時間。」

「瞭解，詹姆斯。或者你們指定一組降落坐標，我方保證會前往支援，確保兩位的安全與完成任務是我們的最優先事項。」

艾瑪關掉無線電。「完成任務？」

「資料。他們要的是資料。」

「佛勒就沒提。」

「他沒那麼傻，而且是真心誠意要我們回去。若地球上還有人願意幫忙到底的話，一定就是他了。當初也是佛勒找我去救援妳，所以我相信他。」

「我也一樣。」

「那就去突尼西亞了。」

「接下來呢？」

「先休息，還有想辦法在降落前盡量別被人擊落。」

35
艾瑪

我們正在為降落做準備，艙內所有東西找好容器存放，計算前往目標降落點的軌道。燃料倒不成問題，真正關鍵在於這艘船接觸地面時，會不會四分五裂？

這將決定我們是否能存活。

詹姆斯不動聲色，但我知道他正在擔憂。

我也是。

太平洋聯盟持續呼叫，詹姆斯不回應。他認為這樣比較好。

距離降落只剩下幾個鐘頭。最後這段時間，我們打算就窩在一起，不玩牌、不看電影，選了些老歌，一九六、七〇年代經典搖滾之類，兩個人躺在中間抬頭看星星。感覺很舒服，不過也擔憂這是人生最後一段美好時光。

詹姆斯默然不語，但悄悄伸手過來，搭著我的肩膀，將我摟近。我們兩個躺在零重力中直到警報響起，合成語音迴蕩在狹窄的艙內空間。

「啓動降落程序。」

我們戴上頭盔，最後一次檢查太空衣。詹姆斯對我笑了笑。「地球見。」

「嗯，待會見。」

船體隆隆作響。即使太空衣有降溫設計，我還是感覺得到進入大氣層以後，溫度驟然上升的瞬間。理論上，隔熱層應該能夠保護艙體完好，但我忍不住想起幾個月前自己在軌道漂流的經驗。

溫度每秒都在增加，太空艙震動越來越劇烈。我望向詹姆斯，結果他也看著我，神色自若、眼裡一點擔憂也沒有，這種氣息感染了我。

轟隆聲和高溫令人失去時間感。但周圍又忽然安靜下來，再也聽不見一點聲音。隨後船體搖晃一下，反向推進器啓動，減緩我們墜落的速度。太空艙在寂靜中掉向地面，我凝視著詹姆斯，詹姆斯也凝視著我。

推進器再度噴射，這次是爲了調整方向，希望自動駕駛系統運作正常。船體又抖動，G力忽然降低，一定是降落傘打開的關係。我趕快檢查安全帶是否都固定好，因爲接下來的階段十分危險。有人將太空載具降落比喻爲先被火車撞、再被轎車撞，最後還要從自己的單車上跌下來。現在的感覺更糟糕十倍。

舷窗外只有一片藍，偶爾飄過幾絲白。毫無預警地，船身撞上什麼東西，是我此生從未體驗過的巨響與衝擊。

再來只剩下黑暗。

❄

意識斷斷續續，彷彿隔著一臺緩緩旋轉的風扇觀看世界。扇葉經過的時候是黑暗，中間的空檔一段一段閃過。我看見詹姆斯摘下頭盔在旁邊說著話，但聽不見他究竟說了什麼。耳朵裡嗡嗡作響，身子則是完全麻木。

我想要坐起來也辦不到。往下一看，他已經替我解開安全帶，手指在我的頸部探測脈搏。他應該是鬆了口氣吧，表情緩和不少。

聽覺逐漸回復。詹姆斯開了無線電，與大西洋聯盟的某人對話。我忽然感覺得到周圍的變化，發現太空艙在水上載浮載沉。我再試一次，這回成功起了身，但還是感覺好虛弱。他回頭望向我。

「沒事了。」

我點點頭，頭昏腦脹，簡直像是用牙籤頂著保齡球不掉下來。*我的身體怎麼了？*彷彿回到在和平號上最後那瞬間。

我只能先躺回牆壁的軟墊。這個世界好沉重，我像是渾身綁著鉛塊。待在太空一整年，已經忘記重量是什麼，此刻彷彿自己才是外星人來到地球，生了一副不屬於這裡的軀體，即將被重力拖進地底，再也出不來。

我閉上眼睛，意識又陷入黑暗。

❄

我再醒來時身在醫院，床很軟，四周都是機器。窗外有一大片沙漠，散落著許多白色帳篷，像是漂浮在褐色海面的燈籠。

詹姆斯坐在病房角落的躺椅上，頭歪向旁邊沉睡著。我不想吵醒他。

我的肢體依舊很沉重，全身好像陷進床墊裡。

接著我被敲門聲嚇一跳。男性護理師走進來，笑得很燦爛。「妳醒啦！」

詹姆斯猛然睜眼。他看上去好疲憊。我用力撐起身體。

「嗯，醒了。」

「剛好要給妳做點檢查。」護理師一邊例行公事一邊輕聲解釋狀況。「妳在隔離區待了一陣子，大概不記得了就是。從隔離區出來以後到了病房這裡，確定妳的身體沒問題就能離開，聽起來應該還好？」

「還好。」

「那我去通知醫生，他就不必再提心吊膽了。」

護理師對詹姆斯點點頭之後關門離去，留下我們兩個獨處。

「過程還好嗎？我是說救援行動。」

「小事一樁。」詹姆斯回答。

他的說謊技巧進步了些，但我反而擔心起來。「嗯，那現在？」

「現在先等妳康復。」

❄

住院第一天，我就只是吃喝、睡覺、與詹姆斯聊天。他也一直坐在角落椅子上，我們還拉了輪桌玩了幾場紙牌。

說來奇怪，我居然有點懷念在太空艙漂流的日子。那時明明空間狹小、充滿凶險，回想起來卻覺得過得溫馨愜意。事實上，那兩個月裡詹姆斯和我也真的放下了很多事情。回到地球後，我們又強烈意識到人類面臨著什麼處境。

想上廁所的時候，我才徹底理解自己的身體狀態。我翻身到床邊，詹姆斯拉著我的手，可是我一站起就腿軟，還好有他接住我，雙手架在我腋下，等著護理師進來幫忙。不幸中的大幸是，我勉力走到浴室之後還能單獨進去，只是已經清楚體認到自己的前途茫茫。

❄

第二天羅倫斯．佛勒來訪。上次見面已經是派駐國際太空站之前的事情，他的外表看來感覺老了二十歲，不過微笑起來就知道還是同一個人。

「還能見面真的太好了，艾瑪。」

「是啊。這段期間發生了什麼事？」

他聳聳肩。「沒什麼，就是天氣不太好。」

詹姆斯和我都笑了出來，但笑過之後，三個人都不知該說什麼才好。有件事自從與地球取得聯繫以後就懸在心上，當下終究忍不住開口問：「我妹妹怎麼樣？」

「平安無恙。我們有收到訊息。」

「他們在哪兒呢？」

佛勒瞟了瞟門口。「不清楚，我去查查。」

他居然真的走出病房。

過了一分鐘，佛勒回來時，我的心臟差點停止——麥迪遜居然跟在後頭，歐文和艾德琳挨著媽媽，大衛殿後護送。

妹妹走上前擁抱我，動作如此輕柔，好像當我是個陶瓷娃娃，不小心就會壓碎。兩個小朋友也依樣畫葫蘆。大衛還是老樣子，向我點頭問候沒講話。

「你們怎麼回事？要抱不抱的，我沒得什麼傳染病吧。」

麥迪遜的笑容帶著同情。「醫生提醒過，妳在太空待了很久，現在身子虛弱，骨骼需要時間癒合，目前容易骨折。」

歐文和艾德琳露出了擔心的神情。我想兩個孩子看見阿姨受傷體虛、必須住院也嚇壞了吧。他們一直當我是超人，沒想到缺乏重力成了我的氪石（注）。

不知道該怎麼回話，還好這時候詹姆斯開了口：「她很快就能出院了。從太空回來都需要物理治療和復健一陣子。」說完他走向門口，佛勒也跟著。「妳們聊會兒吧。」

麥迪遜開始絮絮叨叨問起事情經過，我去了哪裡、看見什麼之類的。病房窗戶能看見走廊，詹姆斯和佛勒聊得很亢奮。他已經開始下一步計畫了嗎？我知道自己必須休養，卻又十分希望能和他們並肩作戰。

「有聽見嗎？」麥迪遜問。

「有啊。」我敷衍著。

「所以？」

「所以什麼？」

「你們在一起了嗎？」

我咬咬嘴唇。「誰啊？」我當然知道妹妹說誰，感覺自己一下子成了個國中小女生。

「我哪知道是誰呢……反正有個人守在妳的床邊寸步不離。聽說要不是靠人家，妳根本回不來。」

「情況有點複雜。」

「這又是什麼意思？」

「意思就是在太空很難約會。嘿，換個話題好不好？」

妹妹將雙臂抱在胸前。翻譯過來就是：我才不想換話題，不過現在姑且順著妳，畢竟妳是病人。誰叫妳是我姊姊呢。

「算了，要繼續也可以。妳知不知道他是誰？」

麥迪遜一臉懵懂。「嗯？妳說詹姆斯嗎？」

「對。他是機器人工程師，詹姆斯・辛克雷博士。幾年前應該上過新聞……後來進了監獄——」

「啊？他進過監獄？爲什麼？」

「我就是想問妳這個。」

「妳也不知道？他都沒說嗎？」

「他不願意提。所以，妳對他的名字也沒印象嗎？」

麥迪遜聳肩。「有點耳熟，但說不出什麼。逃難之前我每天忙著照顧小孩，科學家坐牢這種事情……我不會特別留意。」

注：超人的剋星。

「嗯，也對。妳說逃難？是什麼情況？還有這是什麼地方，你們一家住在哪裡？」

妹妹給了大衛一個眼神，他伸手拉著孩子們走出病房。

「地球上只能用瞬息萬變、一片混亂來形容。起初美國開拓了安置營，一個在死亡谷，另一個在亞利桑那。最早一波難民來自阿拉斯加與密西根，第二波是緬因和明尼蘇達，接著很多人過去把營地擠爆。大家都覺得不趕快搶到位置，很快會被活埋在暴雪底下。等到中國和日本宣布結成同盟，局勢就變得更加緊繃。」

「太平洋聯盟是嗎？」

「對。他們說是派遣貿易船隊前往澳洲，實際上是有史以來規模最大的海軍艦隊。圍堵了澳洲海岸之後，開始將自己人遷徙到那裡定居，澳洲後來也加入，但應該也是別無選擇。我相信他們事前一定也與歐美都有聯繫，但各國自顧不暇。歐洲人口朝地中海南岸移動，北非也發生戰爭，星期一開戰星期四就停戰。之後美國與加拿大、歐洲結成了聯盟。」

「大西洋聯盟？」

「沒錯。」

「現在地球上只有兩個勢力？」

「不止。俄羅斯和印度組成聯軍，帶著人民前往伊朗，他們叫做裏海聯盟。因爲人造衛星和網際網路都不能用了，很難取得那邊的消息，只聽說中東依舊戰火連天。」

「美國人口存活多少？」

「不知道。我懷疑政府自己也不知道。」

「你們住哪兒？」

「就這邊，突尼西亞，吉比利外的七號營。國土安全部派人過來，大半夜裡讓我讀了妳的信。我回的——」

「我有收到。」

「讀過了是嗎?嗯，沒人跟我說，那時候我嚇死了，但我想既然是妳的吩咐就照辦。一開始大衛很不情願，孩子們當然也很慌，但我們還是連夜搬走，成了這裡的第一批居民。聽後來才到的人說了些故事，狀況眞的很慘，聽得我的心都快碎了。」

她的眼眶泛淚。「艾瑪，妳救了我們。我、歐文、艾德琳和大衛……要不是妳，我們恐怕活不到現在。姊姊，謝謝妳。」

❄

住院時能見妹妹一家正是最好的處方，當然每天也少不了吃藥的苦差事。

物理治療師一天來三次。剛開始我在床上運動，後來漸漸能下床行走。走動期間也稍微看到了外頭情勢，醫院是用預鑄建材蓋好不久的，即便如此，不少地方也已破舊骯髒。其他病患似乎都是重症，大部分是嚴重外傷，我猜想是在前來突尼西亞的旅途中出了意外，或者爲了保護安置營而參戰所致。

我無時無刻覺得倦怠，只有詹姆斯來探病才會精神一振。和他就是玩牌、聊天，然後他會念些書給我聽，直到我入睡。半夜醒來發現他不在時，心裡會忽然有些傷感。

有天早上醒來，我看見他在病房裡等著，立刻知道又出了狀況。

他站起來，笑得尷尬。「有件事要和妳說，我得出差一趟，不會去太久，幾天而已。」

「哦？」不知怎地，我對詹姆斯要遠行忽然緊張起來。這沒道理，我也不想這樣。我盡量保持語調淡定。「好。」

「得去找個人……」他轉身背對我。「我答應過的。」

我不知道說什麼才好。詹姆斯的人生裡還有個重要的對象？我一下子意識到自己十分不瞭解他。

「有我能幫忙的嗎？」

「沒有。」他立刻回答。「這件事我得自己來。」

36 詹姆斯

離開醫院以後，我開車前往哥哥一家人現在居住的地方，卻只是站在外頭等待。我明白自己別進去比較好，人家並不想見我。可是我想看看他們，即便只是確認他們都平安。

來到安置營的人必須勞動，這是先決條件。美國及其友邦協助避難、提供住處飲食衣物等等，助人們度過長冬，居民則提供勞務做爲交換。換個角度想，新世界終於消弭了社會階級之分，所有人爲了生存通力合作。至少同一個聯盟裡的人都是夥伴。

營房門打開，大家魚貫而出，穿著厚重衣物走進晨光，準備上工。我從人群裡找到哥哥，他與身旁的高個子男人有說有笑。亞歷就是這樣的人，既來之則安之，不會怨天尤人。他在這裡也能過得很好，我爲他開心，也爲自己能遠遠看他一眼開心。

只可惜不能久留。這次的旅行事關重大。

❄

對佛勒提出這項要求之後，我被他好好質問了一番。畢竟這行程需要的資源眞的太多：能越過大西洋、降落於各種地形的飛機，以及一隊有能力進行深雪救援的專業隊伍。

最後他答應了。但要讓我成行，想必得動用許多人脈、打通關節，目前的世界只有這些本事才稱得上是貨幣。

空軍貨機聲音大、避震差，笨重臃腫的模樣在我看來像隻鯨魚要飛上天。我在航程中嘗試睡一會兒，但眞的睡不著，腦袋老想著艾瑪。昨天她復健走了五圈，今天不知是進步到六圈、七圈，還是像兩天前那樣反而退步？像她那樣從頭來過、拖著孱弱身體學走路，對任何人來說都是種煎熬。尤其艾瑪原本是那麼出色、充滿自信的女性，這種處境會更加難受。我由衷爲她感到驕傲，她有勇氣、決心和毅力要克服難關。換作是我，可沒把握。

指揮此次任務的上校走進貨艙，指指耳機要我戴上。

「接近目的地了，辛克雷博士。」

我探頭望向窗外，下面只有一片凍結的大地，舉目淨是無止境的白。沒有衛星影像可偵察，我原本很樂觀，心想至少能目視找到屋頂。但可能我的運氣用完了，目的地連屋頂也埋在積雪下面，完全看不見蹤影。

❄

我們到達地面後，以聲納找到房屋位置，陸戰隊員開始著手挖掘，像敲蛋殼一樣擊碎白色冰層、鑿出坑洞。每個人呼出的熱氣在空中化作縷縷白絲。

地點在舊金山近郊，此地如今看來已與西伯利亞無異，暗淡陽光下除了冰雪還是冰雪。一陣寒風撲面而來，自縫隙鑽進保暖衣，滲透到骨髓。我抖個不停、拚命忍耐。

洞越來越大了，並非筆直往下的豎井，而是從一段距離外通向房子前門的隧道。好消息是積雪沒有將建築物結構壓垮，令我心裡踏實不少。

隧道終於開到門廊，陸戰隊員傳來呼叫。我下去時，他們正好削掉覆蓋正門的殘冰，再一腳重重踹開。

屋子裡頭成了冰封古墳。陸戰隊員與我戴上頭盔，頭燈上的光束撕裂黑暗，家具、吊燈皆沾滿冰晶，閃閃發亮，彷彿整棟屋子在一瞬間凍結成形。要不是這份寒氣能致命，眼前的景色倒是頗具美感。

「請你們在這裡等。」我吩咐隨行人員。

接著自己走進廚房，推開一扇吱吱嘎嘎的門，再下去就是地窖。我先在樓梯間照了照，確定沒有設置什麼陷阱。如果他打算抵抗，現在是最合適的出手時機。

「奧斯卡？」我朝著底下一片漆黑呼喊。沒回應。

走了嗎？還是抵擋不住長冬？

我邁出一步，體重全壓了下去，使狹窄木頭階梯咿咿呀呀叫了起來。我走到底，踏進混凝土地板。即使穿著防寒衣還是冷得要命，我在這裡頭支撐不了太久。

「奧斯卡？聽得到嗎？」我等了等。「別怕，我是詹姆斯，聽見的話就出來吧，我來帶你離開。」

角落傳出一陣窸窸窣窣聲，我轉身讓頭燈朝那方向打過去，親眼看見他的時候，總算鬆了口氣。奧斯卡毫髮無損，依舊有一身細緻肌膚與褐色短髮，裝扮與我差不多，樣貌看來比我年輕二十歲就是了，像個大學新生。

「先生，」他低聲說。「我不知道該怎麼辦……你叫我留在屋子裡，等你回來。」

「你做得很好。」

「我看到新聞，說你要去太空。」

「去過了。」

「那你已經平安回來了？我很擔心。」

「不必再擔心了，奧斯卡，從現在開始，一切都會好起來的。」

❄

回到突尼西亞七號後，佛勒為我安排了個人住處，那是以太陽能發電的雙臥室白色圓帳，還附有小廚房、小客廳，甚至有個角落能當辦公室使用。空間在營地內是珍惜資源，因此這樣的寓所堪稱豪宅。起初我拒絕了他的好意，但佛勒很堅持，還搬出艾瑪來說服我，表示一旦她出院便需要有人就近照顧。經他這麼一說，我也開始思考艾瑪出院以後要何去何從，之前都認為她理所當然會去妹妹那兒同住，可是我確實希望她願意來我這邊。

在住處待一小時之後，佛勒來敲門。他跟我的住處之間只差一戶，所以我們會在家裡見面、晚上一起加班（雖然新NASA總部也有辦公室，但他和我一樣會把工作帶回家）。見到奧斯卡後，他瞪大了眼睛，朝我露出疑惑表情。我也好奇他是不是已經猜到了。

「我再幫你找個三房的地方吧。」

「沒必要。」

佛勒望著我幾秒，才點點頭。「嗯，總之還是換大一點的好。」

他應該是明白了。

❄

翌日清晨，我還沒上班就有人來敲門。打開門後竟是佩德羅．奧法瑞茲站在門口，他穿著一件大外套、戴著棒球帽，在寒風裡瑟瑟發抖。

「佩德羅！」

「嗨，博士。」

「快請進。」

佩德羅甩掉外套上的雪，探頭朝屋裡掃視。「不會打擾吧？」

「別擔心，我也才要去上班，不過還有點時間。好久不見了。」

「是啊，博士。我聽說有個能拯救人類的天才科學家住進來，嗯，很容易猜到是你，所以我想盡辦法在大西洋聯盟網上搜尋，一下就看到你的名字。」

「眞機靈。你離開艾吉費爾德以後，過得還好嗎？」

佩德羅聳肩。「上頭分了七號營一個位置給我，大概認爲這樣做，我才不會跑去接受電視臺訪問，說些不得體的話。來了之後就是一直在蓋房子，或是在倉庫搬東西。」他看著我的眼睛，露出微笑繼續說。「今天過來純粹是想道個謝——謝謝你在艾吉費爾德救了我一命，也許我全家都是因爲你才得救的，博士。」

「立場對調的話，你也會幫我的，佩德羅。」

兩人聊完後，他先走一步。我免不了有點小得意，遭遇貝塔事件之後，我時時刻刻提醒自己要保持正向思考。人類面對了難以對抗的敵人，它們絲毫不留情面，這其實有點像是回到艾吉費爾德暴動那時。佩德羅和我全身而退，我還幫了他幾次。看見他能在營地好好生活，我的心裡燃起希望之火。再巨大的難關、再恐怖的敵人，都會有辦法可以對付。

❄

我連著幾天與佛勒討論出幾項結論。首先，我們要與裏海、太平洋兩聯盟共享資訊，三大勢力達成共識，願意協力對抗異物。接下來的問題很簡單，就是人類到底該怎麼做？我們知道與對方開戰了，但這個對方究竟是什麼東西？要用什麼方法對抗？

佛勒與我反覆鑽研資料，希望能更確實掌握現況、提出對策，也拜訪另外兩個陣營，請求支援。但首先有件事情得弄清楚，我之前問過佛勒，他不肯明說。

「我想對照時序看一遍氣候變化。」

「沒有意義，該知道的都已經知道了。」他低聲說。

「還有需要確認的地方。我想知道是不是自己造成的——我想確定長冬是不是因爲和平號與火神號而加快了節奏。我不會受影響的，你放心。」

佛勒重重嘆息，在自己的筆電上敲了幾個鍵。

數據一看就很清楚。我猜得沒錯，攻擊異物那天起，地球氣候變化忽然劇烈起來，全球溫度驟降。是我們、應該說是我，一手促成了現在的局面。那是我的決定、我的意見，使得長冬惡化，數百萬以至於數十億性命因我而死去。

所以我必須挽回，而且說不定也只有我可以做到。要是辦不到，往後我不知道要如何活下去。

37
艾瑪

雖然進度緩慢，但我的體能一點一點地好轉，每天都覺得呼吸更為順暢、起身更容易，能走路的時間也拉長了。不過醫生表示想要完全回復需要好幾年，甚至有可能一輩子要依賴助行器。

我必須調整心態重新適應，但我覺得能夠活著回來、與家人團聚，還有詹姆斯陪在身邊，已經是萬分幸運。

每天我都會問問他的工作情況，而他總是閃爍其詞。我知道詹姆斯和佛勒常碰面，一定規劃了新任務。眞希望自己能參與，但身體狀況確實不允許。

「有中途島艦隊回傳的訊息嗎？」

「還沒。」

艦隊裡有兩架較大的無人機配備小型磁軌砲，能夠將通訊方塊射向地球。為什麼依然無聲無息呢？是因爲眞的沒有情報，還是已經被摧毀？

「和平號？」我提心吊膽地問。

「也沒有。」詹姆斯輕聲回答。

「下一步計畫？」

「還不確定。佛勒和我考慮過繼續發射探測器，可是資源短缺。我想等到有進一步消息再做決定。」

「比方說，肯定的目標。」

「有目標最好。中途島或許能幫我們鎖定。」

「備案呢？」

「目前爲止，還眞沒有備案。」

❄

一天一天、然後一週一週過去，復健效果進入高原期，醫師與物理治療師持續不斷鼓勵我，但回復肌肉質量的過程眞的很辛苦，重建骨質密度更是困難。

我試著盡量少思念和平號上的夥伴，但不可能完全忘記。詹姆斯與我還是多少會提起，猜測他們現在是什麼情況——當然前提是大家都還活著。感覺隨著時間過去，我們都越來越少談到或想到和平號，但它也不是莫名其妙就消失了，而是彷彿航向遠處的夕陽，慢條斯理、不知不覺之中從腦海漸漸淡去。

最麻煩的是我在病房待得快發瘋。現在沒有電視節目，我已經把大西洋聯盟網上的東西全看過了（那是政府控制的區域網路，內容受到嚴格審查，想要連線都不太容易）。

我想出去。想有事情做。

我希望自己能爲人類有點貢獻。

這件事情也和詹姆斯談了好幾次，但最後總是走向同樣的結論。他說對他而言，最重要的就是我能好起來，如果我想幫忙，最好的辦法就是維持身體健康。他說得好像有個「康復」選項給我點選，每天按一次問題就能解決了似的。如果我得做些事情才會好轉呢？我也這麼問過，可是接下來就會各說各話、兜進死胡同。誰能想到兩個人明明如此關心彼此，卻還能讓事情這麼複雜？

詹姆斯通常上午工作，午餐時間會過來探病。今天居然多帶了個人，很年輕，才二十出頭的樣子，皮膚白皙、眼珠子藍得發亮。他的模樣和言行舉止，包括溫和態度與字斟句酌的說話方式，各種小地方都讓我覺得與詹姆斯十分神似，眼神尤其流露出同樣的善良。

與我對上目光時，年輕人緩緩點了頭。

「艾瑪，」詹姆斯開口。「這是奧斯卡。」

「你好。」

「女士您好。」

女士……我看起來年紀這麼大？還是因為躺在病床上軟趴趴的像個老女人？得趕快出院才行。

反觀奧斯卡就沒這個問題，年輕力壯、斯文中有股剛毅，還散發一種奇妙的寧靜氣場。

「幾星期之前我提到的人就是他。」詹姆斯解釋。「出遠門就是把他接過來。」

「喔，這樣啊。」

我不禁好奇起來，奧斯卡是詹姆斯的什麼人？難道是兒子？順著第一反應下去便意識到這代表他結了婚、或曾經結過婚，最低限度是有過交往對象，不知道關係是否仍然維持著。但如果我沒看錯奧斯卡的年紀，那豈不是發生在詹姆斯年紀非常非常輕的時候？我實在按捺不住。

「他是你的……？」

我故意不將句子說完，沒想到氣氛忽然一僵，兩個人都像是被長冬凍住似的。

「他是我的──」詹姆斯的話說到一半就接不下去。

「助理。」奧斯卡笑著回答，聲音柔軟得有些滑稽，不過與那張帶有童稚的面孔倒是相符，還讓他彷彿再減了幾歲。

「嗯，」詹姆斯有點轉不過來。「奧斯卡幫我做研究。」

「研究助理嗎？唔，我也在他身邊幫過忙，建議你好好幹，要跟上他的節奏不容易。」

奧斯卡的視線轉向詹姆斯。詹姆斯接著說：「艾瑪，妳是夥伴，不是助理。」

「好吧，夥伴，我準備出院了。」

「我們不是談過很多次了？」

「所以不必再浪費時間。」我將腿轉到床邊，抓起拐杖站起來，雙腿還是會抖。「我要出院，反正本來就不需要你核准，但你願意幫忙的話，我會很感激。」

「這是『好』的意思吧？」

詹姆斯微笑但無奈地搖搖頭。「妳這個人眞的很難相處。」

「是心不甘情不願但只能『隨便妳』的意思。」

「差不多囉。」

❄

走出醫院就是一場苦戰。每一步都考驗我的意志力。只是簡單地舉起腿、放下腿而已，但我卻感覺像走在泥漿中。地球的重力對現在的我而言，就是如此黏稠沉重、無法擺脫。

沙地上飄散著雪花，褐白相間的景色依舊令我覺得美麗。從病房窗戶每天都能看著降雪，所幸出太陽之後一下子便融化。未來的某一天起，或許霜雪將不再消逝，慢慢堆積起來，淹沒我們全體。

一直以來，我的夢想就是前往新天地、建立新社會。其實七號營已經有那種感覺。儘管還在地球，但各種新氣象營造出新鮮、陌生的氛圍。只怨我這副身體沒辦法好好融入，也因此令我更加苦惱，我實在很想做點有用的事情。

外頭很涼。倒不是西伯利亞那種嚴寒，是接近紐約冬天的蕭瑟。冷風襲來，詹姆斯將我拉近，伸手摟在我的雪衣外頭。我自己還得拄著拐杖才能走路。

路面沒有鋪柏油或地磚，就只是厚實的沙土。大部分建築物是白色圓頂屋，上面裝了黑色太陽能板，遠看很像一大群皇帝企鵝躺在沙漠與風雪中做日光浴。營地中央有一批固定建物，採用模組式強化塑膠，包括了醫院、美國中央司令部軍事總部、政府機關等等，還有一幢大屋命名為「奧林帕斯」，收容NASA、NOAA（海洋暨大氣總署）及其他存續下來的科學研究組織。

營地外圍則是大型廠房，更遠處有更占空間的倉庫甚至溫室。倉庫的存糧能夠支撐一段時間，不足的部分則靠溫室生產，但提供的份量仍難以餵飽整個營地的人口。如果太陽能量不回復正常，人類注定在饑荒中慢慢凋零。

多數工廠負責加工溫室生產的農作物，或是生產營地內需要的各項物資，但有一間專門用於打造接下來要發射的太空載具。計畫細節尚未確定，不過製造流程已經開始，因為大家都覺得時間所剩不多，無論如何必須預做準備。

軍用車疾馳而過，濺起雪水落在路旁。還有些與高爾夫車差不多尺寸的電動車，造型十分獨特。營地有股末世邊境的異國情調。

詹姆斯的住處距離醫院兩個路口而已。他提議找輛電動車載我，但我拒絕了。我想自己走過去，除了證明給他看，更重要的是能感受照在臉頰上的太陽。它與記憶中的光和熱相比遜色很多。人類就只有一個太陽，我們必須奪回來。

一路上，我不得不停下來休息兩次，第三次則是臀部肌肉抽筋，需要舒緩。我的身子壓在拐杖上等抽筋結束，心想這樣子眞尷尬，但也明白詹姆斯的細心體貼。果然他見狀就走到我身旁，一手輕輕扶著我的手臂，奧斯卡也在另一側預備，萬一我眞的腿軟跌倒，就要幫忙拉住。

走到白色圓頂屋的時候，我已經喘個不停。裡頭有個小前廳保持室內溫度，一進去就感覺暖風撲面。

屋內的環境令我訝異，除了看起來很新穎，還裝潢得十分不錯，像高級公寓一樣，連地板都是仿硬木設計，雖然我踩出的聲音聽起來是塑膠材質。空間走開放概念，客廳不算小，隔壁廚房中間擱著餐桌，沒有中島。三面牆壁設有暖爐，從前面經過時感覺熱呼呼的。客廳鋪了幾張小地毯，有一張長沙發、兩張單人皮沙發，雖然沒有窗戶，但有好幾塊大而薄的螢幕展示外面風景，解析度很高，所以匆匆一瞥時根本不會察覺是假的。

這裡隔出五條走道，三條通向臥房、一條進入全套衛浴，最後有個小角落堆滿了文書，看起來是辦公空間。

我很喜歡裡面的氣氛，立刻有種家的感覺。住在這裡應該很舒適，與詹姆斯在一起也會很開心。

他領著我走向沙發。我一屁股坐下，總算不必再支撐這副骨頭的重量。

「佛勒安排的。逼我住三房。」

「環境很好啊。我覺得很棒。」

「也可以做別的打算……」

我挑眉。

「妳妹妹他們現在住附近的一般營房。我和佛勒談過，他說還能安排類似的空間，妳想要的話，可以和他們住一間。」

這是要趕我走，不希望我留下來的意思嗎，為什麼？因為我是累贅？我目前連自理生活都有困難，確實會影響工作進度。但我還是希望能留下來幫忙。

「如果你覺得那樣比較好……」我淡淡地說。

詹姆斯遲疑一下。「我是以為……妳會覺得那樣比較好？」

「我沒有。」

「那妳想要……？」

我用力吞口口水。「我想留在這裡，想幫你做點事，想結束從和平號延續下來的任務。」

❄

臥房有獨立衛浴令我非常感動，終於有點隱私了，我在醫院為此所苦了好久。

翌日清早洗臉時，聽見寓所外門打開，冷風不斷地灌進來，接著屋內又一陣天翻地覆的聲音。我拿著毛巾走出浴室，然後目瞪口呆。

餐桌和客廳家具都被推到了牆邊，空間全騰出來放上運動器材。詹姆斯將家裡改裝成了物理治療所！

還是單人專用。

他一臉燦爛笑容，指著那些器材時的表情，好像展場裡業務員要推銷最新款的汽車。

「這樣空間不夠吧，詹姆斯。」

「怎麼不夠？」他興高采烈地替一輛斜躺健身車插上電源。

有時候跟他爭也沒用。我看得出來現在就是。

之後他去找佛勒，意外的是奧斯卡居然留在家裡。

「你不必過去幫忙他們做計畫？」

「之前幫忙過幾次，但詹姆斯希望我留下來，妳有什麼需要的話才有人在。」

「我自己一個人也可以的。」

「我相信。不過，我學了很多物理治療技巧，應該派得上用場。妳要不要試試看？」

❄

奧斯卡眞的精通物理治療，他看起來身材不算高大卻十分有力氣。他平時懂得鼓勵人，必要時又頗爲嚴格，我需要人幫忙的時候，他一定會在旁邊。總之這個人眞是給人滿滿的驚喜。他好像完全不會累，也有可能是因爲我隨便動動就精疲力盡，已經無法判斷什麼才是正常人的體能狀態。

「接下來？」我問。

「划船機，然後就可以休息了。」他伸手扶我到機器旁邊。「女士，妳做得很棒。」

「奧斯卡，你不必一直叫我『女士』。」

「沒關係的，禮多人不怪。」

看來我只好繼續當個「女士」。

划船機做到一半，我上氣不接下氣，勉強擠出聲音問：「你認識詹姆斯多久了？」

奧斯卡聞言露出遙遠迷茫的眼神。「從一開始就認識。」

這句話感覺呼應了我的假設，奧斯卡其實是他的兒子吧？我得問清楚。

「他……是不是你爸爸？」

奧斯卡沉默了好一陣子，我都準備轉移話題了，他才忽然開口。

「如果必須稱呼一個人為父親的話，那就是他沒錯。」

什麼意思？

返回地球航程中，我對詹姆斯說過會調查他當初究竟發生了什麼事，問題在於大西洋聯盟網上並未保留與他有關的資料，現在的我也沒靈活到可以在營地裡四處打聽，唯一的消息來源就是奧斯卡。

休息時，我坐在餐桌邊拿著毛巾擦汗。奧斯卡站在我背後，使用廚房做點心。

「奧斯卡？」

「嗯，女士？」

「所以詹姆斯之前出事的時候，你也認識他了吧？」

「是的。」

「那你能告訴我，究竟是怎麼回事嗎？」

「妳不知道嗎？」

「不知道。」

「我想詹姆斯應該會希望能親口向妳解釋。」

「你能透露什麼？有多少算多少。」

奧斯卡沒回話，指了指手裡的碼錶，意思是又得進行下個療程了。

接下來划槳的時候，我腹中的怨氣越來越重。雖然明白奧斯卡保持緘默也是對詹姆斯的負責，他並沒做錯什麼，但我始終覺得被排除在外，兩人藏著祕密，將我蒙在鼓裡。

做完一組以後，我大口喘氣，能發出聲音時立刻說：「他爲什麼會被關起來？」

「妳是指眞正的原因？」

「是啊。」

「他試圖拯救自己很珍惜的人。」

「這怎麼會是犯罪呢？」

「我也覺得不是。」

「所以到底怎麼回事？」

「他採取的行動太極端，威脅到地球上最有權勢的人，同時也錯估了那些人的反應。」

❄

連著兩星期，我們每天的作息都差不多：早餐之後詹姆斯會去上班、見佛勒，奧斯卡留在家裡陪我做物理治療。兩人一起午餐之後，我會午睡休息，醒了就繼續療程，最後三個人一起晚餐。

今天有個令人高興的改變。大門打開後，麥迪遜帶著大衛、歐文、艾德琳從寒風中衝了進來，手裡捧著熱過的糧食。我們自己的餐桌上也擺了食物，還冒著熱氣。全部的東西擺在一起其實還是很寒酸，但以目前的地球來說已經堪稱盛宴，大家也確實很享受。我出院以後就沒見過妹妹一家，現在的體能比當初好了不少，也不知怎地就想秀給他們看看。儘管每天累得咬牙切齒，但奧斯卡的物理治療確實頗有成效。

只是，餐桌邊的聊天不如預期融洽。我很想將來龍去脈都告訴麥迪遜和大衛，可是第一次接觸任務以及和平號上的一切都被列爲機密，所以詹姆斯和我都只能說任務成功，還要繼續。

面對詹姆斯，麥迪遜除了好奇之外，自然而然有種保護我的心態，她開口問了好多問題。我得承認自己在旁邊聽得也很專心，心裡本來就還有好多疑問，確實有一部分希望妹妹能逼出些答案。

「詹姆斯，你是哪裡人？」

「在北卡羅萊納州阿什維爾那一帶長大，大學念史丹佛。」

麥迪遜吞下一口馬鈴薯泥。「奧斯卡呢？」

「一樣。」他小聲回答。

「你們兩個人怎麼認識的？」麥迪遜追問。問題沒有指定對象，像一張帳單懸在兩人正中間，誰都不想碰。

「工作關係。」詹姆斯立刻補上一句。「妳們覺得營地環境怎麼樣？」

他明顯是轉移話題，爭取時間。大衛稍微抱怨了一下，但他和麥迪遜看起來過得不錯，我也爲他們高興。

點心之後上了咖啡，只有麥迪遜拿起來喝，她似乎要靠這個提振精神，重新展開拷問攻勢。

「你和家人聯繫了嗎，詹姆斯？」

「沒有。不過我知道他們都平安。」

在太空艙裡，他提過有個斷絕往來的兄弟。回到地球以後，這也是第一次聽他提起。

「也算好消息。」麥迪遜視線從咖啡飄到我這邊。「他們也在七號營這裡嗎？」

「嗯。」

「是父母？」

我留意到奧斯卡朝他瞥了一眼。什麼情況？

詹姆斯動手收拾餐桌上裝點心的塑膠盤。「我父母都過世了。」

「兄弟姊妹呢？」麥迪遜繼續問。

我看得出來詹姆斯不想談，在桌子底下偷偷踢了她一下。

她頭一歪，用眼神問我：幹嘛？

「只有一個哥哥。」詹姆斯背對我們，先沖了沖盤子，再放進洗碗機。

還好麥迪遜也識趣，沒再窮追不捨。

他們回家之後，我往詹姆斯的辦公間探頭看去。裡面亂七八糟，散落許多無人機設計圖、太陽系天文圖，特別針對小行星帶；牆壁釘著手寫字條，上面的六個名字是：哈利、桂葛里、閔肇、莉娜、泉美、夏綠蒂——全是還在太空漂流沒能回到地球的夥伴。爲了他們，詹姆斯將自己逼到了極限。

「抱歉，麥迪遜有時候講話跟瘋狗一樣。」

他沒抬頭。「她只是擔心妳吧，應該的。」

「有沒有我能幫忙的？」

「現在沒有，但先謝了，不會太久了。」

總算能對未來有點期待。

❄

隔天早上，詹姆斯在客廳等著。也許該說是復健室？兩者皆是吧。

「想不想散個步？」他問。

「好啊。」

新鮮事，也剛好換個心情。或許他認為新鮮空氣對我有幫助。

兩人出了住處，我一手拄拐杖，另一手挽著詹姆斯的上臂。清晨的七號營慢慢甦醒過來。

天色微明，雪花如餘燼灑落。

「妳的力氣越來越大了。」他說。

「我還是覺得自己復原太慢。」

「現在眞的什麼事情都在搶時間。」

他停在編號12A的營區前面，就這麼站著凝望。建築物的形狀讓我想到長條拱頂溫室，或是白色、窄長的管子陷進沙中，只有頂端太陽能板是黑色。人群向外移動，準備上工，早餐結束就是一天忙碌的開始。

前面不是麥迪遜或佛勒住處。佛勒與妻子、成年兒女等等的家人住在另一個地方。

「你來找人？」

「算是。」

詹姆斯盯著湧出的人潮，好一陣子之後才開口：「那邊，綠色派克大衣、藍色針織帽的。」

那男人的體型與詹姆斯相仿，長相也頗爲神似。

「你哥哥？」

「嗯。」

沉默片刻後，他才又開口：「每天早上，我都會過來看看他。」

「爲什麼？」

「因爲也就只能靠這麼近了。」

「我不太懂。」

「他恨我。」

「原因是？」

「因爲我以前做的事。」

相處這麼久，我已經懂得詹姆斯的界線。他封閉的並不多，可是一旦關起來，就會築起萬丈高牆，除了等他自己出來，別無他法。眼前就是這樣一堵牆。

同時我也不禁好奇，詹姆斯爲什麼帶我一起來？感覺他爲此所苦，想要找個人訴說，但跨不過那道檻。

於是我意識到七號營並不只有自己一個人需要復健。詹姆斯有自己的傷痛，雖然看不見卻並不比我好過。

我用力掐了掐他的手臂。

❄

一週過後，我騎斜躺單車時，前門打開，詹姆斯那天特別早回家。我停下動作，心想一定出事了。

「有訊號。」他喘著氣說。

「訊號？誰、哪裡來的？和平號嗎？」

「中途島。艦隊找到其他異物。非常多。」

38 詹姆斯

佛勒和我一起分析中途島艦隊回傳的資料，太令人震驚了——敵人的規模竟然如此之龐大。我們開始改口稱呼異物為「光伏電芯」，正如我所料，敵方絕對不只兩個異物。

昨天收到另一個通訊方塊，來自赫利俄斯艦隊，資訊到得恰是時候。我們終於肯定人類該怎麼做。

佛勒首先將他在新NASA總部的辦公室改造成戰情室。現在要準備的就是戰爭，已經鎖定敵人，下一步便是反擊。想有勝算的話，難關出在需要地球全數倖存者的配合，換句話說，第一關正是說服政治界。

❄

酷寒末世下，地球少了以前的很多東西，其中有些一目瞭然，例如我特別欣賞的這點：不必穿西裝。美國人民在大逃難過程中，沒人有餘裕帶上正式套裝，於是所謂的體面與禮節皆被埋在深雪之下，恐怕再也回不來。

我穿上灰色休閒褲、黑色毛衣，還刮了鬍子、擦了靴子，因為這將是人生中最重要的一天。

我即將提議全人類發動歷史上最關鍵的一次科學計畫，人類必須反擊，否則後果不堪設想。如果今天不能說服聽眾，人類可能眞的要走上窮途末路。所以這會是我生命中最重要的一次報告，唯一的機會。我很緊張。

艾瑪大概也察覺了。「你一定做得到。」她爲我打氣。

「對象是政治人物，很難預測，有可能被拒絕。」

「不會的。」

「但要是被拒絕怎麼辦？這是我們最後的機會了，艾瑪。沒有下一局能再賭，再不行動就全盤皆輸。不出去拚命，人類就得在天寒地凍裡慢慢滅絕。」

她捧住我的臉。「船到橋頭自然直，一步一步來。」

艾瑪是我的心靈支柱。我知道降落之後這幾個星期對她而言很難熬，但感覺她撐過來了，逐漸好轉。雖然她對自己的進度不滿意，也只能多勸她想開些。

「奧斯卡會跟你一起過去嗎？」她問。

「不會。」說實話是不能冒這個險，但我轉頭對艾瑪說：「他留下來幫妳。」

「我自己也沒問題的，更何況可以的話，我都想跟你一起過去。」

「現在妳人生裡最重要的事情就是復健。」

「復健絕對不會是人生最重要的事情。」

我希望這句話還有後半段，希望艾瑪能說出自己生命中最重要的到底是什麼。只可惜如同之前許多次，對話最後無疾而終。

❄

會議在體育館召開。七號營沒有學校，不過蓋了一座體育館讓大家運動——我想是因爲能看見有人打籃球、排球加上孩童的玩耍嬉鬧，會營造世界如常的氛圍，彷彿人類有信心必然能度過危機。

先前籃框所在的位置掛上了投影幕，看臺被移走，場內多了一列列平臺和桌椅，布置得像是禮堂。

從最低處講臺抬頭，可望見座位上一張張耐心等待的面孔。我站在佛勒旁邊，兩人好像犯人即將被亂槍擊斃。其實現實差不多也是如此。

佛勒起頭概述了任務內容，從發射和平號與火神號說起，然後是發現第二個異物、派遣中途島以及赫利俄斯無人機艦隊並接觸異物。內容其實都已寫在事前發下去的簡報中，所以觀眾席眾人早就知道，也因此佛勒很快帶過。

最後他介紹我出場。從觀眾席看得到很多人眼神一變，認出了我。喔，是「那個」詹姆斯．辛克雷？

我感覺自己像是參加一個機器人冬令營，卻莫名其妙被拱進辯論隊裡。做報告、和人爭辯非我所好，但非常時期需要非常犧牲。

我清清喉嚨，叫出自己的投影片。

「如佛勒博士所言，和平號船員努力多時後，終於取得接下來要告訴各位的資料。截至目前爲止，這恐怕是世界上最大的祕密，也是地球文明面對過最令人不安的消息。我們必須爲人類的未來做出決定，以下是能做爲根據的科學事實。」

我點了遙控，投影螢幕上顯示出太陽系全圖，我在黑色區塊上圈起兩個白點，此外地球、太陽、小行星帶都標記出來。

「各位可以看到被圈起來的地方，就是兩個異物最後確認的位置。直到昨天之前，我們只發現兩個異物。但昨天得到了中途島艦隊的回報，現在有更多數據要與大家分享。」

我再按了按鍵，螢幕閃爍。原本圖示上只有兩個圓圈，代表兩個異物，此刻一下子暴增到數百，畫面上有如灑滿了麵包屑，並且連接成線，從小行星帶一直連到太陽。

「中途島艦隊目前發現共計一百九十三個異物，全部同一樣式，形狀、尺寸沒有變化，速度與向量曲線也大致相同。」

漣漪在場內擴散後化作陣陣海浪。眾人神情驟變，坐姿也端正起來，不再低頭盯著筆電，並且開始交頭接耳。我抓住他們的注意了。

前排有人舉手。大西洋聯盟由五十國組成，佛勒對我解釋內部結構與會員國之間關係時說得很委婉，不過整理之後也挺簡單的，權力大都操之在擁有最強軍武或工業基礎、並藉此轉移人口的國家。簡而言之，目前的強權就是美國、英國、德國、加拿大、義大利與法國。

英國首相開口時語氣平緩冷靜，神態十分堅毅。「辛克雷博士，可以直接切入重點嗎？這些資料代表的意義是？」

「首相女士，今天我想與各位分享的資料有好幾項，這只是其中之一。相信全部串在一起之後，意義就會十分清楚。而且我認爲讓各位先掌握資料最重要，因爲我不能代替各位做結論。我只是個科學家。」

最後補上的那句話效果似乎不錯，也許我開始跟上政治界的節奏了。首相看上去也很滿意。她稍稍歪著頭。「請繼續。」

按下按鍵以後，螢幕呈現顆粒感強烈的影像，顯然鏡頭距離極遠。畫面上六角形異物群集，外觀如同蜂窩的謎巢。異物群飄浮在太陽前面，彷彿一大片地毯將其包覆。

「這是赫利俄斯艦隊內一架無人機拍攝到的照片。派遣到太陽周邊的無人機確認了和平號船員之前提出的假設：所謂的異物，實質上只是光伏電芯。因此接下來的報告裡，我將改用這個稱呼。我們的另一個想法是，這些光伏電芯之所以出現，代表對方想要收割太陽能量。」

上一次掀起漣漪只是小波浪，這次卻引發了海嘯。場內傳出驚呼、有人吼叫提問，大多數根本聽不清楚。現場一片混亂，瀰漫困惑、憤怒、恐懼，但其中也摻雜一些嚴肅剛毅的面孔。佛勒起身站到我身旁，高舉手臂喝道：「先生、女士們！請冷靜，讓辛克雷博士做完報告，之後有討論時間。」

嘈雜平息之後，我才繼續。

「目前能肯定的有幾件事。第一點：這些光伏電芯或許因爲設計、也或許是演化結果，可以組合起來。相信各位從照片裡也看見了。

「第二點：電芯被太陽吸引，越靠近太陽加速度越高。也就是說，它們以太陽輻射爲食，得到的輻射越多，推進力也越大。

「第三點：來者不善。太陽能量輸出減少的程度並不均勻，地球受到的影響比起地球周邊的太空空間更嚴重。這絕非自然現象，換言之，地球是被鎖定的目標。

「地球得到的太陽輻射以幾何級數下降。我認爲決定性的因素很單純，取決於抵達太陽以及介於地球和太陽之間的光伏電芯。各位從中途島艦隊的初步調查報告應該就能想像，接下來會有更多光伏電芯到達太陽周邊，在我說話的此時此刻正在發生。而且現今找到的一百九十三個單位，恐怕只是冰山一角，宇宙空間廣闊無際，中途島艦隊微不足道。」

前排又有人舉手，這回是德國總理。佛勒也跟著再站起來，想請他再多點耐性，但我向總理點頭示意。在我看來，為了達成這次會議的目標，這些領導人需要什麼資訊就趕快提供，畢竟人類的命運就靠他們左右。

「赫利俄斯艦隊的規模很小，我記得佛勒博士說過才三架無人機而已。但你剛才又提到宇宙空間遼闊，既然如此，它們是怎麼找到太陽附近的電芯？」

「好問題。前面講到另一件事，就是我與和平號船員們一起研究，針對光伏電芯與太陽系現況有了幾套理論，其中之一個是這些電芯導致了長冬。根據這個前提，我們進一步分析出電芯集中在什麼位置會阻擋太陽輻射到達地球，之後就直接派遣無人機過去勘察，結果找到這麼大一群。」

總理點點頭，神情很肅穆。「謝謝，辛克雷博士，你的答案很有幫助。」

「不客氣。」我將注意力轉向全場，離開講臺上前一步，有如檢察官要對陪審團做出結辯。

「各種證據強烈指向同一個假設，也就是光伏電芯與它們的製作者來到太陽系，正是為了收割太陽能量，然而真正的問題在於，它們這麼做有什麼目的？我想答案也顯而易見：能量是一種資源。

「無論這些光伏電芯以及其製作者來自何處，其所處星系的恆星能量一定很有限。我們已知有許多手段可以產生能量，最常見的是將物質轉換為能量，也就是愛因斯坦提出的質能可以互換——只不過星系內的質量想必也有限。當所在星系的資源即將耗盡時，就必須從其他地方取得質量與能量，於是它們來到了這裡。」

我轉身背對觀眾，給大家一點時間思考現況。會場一陣死寂，連翻文件的聲音也聽不到。

「現在可以肯定，」我繼續說。「對方知道地球人存在，將我們視爲奪取太陽能量的障礙，於是採取行動消滅威脅。手段不僅僅是降低地球能獲得的太陽能量，以求人類漸進滅絕，也包括了更直接的攻擊。

「提醒各位，我們初次偵測到對方的光伏電芯，探測器當場失去機能，推測應該遭到破壞。情報送到國際太空站之後，太空站亦隨即被摧毀——緊接著，軌道上所有衛星與望遠鏡之類的人造物全數故障。據此可以推論，最初發現的光伏電芯及其背後主使意圖隱藏自身存在，也不希望地球人能夠確認它們在太陽系內的行動規模。我們曾經試圖與另一單位的光伏電芯進行通訊和對話，然而對方察覺我們並非同陣營的當下，立刻又採取攻擊行動。最後，我們直接對光伏電芯進行反擊，電芯的反應是寧可自爆，也不給我們深入研究的機會。更重要的或許是直接衝突之後，地球氣候改變幅度加劇，我將這個變化視爲對方對地球進行反擊的回應。報告至此，相信各位也能將所有環節串連了起來，這些光伏電芯在人類滅亡之前，不會停止運作。」

加拿大總理舉手，我讓他提問。

「佛勒博士方才提到你們成功削下異物、或者現在稱作電芯的一片外殼。可以瞭解一下外殼後來如何？研究之後有什麼發現？」

「這也是非常好的問題。雖然我們成功切割一片光伏電芯的外殼，遺憾的是由無人機運送回和平號途中，對方就對核彈攻擊做出了回應。核彈引爆位置比我們預估的最遠距離還要更外面，而我也在那時候脫離和平號，因此無法確認載運樣本的無人機是否在爆炸中損毀。唯一能肯定的是樣本尚未到達地球，我對此也不樂觀。就算有機會能研究外殼樣本，分析結果對接下來的行動方針能有什麼影響，我個人亦存疑。」

「謝謝。」總理淡淡回應。

我按下按鍵叫出倒數第二張投影片，內容是全球平均溫度趨勢。這麼單純的圖表就揭示了這顆行星、人類這個物種的命運。

「世界越來越寒冷，而且全球溫度下降趨勢越來越快。那些光伏電芯造成這個現象，也已經發現地球人會試圖阻止它們的計畫。因此我認為對方會更猛烈影響地球溫度，也推測電芯和背後製作者，有可能以更直接的方式與地球人發生衝突。」

一下子好多人又開口提問，佛勒又被迫出面站在我身旁，要求大家冷靜。吵鬧停止之後，我才繼續解釋。

「結論簡化之後就是：敵人想奪走太陽輸出的能量，為此不惜消滅人類。現在他們希望凍死我們，若有必要，或許會進一步攻擊地球。」

我讓這番話懸在空氣裡，所有人注視著我。

最後一次按下按鈕，亮出最後一張投影片。

還是我們找到的那一大群光伏電芯。

「然而，我們並非全無希望。」我的聲音彷彿敲響戰鼓，迴蕩在體育館內。「既然敵人要的是能量，代表它們應該會很在乎汲取能量的效率。能量是與它們交涉的貨幣，收集與保存能量是它們的技術核心。從這個角度思考，對方沒理由排出大量異物——也就是電芯——穿越浩瀚的宇宙空間，電芯甚至未必有能力離開太陽系。」

看得出來場內有些人已經聽明白了，畢竟也有具有科學背景的來賓。

「到底什麼意思？」美國總統的聲音沙啞、帶著情緒，或許是不耐煩，也或許是恐懼。

「意思是，我認爲這些電芯並非來自太陽系外，而是在太陽系內製造、生產。因此，地球人還有力挽狂瀾的機會。」

39

艾瑪

我在醫院定期回診，做了一大堆檢驗。

然後我到了診間等候。奧斯卡不肯留在家裡，陪著我過來，有人在身邊令人安心不少。

我不知道醫生會說什麼，心裡很緊張，一半希望詹姆斯也在，另一半又慶幸他不在。他看過我最差最弱的模樣，也救了那個時候的我。無論未來以及我的身體是好是壞……我覺得他應該要知道。假如兩個人有可能更進一步，他有權知道自己將要面對什麼。不過我也需要時間想想，做好了心理準備再親口告訴他。

門打開，紅髮英國籍女醫師面帶微笑走進來。我的主治醫師一直都是娜塔莎．理查茲，我喜歡也信任她。

「哈囉，又見面啦，艾瑪。」

「嗨。」

她從牆邊拉了張附輪板凳，坐到我對面，平視我的眼睛，雙手擱在大腿上。

「我看了報告，覺得妳進步很多。」

「眞的嗎，檢驗怎麼說？」

娜塔莎點點平板叫出圖表，但再開口時語調就沒那麼正向了。「唔……肌肉量增加，一些持續追蹤的指標都有好轉。」

感覺得到有個但是還沒出來，我主動開口的話，她也不必尷尬。

「壞消息是？」我直接問。

「壞消息，」她小心翼翼地說。「就是妳的骨質密度回復不如預期。」

「這樣啊。」

「骨質疏鬆本來就很難逆轉，密度降低以後不容易補回。」

「意思是……？」

「艾瑪，今天主要是希望妳能調整對自己的期待。有過那樣特殊的經歷還能活下來的人少之又少，而我也很清楚妳在奧斯卡協助下，每天都很努力復健。」

「那我該期待什麼呢？」

「說老實話，我覺得妳往後可能都需要用拐杖，體力也無法回到過去那種水準。現在有的疲勞、疼痛、抽筋，恐怕都不會眞正結束，最多只是慢慢減輕。」

這番宣告有如大錘重重敲打胸口、明明無辜卻被法官三言兩語判了刑。我還想好好走路，還想自由活動。我都那麼努力了，爲什麼得拖著這副身軀度過後半生呢？

醫生應該也察覺了我的情緒，靠過來掐掐我的手。「艾瑪，相信我，這種事情聽起來會比實際上嚴重。雖然妳現在還覺得身體很差，但人會逐漸適應體能限制，大家都一樣。我看過妳上太空站之前的體檢，那時候妳的體能是模範生，所以現在才會感覺落差特別大。想必那時候妳奮鬥了很久，如今可能也會付出同等努力想回到過去的健康狀態。不過妳要記住，復健這條路是有極限的，別逼自己逼過了頭，更重要的是，即使成績低於期望，也千萬不要對自己太苛刻。現在的關鍵應該就是調整心理狀態而已。」

❄

奧斯卡與我在回家的一路上都沒說話。我的心思又飄回哈利、桂葛里、閔肇、莉娜、夏綠蒂和泉美身上。因為他們，我才有機會回地球。是他們犧牲了自己，才讓我活了下來。我總是不由自主思念大家。我知道自己應該感恩，原本狀況會比現在更糟糕。我虧欠他們很多，很希望有機會回報。我也虧欠詹姆斯，欠他的或許永遠都還不完。

我們經過了他上次帶我遠眺的營房。詹姆斯的哥哥一家人住在這裡。我突然有了個想法，需要有點好事發生，就讓我來吧。

❄

詹姆斯到家後看起來累壞了，我從沒見過他這麼狼狽。和平號任務巔峰期那種壓力和工時，他都挺得過來，今天看起來居然比當時還糟。

「怎麼回事？」

他朝沙發一躺，猛烈搖頭。「問不完的問題、辯不完的辯論。我站在臺上拚命解釋，那些科學知識連我自己都花了一輩子才搞懂，現在的狀況也複雜到超乎任何人的掌握，實在好痛苦。」

「他們只是想全盤瞭解，為自己在乎的人做出最好的決定。」

「是為自己吧。」

「也是爲自己沒錯。」

「說眞的，我不知道接下來會怎麼樣。」

「兩種可能性吧。如果他們同意我們的提案，人類還有一線生機，少部分人能倖存。但要是他們認爲沒希望了，那目標就會轉而向內。」

「推測看看？」

「什麼意思？」

「截至目前爲止，只有大西洋聯盟確認了人類面對的敵人究竟是什麼。地球上就只有這麼多資源與可生存空間，他們可能先下手爲強。」

「先下手？做什麼？」

「結束原本只是暫停的戰爭。我猜要攻打的話，會先挑裏海聯盟，對太平洋聯盟虛則與委蛇，直到裏海聯盟被攻陷，再繼續推進。當然前提是沒被太平洋聯盟看穿，直接開始大混戰。」

我嘆口氣，心想跟之前一樣，詹姆斯對情勢細微之處的掌握總是比自己快。或許比所有人都快。

「有什麼辦法嗎？」

「現在？沒有。只能等。」

或許沒有我們能做的事。不過，還有我必須做的事。

❄

晚餐後我回到房間，穿上厚外套、長筒靴，戴起皮手套，走到門口拿了附耳蓋的帽子和圍巾，結果被詹姆斯看見了。

「妳要去哪裡？」

「找麥迪遜。」我輕描淡寫敷衍。

他瞇起眼睛。「這種時間？」

「是啊。」

「外頭很冷。」

「什麼時候不冷？」

詹姆斯上下打量，我再聳了聳肩。「想出去呼吸新鮮空氣，總得偶爾出門走走。」

「今天醫生怎麼說？」

「我的進步還不錯。」她是真的這麼對我說了，所以技術上而言，我沒說謊。

看得出來詹姆斯很矛盾，但他隨即選擇讓步。

「好吧。」他轉頭朝著還在廚房水槽洗碗盤的奧斯卡說。「奧斯卡，你陪著她去吧。」

「好的，先生。」奧斯卡答得很溫和。

「不必啦，我一個人就好。」

「不好。」

「詹姆斯——」

「艾瑪，妳的骨骼還是又脆弱又稀疏，就算只是風強一點讓妳沒站穩，下場都可能是摔斷好幾根骨頭。更何況夜裡外面一片黑，為什麼要冒險？」

確實說不過去，只好不爭了。

❄

奧斯卡沒過問我要去哪兒，看上去也不在乎外頭的天寒地凍以及我走路有多慢。

夜色中的七號營景色很美，濃重黑暗之下，建築物的白色圓頂盈盈發亮，遠眺像是一隻隻螢光毛毛蟲埋在沙裡。道路兩旁點起了ＬＥＤ路燈，雪花沾染了光芒，飄在半空盤旋起舞。這裡每隔幾個鐘頭就飄一次雪，事前毫無預兆，也尚未大到能在地上堆積，只是持續不斷提醒我們長冬仍未結束、也不會結束，遲早會吞噬一切。

到了佛勒家門口，我拍拍大衣上的雪水之後敲了門。他很快就應門，不過模樣與詹姆斯一樣憔悴。

「艾瑪！」他訝異地說。「快進來。」

奧斯卡跟在後頭，默默為我取下大衣與圍巾掛好。佛勒領著我往內走，他的住處只比我們那邊略大一點點。外表與他年紀相仿的女性自餐桌起身，旁邊還坐著兩個應該是大學生歲數的男孩。

「羅倫斯，有客人要來怎麼不早說呢。」

佛勒要開口解釋，我主動幫他回答：「不是的，佛勒太太，是我突然來拜訪。」

「來得好啊。」他接口說。「艾瑪，這是我太太瑪麗安。」

「妳好，瑪麗安。」

「吃過了嗎？」

「吃過了。我只是來找羅倫斯講件事情，不會太久。」

他看了我一眼，眼神很好奇，接著伸手指著客廳邊緣的辦公室。那邊就像詹姆斯的辦公區一樣塞滿了東西，只是整齊得多。奧斯卡又跟了過來，我也想不出有什麼理由要他在外頭等，只能事後要他和佛勒幫忙保密了。

「艾瑪，找我有什麼事？」佛勒在旁邊拉了張椅子坐下。

「和詹姆斯，或者說他的家人，有關。他們在七號營裡，住在營房。」

「我知道。」

「你知道？」

「徵召詹姆斯參加第一次接觸任務的時候，他唯一的條件就是保障哥哥一家人安全，就像妳那樣，要我們協助親人遷徙到新建立的可居住區域。」

「你對他們的關係瞭解多少？我是說詹姆斯與他哥哥。」

「不多。詹姆斯登上和平號之前去見過他一面，但那時候他哥哥不在家裡。我從旁觀察，印象裡嫂嫂也不想見到他，根本沒讓他進門。」

「爲什麼？」

「我不清楚。」

「我想請你幫個忙。」

「請說，辦得到的，我一定幫。」

「我看得出來詹姆斯很想和哥哥修補關係，所以打算暗地裡推他一把。剛好今天發現有搬家車停在我們隔壁房子前面。」

佛勒端詳了我好一會兒。「嗯，原本住那邊的是個軍方將領，在我們報告之後，他要重新派駐到別的地方，以免……高層最後達成某種共識。總而言之，那棟屋子的確是要空出來了。」

「可以安排詹姆斯哥哥一家人住過去嗎？」

佛勒思考了一下。「嗯，應該可以。」

「需要多久？」

「只是許可的話？不必太久，應該一早就有答案。」

❄

晨間運動做到一半，訊息來了。佛勒只講重點，我讀了以後鬆口氣。

住處轉移獲准。

❄

從佛勒家回來路上，我請奧斯卡保密，別將聽見的內容說出去。他答應了，而且完全沒發表意見。我心底覺得做了這些事情又不告訴詹姆斯，某種角度而言也算是種背叛。但我覺得自己這麼做沒有錯——這是爲了他好。我在七號營復健，生理上的復健；詹姆斯也受了傷，在他和哥哥的關係中受了很深的心傷。他救了我的命，幫助我在可能範圍內回復身體健康，所以我也應該幫他，只是這種情形下必須保密。

還有另一邊得安排好。

之前住院時，我就登入過大西洋聯盟網，起初以爲是網際網路的復刻版，政府會逐步擴大資訊規模，結果完全想錯了。聯盟網直到現在都停留在基礎層級，只針對營區生活提供指示，例如排班表、職務分配、政府最新發布的新聞稿與公告等等。所幸居民名單也全放在上頭，否則遷徙過來以後，無法與親友取得聯繫。

名單裡有四位男性的姓氏是辛克雷，其中只有一個住在詹姆斯帶我去過的那一區。亞歷克斯．辛克雷，妻子艾比蓋兒，兒子傑克、女兒莎菈，住在五十四號房。

我快動作地洗了澡換了衣服，走進客廳的時候，奧斯卡坐在沙發上看著平板電腦。

「奧斯卡，我又要出門了。」

「好。」

「還是得請你幫忙保密，昨天晚上見佛勒的事情也是。」

「我知道。」

❄

我之前沒走進營房過，與想像中不太一樣。

整體感覺像是看護中心，中間有一條長廊穿過，不少人坐在房間之外，但多半是太小或太老、無法工作的人口。小孩們不是在嬉鬧就是看平板，可惜大西洋聯盟網上的影片並不多。曾聽說有興建學校的計畫，但我猜這件事的順位不夠前面。目前最重要的仍是生存，有勞動力的人都得設法維持營地運作、支援NASA下一階段任務。如果我的體能許可，也會參與其中。

五十四號房的房門關著。門板是厚厚一層白色合成材料，敲門發出的聲音聽起來像是玻璃纖維。

門開了一條縫，露出一名金髮女性的臉龐，她的黑眼圈很重，似乎好長一段時間沒能睡得安穩。奧斯卡站在旁邊，我拄著拐杖，一時不知該怎麼開口。

「請問有什麼事？」她的口氣帶著疑惑。

「嗨，我是艾瑪．梅休斯。」

「我是艾比．辛克雷，怎麼了嗎？」

「我是妳小叔的朋友。」

艾比表情一冷。「詹姆斯？」

「嗯。」

「要幹嘛？」

好吧，沒想到反應這麼大。「只是想談談。」

「跟詹姆斯有關？」

感覺彷彿艾比丟了個捕鼠夾在地上等我踩下去。她瞪著我，一副看我要不要自投羅網的樣子，我覺得還是兜個圈子比較好。

「我想講的是，你們全家可以搬到另一個地方住。」

艾比瞇起眼睛打量我，片刻之後終於願意開門，在沉默中邀我入內。

進去以後我才明白，為什麼網路上的住處單位標示為「房間」。

辛克雷一家住在大概寬二十、長三十呎的空間，兩張床靠著牆，有張小餐桌、一個獨立臥室與活動空間。兒子傑克應該是剛上小學的年紀，七、八歲左右。女兒還是小寶寶，兩歲左右，也許更小。孩子們坐在桌邊玩平板電腦，哥哥幫著妹妹點來點去，樣子很可愛，但看見這種年紀的孩子受困在家中，眞叫人心疼。

「傑克，」艾比叫著。「帶你妹妹去客廳，繼續上課，不要偷偷打電動或看影片喔。」

孩子們乖乖挪到了十呎外的椅子上。我猜那邊是所謂的客廳。

艾比招手要我到桌邊坐下，奧斯卡站在門邊，面無表情，反而因此有點突兀。艾比怒瞪他一眼，似乎不僅認識還很厭惡他。

我試著保持語調友善。「聯盟網上有提供課程？」

艾比輕輕點頭。「一套公用教材。」

「內容好嗎？」

「沒有別的選擇。」

她不太好聊。

「大家都只能將就，」我淡淡說。「所以家人才更重要。」

「要看家人如何對待自己吧？」

喔喔，方向錯誤。

「是。」我回答。「所以爲家人做了好事也該告訴他們，這樣他們才明白自己得到了關心。」

「妳想說的是什麼？」

「你們一家能搬過來，都是因爲詹姆斯。」

艾比沉默了。

「我猜猜看……政府派人過去，說你們可以搬去地球上爲數不多的宜居地帶，不會捲入戰爭、能夠安心生活。你們有問過原因嗎？」

她搖頭。「沒問。」

「想知道爲什麼嗎？」

「這不就是妳過來的目的？」

「只是其中一部分。其餘的，需要妳保守祕密——而且是爲了你們的自身安全。接下來我想說的事，在政府那邊還是機密資訊，其實不能告訴妳才對。」

這番話勾起艾比注意，她轉頭說：「小朋友，你們把耳機戴上。趕快。」

我把雙手擱在桌上，十指交扣繼續說：「詹姆斯對我而言很重要。我不知道他和妳、和他哥哥之間究竟發生了什麼事，也不知道他爲什麼進了監獄。但我瞭解他，相信他是個心地善良的人。」

艾比直盯著我，沒有反應。

「如今有些事情還沒對大眾公開：長冬並非自然現象，地球越來越寒冷是因爲太空中有東西刻意阻礙太陽能量抵達地球。詹姆斯被政府徵召，參加調查任務。他在機器人方面的專業不可或缺，由他開發的無人機成功查明了對方的身分與目的。任務途中，我與他全程在一起。」我稍微停頓。「昨天任務高層長官才告訴我，詹姆斯答應參與計畫時只提出一個條件，就是把你們全家送到安全的地方。」

她也將手擱上桌，眼睛一直注視著手，彷彿想從皮膚紋路中找到答案。

「要是亞歷知道，」她搖搖頭。「說不定當初就不會答應，然後全家現在都埋在雪下。」

「詹姆斯也是這種脾氣，」我湊近她一些。「但這就是爲什麼一家人要團結的原因。別讓理智被過去的誤會和矛盾掩蓋。我們需要彼此扶持，我看得出來，他有多在乎你們。」

艾比看看四周，一家四口的小天地。「妳先前說想要我們搬家？」

「嗯，在我、詹姆斯和奧斯卡的住處隔壁。」

提到奧斯卡，她又悶哼一聲，還朝門口瞪了一眼。沒錯，艾比一定認識他。

「應該有條件吧。」

「沒有。我知道詹姆斯想對你們好，但同時如果是他開口安排，你們有可能間接發現，然後拒絕接受。所以我想就由我來吧，房子已經準備好，上頭也許可了，你們隨時可以搬過去，沒有任何交換條件。」

「謝謝。」艾比輕聲回答。

「我只有一個請求。是請求，不是要求。」

「是什麼？」

「希望你們能考慮一下，過去見見詹姆斯。如果亞歷不願意，就讓孩子來玩也無妨，當然妳也可以跟孩子一起過來。就這麼簡單。」

40

詹姆斯

對大西洋聯盟領袖議會報告後過了兩天，仍然沒聽到任何決議。我覺得這不是吉兆。感覺自己像個律師，盡力為無辜當事人辯護、力求避免死刑，當事人的命運卻得交在另一群人手中。他們未必理解案情的來龍去脈，甚至未必能夠理性判斷，又或者會沉溺於私欲之中。想到這裡，我都快瘋了。

今天坐在NASA總部的佛勒辦公室裡，原本與他聊著任務怎麼安排，他的助理、一位陸戰隊中尉敲了門進來。

「長官，執行議會想見兩位。」

❄

再度與聯盟最高層會晤，地點換到了一個小房間，行政大樓裡的戰情分析室。大國選出的領袖坐在長條會議桌邊，最先開口的是美國總統。

「兩位，你們的任務提案通過了。」

我心頭一塊大石立時放下，身體真的能感受到壓力消散出去，但這份舒爽沒能維持太久。

「不過有兩個條件。」總統的聲音一個字一個字越發粗啞，彷彿電鋸越轉越快。「首先，得回收並改裝完成至少兩百枚戰術核彈頭，才有可能發射升空。」

「改裝？目的是？」我問。

「符合太空任務使用。相信以兩位的頭腦應該不難理解，但我還是將話挑明，以免產生誤會——我們認為這項任務有可能再次刺激敵方，導致武力報復，所以必須先做好自衛的準備。」

我真不敢相信自己聽見的話。

「回收改裝工作可能會花上好幾年！」我忍不住提高了音量。

「說不定吧。」美國總統目光冷硬地看著我。「聽說你的專長是製造機器人，或許你可以為回收及改裝工程提供新設計來加快流程。」

佛勒迅速給我個眼神，讓我來。「第二個條件是？」他問。

「聯絡另外兩個聯盟之前，我們也有前置作業。」

「這是為了？」佛勒輕聲問。

「戰爭。」

我還是按捺不住。「這又是什麼意思？」

「辛克雷博士，意思就是我們必須鞏固疆界、強化邊防，並擴大外國的間諜網路。如果遭到侵略，才有能力因應。」

「這是背道而馳的作法！資源用在軍備的話，別說改裝核彈的進度會減緩，任務籌備絕對也會受到影響，而且另外兩個聯盟不就會起了戒心嗎？各位不會以為大西洋聯盟內沒有間諜吧？這邊開始武裝，勢必會被察覺，裏海和太平洋當然就會跟進。」

總統直視我的眼睛。「這是批准任務的附帶條件。」

訊息夠明確了——木已成舟，覆水難收。

❄

回到佛勒的辦公室，我不斷來回踱步，停不下來。

「太荒謬了。他們居然忙著強化居住區的防禦？就算這樣也未必能擋得住裏海和太平洋，更別說上面那個超大型電芯陣列。攻擊才是人類存活的關鍵啊！」

佛勒靠著椅背沉思，聲音細微得快要聽不見。

「詹姆斯，我們的工作是科學層面，在政治上無能爲力。對象是人類，人類會恐懼、會憤怒、也會失去理性，有時因此做出偏差的決定。但命令就是命令。」

❄

回到家又是精疲力竭。走進前廳、暖風迎面而來的同時，我聽見艾瑪在裡面和人聊天，是個女人。

「醫生說我很難彌補失去的骨質，所以復原已到了瓶頸。」

「妳有告訴詹姆斯嗎？」

「還沒。」

我原本想乾脆出去走走，尊重她的隱私，但問題在於，另一個聲音我也認得——怎麼可能，爲什麼會是她們兩個？

最後我被好奇心擊垮。

我闖進去一看，傑克就坐在改裝成復健區的客廳中間，還是小娃娃的女孩坐在她哥哥旁邊。之前我沒親眼見過她，但相信這就是莎菈了。兩個孩子無憂無慮地玩著平板，在心力交瘁的一天過後，看見這畫面實在無比療癒。

艾瑪發現我進來了，便扶著桌子起身。艾比也轉頭過來，本以爲她又會板起面孔，但她只是面無表情。

我慢慢走了過去，不知說什麼才好。艾瑪出面解圍。「詹姆斯，艾比帶孩子過來，想說你應該有興趣陪他們玩一會兒。」

兩個小孩這時候才發現我在場，傑克馬上丟下平板跑了過來。

「詹姆斯叔叔！」

他直接撲了過來，我一把撈起那副小身軀，不敢抱得太用力免得孩子會痛。好久沒有這種感覺了。之前我就想過，不知道傑克從父母那裡聽到什麼？他以爲叔叔爲什麼會消失那麼久？但看來無論如何，傑克並沒有疏遠我。

莎菈跟著哥哥，走近以後還有點羞怯。

傑克伸手將妹妹帶過來。「她叫莎菈，還不太會講話，但是很愛跑來跑去。」

我和小女孩握個手，故作正經對她說：「妳好啊，小姐。別擔心，會講話沒用，會跑比較重要。」

她笑得很燦爛，兩頰還漲紅了，模樣和艾比很像。

我東張西望了一陣，想知道亞歷有沒有跟著來。臥室、辦公室都不見人影，應該沒有吧。

他們待了整整一小時。我好想跟小孩說說第一次接觸地外存在發生什麼事。不得不承認，我心裡是想炫耀一下，讓他們覺得這個叔叔很厲害、很酷又很有趣。或許也有一部分是希望他們別以爲我是坐過牢的壞蛋，記住叔叔是個好人。

但當傑克眞的開口問我在營地裡做什麼時，我只能說是爲政府工作。反倒是艾瑪過來幫腔，說我負責一個解救人類的計畫，之前可能就幫大家度過了一次危機。看起來艾比似乎多多少少知道內情，臉上沒有絲毫訝異。傑克倒是十分驚嘆，反應很激動。

他們準備回家的時候，艾比要傑克帶妹妹在門口等著，接著轉身對我說：「我有問亞歷願不願意過來，他拒絕了。」

我沉默著，不知該怎麼回應。

「但能讓你見見孩子也好。」艾比的語氣似是內心很糾結。「亞歷和我沒有對他們說過你的事情，暫時也沒這個打算。可能等他們長大再說，讓他們自己決定與你的關係。」

我點點頭。

「今天會過來，是覺得你應該想看看他們吧。」

「是的。」

「這也是應該的。」

我靜靜等著，覺得艾比還有什麼話沒說。

「另外，我們可能會搬到你們隔壁。」

我沒料到這件事。「眞的嗎？」

「會比……」她遲疑了一會兒。「比現在的環境好很多。」

「這樣啊。」她究竟想說什麼?我忽然會意過來。「別擔心,要是亞歷不願意見我,我也不會去打擾。我就不過去拜訪了,出門碰到會先避開,他和你們在一起的話,也不特別打招呼。」

艾比緩緩點頭,似是鬆了口氣,感覺她也戰戰兢兢的。

我換個話題:「很高興能見到你們,以後歡迎隨時過來。」

41 艾瑪

住在突尼西亞七號營最奇怪的感受，或許就是分不出季節。我知道地球上本來就有許多地區四季不分明，可是現在這種情況完全不同，每天都像是終點——天空陰暗，雪花飄散。一週一週過去了，天氣越來越冷，陽光越來越弱，彷彿天上的燈火逐漸熄滅。居民躲在擁擠房間或溫暖小屋度過漫漫長夜，直至微曦乍現，再魚貫而出上工勞動。這裡的生活單調枯燥，工作、睡覺，然後再工作、再睡覺。然而卻瀰漫一股緊繃氣氛，每個人都感覺得到末日步步逼近。

工作最努力的就是詹姆斯。過去一個月，他全心投入新太空船設計，經過幾次爭辯之後，詹姆斯與團隊成員決定將艦隊命名為「斯巴達」。我聽說被否決的另外兩個提案是「阿拉莫」與「凡爾登」（注）。為什麼費那麼多心思在命名上，我是不太明白，反正他們覺得很重要。「斯巴達」這詞當然是聽過，不過歷史就沒那麼熟，大致上是很久很久以前一小群希臘勇士擋下了來自波斯的大軍侵略。詹姆斯覺得這段故事能為大家打氣，如果象徵主義有助達成任務，我也很支持——現在任何一丁點幫助都不能放過。

造船廠房受到嚴密防護，平常我也沒機會參觀，所以詹姆斯問我要不要過去看看的時候，我還挺興奮的。

我們搭乘自動電動車過去。詹姆斯與我在前座，奧斯卡在後座。這種組合有點奇怪，好像什麼末日之後的全家出遊。

營地裡的狀況也改變得很快，越來越多人進入軍隊，時間主要用在訓練操演上。也許政府得到了情報，判斷戰火將至，又或者是打算主動挑起戰端。再不然可能是大西洋聯盟高層認爲很快就要在地球本土與那些光伏電芯、製造它們的外星文明直接衝突。每天看著那麼多人穿上制服行軍，更有末世氛圍，尤其在黯淡陽光下，感受極其強烈。

工廠就在前面，被一道粗鐵鏈圍牆圍繞。

警衛確認身分之後，揮手讓我們繼續前進到主樓。此地非常龐大，我直覺聯想到延伸上千呎、看不見盡頭的超大型倉庫，周圍許多工人正忙著打造新船體模組。

我抬頭望向很高的天花板。「建築物是掩護吧？」

「對。附近還設下好幾個誘餌，就是一模一樣但裡頭空著的廠房。爲了預防敵人來襲，每天還眞的派人過去將戲做足。另外，上方有遮蔽才能在溫度持續降低的情況下，維持長時間運作。」

他指向建築物深處。「還有另一個計畫在醞釀。」詹姆斯挑眉說。「最高機密。」

「你釣到我了。」

我講話同時，詹姆斯已拿起平板，螢幕顯示的圖形像個螞蟻窩，數不清的通道交錯縱橫，如螺絲釘鑽向地底深處，終點看似是個大空洞。

注：皆為歷史戰役發生地點。

「確實打算取名為『城塞』。」詹姆斯解釋。「這個位置很理想，地下水含量充足，不遠處還有含水層。」

從藍圖不容易看出規模，但我心裡還是燃起一絲希望。這是我們度過無盡長冬的關鍵嗎？

「有多大？」

詹姆斯從我眼中看見期待，語調變得謹慎起來，答案不言可喻。「只能容納兩百人，而且是短期。計畫是在氣候更惡劣的時候，先將最脆弱的群體接到裡面居住，例如生病者、年幼者。」

他停頓一下，補上一句。「如果氣候繼續變差的情況。」

我們都知道那只是時間問題。

「所以水源有保障了？」

「嗯，電力也是。」

我的眉心一蹙，有些意外。

「靠地熱。一開始最大困難在於要挖到夠深的地方，才能取得足夠熱能，但我們應該已經克服。我應該說『他們』，因為真正下了苦工的，其實是一對來自德國和北歐的科學家，都是天才。」

詹姆斯越說越激動。

「深度兩百公尺的環境是攝氏八度，下到五千公尺的話，溫度可達到攝氏一百七十度。」

「但是，能鑽那麼深嗎？」

他挑眉。「還可以更深。」他點了平板以後，地底建築的大圖跳出，可以清楚看見隧道、碉堡、含水層比較接近地表，但有些管路穿過了狹窄空間，朝著地心延伸而去，有如從船邊放下的釣線。

「目前的規畫已經達到地底一萬公尺，那裡的溫度是攝氏三百七十四度，水壓也高達兩百二十巴，發電量非常可觀，輕輕鬆鬆就能維持地底社區運作。」

「眞是不可思議。」我低聲讚嘆。

我們到了廠房幾乎正中央的位置，地底入口就在眼前，有道緩坡類似穿越河底的公路隧道。此處彷彿巨獸埋在沙土之中，而我們自己走進了牠的嘴裡。

詹姆斯放慢腳步避免我落後。我還是沒辦法走得像以前那樣快，也達不到自己的期望。醫生說得沒錯，完全回復已經不可能，只能適應新的現實。這就是人生。

隧道口鋪設了鐵道，我們又登上小型電動車，這回由詹姆斯親自駕駛。氣溫隨深度下降，廠房的燈光也越來越遙遠，最後只剩頭頂上的LED光線。

前面出現一個大洞，到達之後，我才意識到這裡究竟多大：最少一百呎寬、兩百呎深，洞頂也在二十呎以上。

詹姆斯那張笑臉跟那隻柴郡貓(注)沒兩樣。「歡迎梅休斯指揮官蒞臨城塞。」

「眞厲害。」

他倒是有點落寞。「本來還想在底下種田，看看能不能自給自足，但時間和資源都不夠，更別提空間，每一吋土地都要住人。」

注：《愛麗絲夢遊仙境》中有張奇特笑臉的貓。

我四處張望，想像在地底生活是什麼滋味。再也看不到太陽，無法走在地面，呼吸新鮮空氣，與自然幾乎切斷聯繫。住在國際太空站也是這樣——與原本世界隔絕的全新模式。

重返地表後，我們經過太空船的白色艙體模組。

「這些要用在斯巴達一號。斯巴達一號將是人類有史以來製造的最大型太空船，船上裝滿武器，包括核彈、無人攻擊機、磁軌砲等等，妳想得到的大概都有。」他凝視它好一陣子。「希望足夠讓船員和我回來就是了。」

我停下腳步，望向詹姆斯。他眞以爲自己賭命出任務的時候，我會乖乖待在這裡？不可能，我要一起去。提起這個當然又要吵架了，可是要吵就吵到底吧，這件事情我絕對不會讓步。絕對。

❄

那天晚上，艾比又帶孩子們過來玩。傑克與莎菈似乎在七號營適應得挺好。正好麥迪遜、大衛和一對兒女也來了，奧斯卡當然也在場，現場就像難得的大團圓夜。

大家一起用了晚餐，之後詹姆斯準備了個驚喜：機器小狗。牠又叫又跳，會很多把戲，不過令我們眞正吃驚的是牠開口說話那瞬間，孩子們樂壞了，不停測試狗兒究竟還會什麼、如何與人類互動。營地裡沒有寵物，遷徙過程中不得不將牠們視爲非必要項目，而且政府連是否能餵飽人類都沒把握，更不可能同意增加糧食消耗。

地球越來越冷，艾比卻越來越暖。她和我已經成了朋友，對詹姆斯也從隔閡到正常應對，現在已經能用親切形容，我在旁邊看了很欣慰。

不過詹姆斯的哥哥依舊不見蹤影。我也不免懷疑，是否眞的等不到亞歷過來相聚的一天。詹姆斯從未表現出來，但我明白他心裡一定很失落，畢竟那是僅存的唯一血親。

客人都回去之後，我們開始收拾殘局。家裡偶爾亂糟糟的，感覺反而更歡樂。詹姆斯、奧斯卡和我平常都保持整齊乾淨——詹姆斯的辦公室除外，不過那只要關上門就能解決。孩子們玩耍過的痕跡看了令人開心，我幾乎有些捨不得清理。

收拾好之後，詹姆斯和我都坐在桌邊看平板，奧斯卡也打開大西洋聯盟網上一系列關於挖礦的教育影片。起初我不懂爲什麼他會對這件事有興趣，後來才想通，奧斯卡進修的目的是支援城塞建設，或是預防地底居住區發生意外狀況。一直以來，奧斯卡似乎只看教育影片，完全觀察不到他有別的嗜好興趣，整個腦袋好像就只想幫助我復健和協助詹姆斯的研究。

我有幾件事情，應該要和詹姆斯詳談，已經拖了好久，感覺不能再拖下去。今天看到太空船、聽見他說的話，我想也是時候了。

於是我伸手指著客廳，運動器材占了那裡將近一半空間。

「這些東西可以搬出去了。」

詹姆斯聞言一頭霧水。

「可以騰出更多地方給小朋友玩。外頭太冷，之後他們也沒辦法戶外活動了吧。」

「有運動場。」

「那邊一直很擠。」

他再朝運動器材梭巡了一圈。「到時候再說吧，現在還是要以妳的復健爲主。」

我咬了咬下唇。

「如果我說，復健結束了呢？」

詹姆斯放下平板。「什麼意思？」

「意思是，就算我繼續復健，恐怕也不會再有進展了。這就是我往後的生活方式，走路要靠拐杖、動不動就疲累，骨頭很脆弱。」

「那不代表妳就不運動了啊？」

「當然，但是我去營房那邊的運動中心也可以，而且應該有不少人同樣需要這些設備。我很感激你把這些東西搬過來，剛出院時我走路不方便，器材就在家裡，幫了我大忙。」

他只是點點頭。

我的手心冒汗，不知道接下來的對話會往哪裡發展。

「知道我好不起來，你有什麼想法？」

詹姆斯好奇地望著我，一副不懂的表情。

「唔……」他回答。「妳自己有什麼想法？」

我緊張地笑了笑。「我先問的。」

「好吧。我一開始就知道妳做復健的本質是逆水行舟，進入高原期只是遲早的問題。我也知道妳曾經活力十足，現在肯定得有一番調適。但老實說，每個人都一樣，必須時時刻刻適應自己和世界的變化，反覆評估自身能力來面對新的現實。換個角度看，大家目前都處在相同立場上，全人類都正在學習重新站穩、向前邁步。」

「但是你對我的感覺呢？」

他又是那種狀況外的神情。一絲恐懼竄過我心裡，難道從頭到尾都是我單方面的誤會嗎？

有人敲了門，他起身走過去。也許他心裡正慶幸不必回答我了吧。可是，答案對我很重要，我必須知道。

門口那頭傳來佛勒的聲音，語氣聽得出急迫之意。我撐著拐杖用最快速度趕過去，但走到的時候佛勒已經離開。

詹姆斯的臉上混雜了興奮與憂慮。「會議時間安排好了，佛勒和我要去裏海那邊做報告。」

「報告什麼?」

「請他們支援。」

「他們會答應嗎?」

「不知道。只求他們不要宣戰，也不要抓住我們當人質。」

42 詹姆斯

與裏海接觸（因爲方便，大家都把裏海聯盟直接叫做裏海）的前置作業十萬火急。我也以爲會有時間好好準備，然而取得聯繫時，原本提議是三週後會晤，對方卻表示立刻過去否則免談。或許他們打的主意就是以時間壓力讓我們沒辦法精打細算。

目前能確定的是裏海高層極其戒愼恐懼，被允許前往的人員只有佛勒、我以及六名專家學者組成的團隊——簡而言之，僅限於做報告的必要成員，不能帶軍人、外交官，而且不提供任何維安細節。這訊息十分清楚：除了事實資訊其他什麼都不要，以及裏海一點也不信任大西洋聯盟。當然我們這邊強化軍備的動作一定也激化了他們的對立心態。

站在裏海的立場，大概猜得到我們也打算與太平洋那邊接洽，所以想搶先確認情勢。

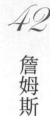

我們在夜裡起飛，搭乘兩架直升機朝東出發。都是所謂的隱形機，安靜程度令我相當驚嘆。在和平號的時候，我對自己的能力、對我們的行動策略十分有信心。現在卻不同了。政治角力實在不是我能理解的領域，對於即將會面的人也所知甚少。

裏海與大西洋一樣是由數十國構成的組織，差別是大西洋聯盟內權力較大的國家有五個（也就是執行議會的五位領袖），裏海聯盟裡面卻只有兩個——俄羅斯和印度。我對他們內部的瞭解只到此為止，這可能是大西洋聯盟掌握的情報不夠，也可能是高層認為我沒必要知道太多。

剩下的認知就只有地理了。裏海聯盟所在地是以前的伊朗東南部，首都裏海城坐落於盧特沙漠，地球上乾燥悶熱的極致區域之一，地表溫度高達華氏一百五十九度（攝氏七十點七度），但那當然是長冬之前的事了。沙漠位在盆地之內，四面環山，有如地表被鑿了個碗狀。

進入盧特沙漠以後，地面只有岩、沙和鹽。沙丘很美，沙子彷彿化為波浪，褐色大海延伸到無窮無盡地平線外，漣漪之中矗立著幾塊指向天際的砂岩，將近有千呎之高。

這種地貌使我聯想到美國西南方，但又有些風景的美感從未見過，於是我指著幾塊船骸般的東西，用無線電問佛勒：「那是什麼？」

「雅丹。」（注）

「鴨蛋？」

他笑著說：「岩層長時間遭到風力剝蝕形成的。」

「你怎麼知道？」

「宅一輩子不是宅假的。」

我也跟著笑了。這段日子裡更加喜歡佛勒了，希望我們都別葬身裏海。

古波斯給盧特沙漠的名字意思翻譯出來是「空曠原野」。現在倒是一點也不空曠，已經是個大都市。

大西洋聯盟的七號營外觀像是遊牧民族屯墾區，裏海城給人的感覺則截然不同，感覺居民認

注：Yardangs，又稱風蝕脊，以平行壟脊和溝槽為主的特殊地貌。

眞想在這裡長治久安。沙漠中摩天樓聳立，高牆環繞，還有直升機在空中巡邏——或許是因應我們出現特地做的大秀。裏海聯盟應該早就能夠從雷達捕捉到我們位置，沙漠裡頭大概到處都是隱藏的基地和哨站。

不過他們沒做任何正式迎接儀式，只派了幾個中階外交人員，自我介紹以後，護送我們到距離停機坪不遠的大樓。經過滴水不漏的安檢，又被丟給外交官後，他們終於送上茶水和咖啡，詢問我們要不要去洗手間（當然！）。

我們終於被領進一個講堂，裡頭滿滿都是人，比起佛勒和我對大西洋聯盟做簡報的體育館還要熱鬧。

沒介紹、沒開場，就只撂下一句：「要說什麼就上去說。」

我們報告完畢時，觀眾提出的問題多數與大西洋聯盟的反應相同。裏海這邊的高官也帶了專家來，他們問得很仔細，其中有幾位是佛勒的舊識，以前在俄羅斯或印度的太空研究中心工作。資料僅透過平板電腦傳輸——因爲事前不開放雙方通信，所以觀眾只能當場速讀。

透過口譯，一位俄羅斯科學家提問，換作是我也會有同樣的疑惑。「辛克雷博士，請問你認爲太空裡究竟還有什麼？現在提議的計畫，預期能找到什麼？」

「現階段的假設，」我的措辭也得小心。「是有某個生命體或裝置位於太陽系內，負責生產那些光伏電芯。」

「位置？」

「根據目前找到的電芯以及它們的移動向量，分析過後只有一個可能性，就是小行星帶。」

「因爲生產需要原料。」

「我們也這樣想。小行星帶有著太陽系內最容易開採的資源，而且就在火星之外，位置也很理想。收割者——這是我們對目標的暫定稱呼——極有可能進入太陽系以後，就依附在小行星帶，製造了需要的電芯量，並派遣到太陽周邊形成陣列，掠奪太陽能量。」

場內陷入全然死寂。

俄羅斯總統第一個開口，英文十分流利。

「就我所知，小行星帶內有數十萬甚至百萬個天體。即使你們能計算出收割者的大略位置，情況仍舊是所謂的『大海撈針』？」

「很好的問題，也的確是本次任務的潛在風險，但我們已經取得足夠數據，針對敵人的行爲模式，做出有效側寫。

「我們認爲這些光伏電芯是機器，而且並不複雜。根據電芯對我們做出的反應來推測，恐怕與單一功能無人機爲類似等級。目前假設電芯搭載一定程度的防禦與通訊機能，整體是爲了航行至太陽吸取能量而做的特化設計，這代表能量效率很有可能是收割者的最優先考量，它在執行任務時以獲取及保存能量爲最高準則。當然另一方面，它們也監控最主要的敵對勢力與任務阻礙——也就是我們地球人——依據觀察到的狀況，會採取對應行動。從紀錄看來，對方的行動可能包括摧毀國際太空站、干擾和平號與火神號升空。

「總而言之，現階段的理論足以推斷收割者的可能位置。小行星帶有過半的質量集中在四顆小行星和矮行星上，分別是穀神星、灶神星、智神星和健神星。其中壓倒性勝出的是穀神星，它占整個小行星帶質量將近三分之一，也剛好位在光伏電芯出發軌道上。因此，我們推測收割者就在穀神星。」

「怎麼可能？」一個俄羅斯科學家嘀咕。他的身材矮胖，眉毛粗亂，戴著厚重眼鏡。「地表的望遠鏡能看見穀神星，它每九小時就自轉一圈，我們從來沒發現異狀啊，辛克雷博士？」

「因爲我們看不見。目前假設既然對方的技術達到足以遮蔽太陽輻射的水準，自然有能力在穀神星進行有效的隱蔽。我們將賭注押在穀神星上。」

❄

報告結束之後，裏海的人要我們先在一間會議室內等候。過了一小時後，我眞的開始擔心自己要被當作人質了。不過，他們需要兜這麼大的圈子嗎？

我問佛勒：「這的會議安排的難度有多高？」

「挺高的。一開始他們沒點頭。」

「怎麼說服的？」

「有人幫了個忙。」

佛勒打開筆電播放影片。

「這個檔案經過加密，藏在和平號逃生艙裡送回地球——來自你的隊友。」

我一看見加裝軟墊的艙壁，就知道影片是在和平號上拍攝的。鏡頭外那個絮絮叨叨的聲音，我也認得，是桂葛里。他飄入畫面，盯著前方，彷彿隔著攝影機能看見我，開口時說的是俄語，但底下附有英語字幕。

致同胞及俄羅斯航太中心的同僚，和平號任務成功，但進入了嶄新階段，十分危險，我恐怕無法返回地球。

我與全體成員共同選出詹姆斯．辛克雷，將他送回地球。理由十分簡單——他是天才，也是能解開謎團、阻止悲劇的不二人選。這段影像訊息採用和平號內建的NASA加密金鑰，待他抵達地球將會自動解密。在此我呼籲各位，給予詹姆斯．辛克雷所有必要協助，你們可以信任他，我也願意將自己親友的性命，交到他手中。

我心裡頓時充滿了無比的感謝。夥伴們身在數百萬里之外，卻仍在我最需要的時候，伸出了他們的援手。

❄

本來預期至少能得到個「好」或「不好」的答案，沒想到有個外交官進來會議室，一開口就說我們可以走了。

回到大西洋聯盟境內落地之後，我連去沖個澡、看看艾瑪與奧斯卡的機會也沒有，更別說躺下打個盹了，一隊軍官立刻將我們從直升機護送到大型飛機。原來太平洋聯盟也提出了要求，希望立刻見面。想必前往裏海報告一事衝擊了他們，沒有人想被蒙在鼓裡。

希望裏海最後能夠同意。我感覺得到，人類命運的轉捩點就在前方不遠處。各方勢力如果不集結起來、對抗眞正的外敵，就會陷入內戰之亂，徹底毀掉原本就逐漸凋零的世界。

❄

前往澳洲航程中，我稍微睡了一會兒。再醒來時，佛勒正彎著背看筆電。

我抹抹臉擺脫倦意。「你在忙什麼？」

他打了個呵欠。「準備報告資料，從上次的經驗看看還有什麼能完善的地方。」

我把筆電搶過來。「換手吧。你也休息一下。」

❄

裏海聯盟之前帶我們走大門，直接見識他們壯觀的首都，面對權力核心，目的大概是想透過沙漠中的繁華都市景象，展示他們的科技實力。

太平洋聯盟的態度則迥然不同，無論他們建造了什麼，都不想亮給我們看。按照對方指示，我們降落在澳洲西岸外海的中國籍航空母艦，在甲板上又被領到三架他們自己的直升機隊裡，機窗全部塗黑。

再度降落。但我們被要求留在座位三十分鐘後，直升機門總算開了，卻看見我們身處巨大天篷之內，眼前有一條通道連接到建築物門口。

他們眞的很不想讓我們看見當地狀況。

一個穿著合身西服的亞洲人在門口等待，臉上露出苦笑。

「辛克雷博士，我是中村空，你返回地球時，曾與你講上幾次話。」

「嗯，我還記得你，終於碰面了。」

他瞇起眼睛。「爲了你好，希望這次別再有那麼多心機。」

❄

太平洋聯盟很難應付，比起裏海聯盟來得棘手，提出更多問題、態度更加多疑，我們提供的每一點都必須附上證據。但原本這份報告內容就奠基於假設，許多問題自然目前沒有答案。會議拖延了很久，加起來總共好幾小時，過程十分折騰。

好不容易散了會，我們又被帶進地下隧道，終點是臨時賓館。這個住處實際上像宿舍，衛浴共用、房間很小，但至少乾淨溫暖。

「什麼時候讓我們回去？」佛勒問中村。

他臉上閃過笑意。「時機成熟的話。」

❄

後面三天，我們等於遭到軟禁。我心裡不免憂慮，看得出來佛勒也一樣，只是兩人不掛在嘴邊。我們的一言一行恐怕都已經受到太平洋聯盟監控，隨口說出的話也會被錄音、分析、播放給決策者判斷。這時候只能謹守本分，聊天內容集中在任務、報告與整件事的重要性。

我不敢說出更深一層隱憂。外頭會不會已經開打了？是的話，已經無可挽回了？

43 艾瑪

詹姆斯出發那天，我請奧斯卡幫忙將運動器材移到休閒中心去。這樣才公平，我的進度已經停滯了，但其他人能從這些機器上得到更多好處。詹姆斯在家的話，我們一定會繼續爭執，所以趁他不在處理掉最好。他會理解的。而且找點事情做，我才不會一直擔心他。

我們兩個之間需要化解更大的矛盾，也就是下一趟太空任務。話說回來，那同樣是先處理健身器材的好理由，反正過沒多久我也不在這裡了。

搭直升機去裏海聯盟只要幾個鐘頭而已，詹姆斯晚上應該就能回來。我打算告訴他，我要跟他一起去。其實我心裡很怕、很緊張，但還是決定要去。

中午前後，麥迪遜來了，她沒帶歐文和艾德琳，兩個孩子去了體育館玩耍。

她進來的時候，我正在清理廚房。每次我心煩或焦慮就想找東西洗洗刷刷。

我們姊妹倆到沙發那邊坐下。如今客廳的東西全搬走後，反而感覺有點冷清。

「妳把運動器材都搬出去了？」

「嗯，用不著了。」

麥迪遜歪著頭看我。

「我的復健已告一段落。」

她視線飄到拐杖上。「這樣啊。詹姆斯呢？」

「去開會。」

「出了七號營嗎？」

「嗯。」

麥迪遜望向流理臺上那些洗潔用品，全是我情緒緊繃的證據。

「妳在擔心他？」

「有點。」

「還有吧？」

看我不講話，她繼續逼問：「究竟怎麼回事？」

最近太多心事，也該找個人聊聊才好。雖然奧斯卡性格溫和友善，但就是不合適。

「麥迪遜，我跟妳說的話，妳不可以告訴別人。我是說眞的，對大衛或妳兒子、女兒都別提。」

她在沙發上扭了扭身子。「好。所以怎麼了？」

「NASA準備再次啓動太空任務，而且就快了。」

她一下子合不攏嘴。「爲什麼？」

「我不能說。」

「詹姆斯要去，是嗎？」

「他帶頭。」

「妳也想去。」麥迪遜如往常那樣一針見血。

「嗯。」

「但是他不讓妳去。」

「不確定。大概不會答應吧。」

「那妳自己知道原因嗎？」

我咬著嘴唇，不太想繼續這話題。我想知道的是如何說服他。

「他太頑固。」

麥迪遜賞了我一個白眼，意思是妳自己心裡有數。

我聳聳肩。「他關心我？」

「艾瑪，都這個時候了，就別再裝傻了吧。他那個態度，我都看得一清二楚，妳一定也感覺得到啊。」

奧斯卡從辦公室那頭出來，詹姆斯曾交代了些事情請他幫忙。

我不知道該說什麼好，回頭叫了聲：「奧斯卡——」

「什麼事？」

「能麻煩你去領這週的食材嗎？」

「沒問題。要我順便帶什麼回來嗎？」

「不必了，謝謝。」

等奧斯卡出門，我轉頭繼續對妹妹說：「我們沒真的談過……那種事。」

「那你們兩個該好好談談了。說不定妳現在的問題不在於太空任務，而是在於你們接下來要怎麼樣。」

「或許吧。」

「別『或許』了，艾瑪。聽我說，我知道自己和妳、和詹姆斯不一樣，你們是科學家、是天才。但我還是懂人性的，而且我也瞭解妳呀，我最瞭解的人不就是妳嗎？連大衛也要排在妳後面。艾瑪，以前妳從來沒有這樣子在乎過一個人，要是妳再不把自己的心意告訴詹姆斯，有可能會後悔一輩子。」

❄

然而，並非只有我一個人需要說出心裡話。

詹姆斯的哥哥每天上早班。趁他不在，我到隔壁去找了艾比。

她和麥迪遜一樣，目前透過大西洋聯盟網在家工作，無論身分地位，每個人都得付出勞動力。體育館那邊開設了日托中心（名義是學校，但根本沒有課程），方便父母專心工作。營地無法容許全職的家庭主婦或主夫，這件事沒得商量。這也是長冬造成的影響，生存優先於一切。

艾比應門時一臉歉意。

「眞的很抱歉，我一小時後要交件，必須趕快檢查公文。」

「沒關係，妳慢慢來，等一下有空的話，來我家一下好嗎？不急。」

「好啊。沒事吧？」

「沒事的，就……想和妳聊件事情。」

二十分鐘後，我坐在家裡沙發上讀著平板上的文件，有人輕輕敲門。我想起身的時候已經被奧斯卡搶先。

「哈囉，艾比。」他開了門打招呼。

「奧斯卡……」艾比冷淡回應，看見我才表情一亮。「嗨，現在還方便嗎？」

「當然，請進。」

艾比過來坐在沙發上陪我，兩個人坐一塊兒也很像姊妹。我要她和麥迪遜一樣保證不會洩露機密，艾比同意之後，我才開口說：「詹姆斯要出任務。」

「什麼任務？」她問。

「可能回不來的那種。」

艾比別開視線，思考片刻後才說：「這樣啊。」

「我也不知道任務什麼時候會啓動。硬要猜的話，可能幾個月以後。」

「有我可以幫忙的地方？」

「的確有。」

「要我去說服亞歷，對吧？」

「嗯。詹姆斯沒和我提過半個字，我不知道他和亞歷之間怎麼了，也不知道過去究竟發生什麼事。但我相信詹姆斯離開地球的時候，如果心裡能知道家裡的每個人都支持他、關心他，做起事情會更能全心投入。無論詹姆斯犯了什麼錯，長冬開始以來，他默默地付出很多。因爲有他，我們才能好好活在這兒。他已經救了我們一次，接下來很可能又要爲大家賠上自己的性命。」

艾比站起身，手掌在褲管上抹了兩下。

「這不容易，艾瑪。但我會盡力。」

❄

晚上詹姆斯沒回來。隔天也沒消沒息。

奧斯卡陪我走到奧林帕斯大廈。我向每間辦公室打聽，詢問他們有沒有新的情報，感覺自己像個找不到收件人的送貨員。

可是毫無所獲。至少能肯定沒人敢透露。

我第一次這麼想念衛星電話。

❄

夜裡，我幾乎沒睡著，反反覆覆地想著同樣幾件事。萬一詹姆斯和佛勒被裏海聯盟捉起來當人質怎麼辦？萬一他們的直升機被打下來怎麼辦？那邊會不會直接宣戰？

隔天我繼續打掃。奧斯卡好奇地觀察我。我自己也覺得如果再刷一次水槽和水龍頭，鍍膜和不鏽鋼大概都要被刷破了。

「詹姆斯眞的很能幹，」奧斯卡柔聲說。「他一定會平安回來。」

但意思就是他也在擔心。奧斯卡表現擔心的方式很特別——他會一直安慰我。有他在旁邊陪伴我的心裡是舒坦不少，不過他的來歷依舊是一團謎。

忽然一陣敲門聲，差點嚇得我心跳暫停。我拄著拐杖，急忙衝向門口，希望來的會是好消息。可是還沒走到門口，我就反應過來了。如果是詹姆斯回家，他根本不必敲門，直接進來就好。

需要敲門的人只是傳話……而且帶來的通常不是好消息。

我懷著忐忑的心情拉開門，見到了客人，我又嚇得倒退了一步。是亞歷。

「方便進去嗎？」他問。

「當然。」

他進門看見了奧斯卡，臉色很難看。

「先生，你好。」奧斯卡的態度相反，語調裡一點敵意也沒有。

亞歷和我走到沙發坐下。

「聽艾比說，詹姆斯準備出一個任務，而且有可能回不來。」

「沒錯。」

「然後我們能搬過來，是他在背後幫忙。」

我點頭。

「我想知道詳細情況，包括他這段期間做的事，還有接下來要面對什麼危險。妳能告訴我嗎？」

之後一小時內，我從國際太空站爆炸後獲救說起，將來龍去脈詳細解釋給他聽。亞歷專注的模樣好神似詹姆斯，兄弟倆都愛沉思。

我說完以後，亞歷起身，只說了一句：「謝謝。」

我撐著拐杖。「你願意和他見個面嗎？」

「還不知道，我需要時間想想。」

❄

我依舊夜不成眠。如果詹姆斯一個人出任務，而我被留在地球，每天都會是這種感覺。我什麼也做不了，會一直想著他、擔心他，所以我更肯定自己一定得跟去。

我坐到餐桌邊拿平板打字的時候，前門忽然開了。我起立轉身，看清是誰站在飄雪裡後，一顆心簡直要當場融化。

是詹姆斯。

樣子很狼狽，但他回來了。

我拄起拐杖，跑過客廳。詹姆斯看我急急忙忙的樣子也趕緊跑了過來，於是兩個人就這麼抱在一起。我緊緊抓著他不放，他也用力摟緊我。

「他們說——」

「別管他們說什麼了。」我在詹姆斯耳邊低語。「回來就好，平安就好。」

等我終於放開手，他認眞打量我，眼裡有一抹好奇。

「我很擔心你。」

他笑著說：「早知道我就該多出幾次差。」

我想也沒想便偎進詹姆斯懷裡。他忽然貼過來一吻，我的情緒出乎意料地潰堤，雙腿發軟。是我的兩條腿本來就沒力氣嗎？但那一瞬間，只覺得像掉進一口深井。

詹姆斯放手之後，在我耳邊低聲問：「奧斯卡呢？」

「他剛出去領食物。」

他又湊過來吻我，這次更深情更急促，手臂也將我摟得更緊，指尖在我背上游移。我緩緩退進自己的臥室，詹姆斯跟了進來，關上門。這一刻，我等了好久。

44 詹姆斯

世界起了很大的變化。大西洋、裏海、太平洋三方決定聯手，而且不僅僅如此而已。我的世界也徹底改變。

因爲艾瑪而改變。

以前，我們就像繞著彼此旋轉的行星，拿捏不了中間的重力。如今彷彿重力塌縮，中間的距離消失。我們得以靠近，吸引力忽然大到再也分不開。往後怎麼發展，誰也說不準，但我此生從未如此亢奮。

激情過後，我們躺在床上，她的頭枕著我的肩。

「這一趟出去的情況如何？」艾瑪輕聲問。

「小菜一碟。」

「又胡說。」

「反正達成目的了，其他好說。」

「他們願意合作？」

「看樣子是。」

「什麼時候能發射？」

「不確定。之前計畫的時候無法預判資源會有多少。大西洋聯盟單獨進行是一個劇本，得到裏海和太平洋的支援又是另一個劇本。但我們也不知道他們手上保有多少航太實力。」

「他們告訴你們了嗎？」

「還沒，不過見到了兩邊的太空計畫與軍方高層，三方共同成立工作小組，所以下週末之前應該會有詳細結果。我自己猜測是幾個月之後準備出發，最多就三、四個月吧，不能再拖下去。沒人知道人類到底剩下多少時間。」

艾瑪撐起上半身，凝視著我，咬著嘴唇的模樣顯然在緊張。

「怎麼了？」

「沒事。」她咕噥。

我覺得有事。她想告訴我什麼，卻又覺得時機尚未成熟，所以吞了回去。

❄

後來，艾瑪和我很有默契，沒人主動提起現在彼此什麼關係、接下來怎麼做，兩個人像開了自動駕駛模式一樣直接換房間。我的東西挪到她那裡，別無選擇——因爲我的房間跟豬窩一樣，反觀艾瑪的臥室簡直就是樣品屋。

其實除了我的舊房間和辦公室，家裡其他地方皆窗明几淨、一塵不染，比剛住進來那時候還新穎，我總懷疑自己是不是走入疾管中心的隔離區，感覺艾瑪太努力打掃了。

「另一個房間怎麼處理？」她問。

「我也不知道。」

她笑了笑。「我有個主意。」

我不禁挑眉。

「無人機工坊。」

「像和平號那樣？」

「只是多了點重力。」

「完美。」

❄

那天的晚餐非常熱鬧，佛勒、麥迪遜和艾比都帶著家人過來，雖然很擠很鬧但就是這樣才歡樂。

艾瑪和我坐在一起，吃飽之後，我伸手攬著她，她也自然靠過來，以前我們從未在別人面前這麼親暱。

麥迪遜用奇怪的眼神偷瞧著艾瑪，我不知道她什麼意思，是她們姊妹的小祕密吧。科學我懂、調查一般事件也還行，但破解這種暗號就大大超出能力範圍了。

傑克、莎菈、艾德琳和歐文玩在一塊兒，四個小孩早就成了好朋友。佛勒的兒子年紀大了一截，沒辦法混在一起，通常都在旁邊看平板。小孩子們在地上追著機器狗跑，他們為狗狗取名為馬可（我猜是因爲叫它『馬可』的話，它會回答『波羅』，小朋友們覺得很好笑）。

這種氣氛好像以前去父母家過聖誕節。我父親有一個弟弟、兩個妹妹，整個家族大團圓時全部擠在同一個屋簷下，場面總是亂糟糟，偶爾還會有人吵起來，但卻洋溢幸福圓滿的感受。今天也差不多，只可惜還缺一個人：亞歷。看來我和他之間的誤會太深，已成了無法跨越的鴻溝，這輩子未必有機會化解。

❄

夜裡，艾瑪和我都躺在床上看資料，她忽然轉過身來。

「我有件事情要和你說。」

那語調好耳熟。電影裡女孩子跟男友提分手、說自己懷孕、或講出其他驚天動地的事情時，就是這種聲音。這句話聽得我神經緊繃，立刻高度戒備。得先讓她說完，否則我連自己面對什麼情況都不清楚。

我放下平板電腦。「好。」單單這麼一個字，都感覺像刀子削過空氣。

「我也要參加任務。」

「什麼任務？」

「現在沒有別的任務吧。」

「去穀神星，找收割者？」

「對。就是那個任務。」

「艾瑪——」

「停，你先聽我說。我知道你不想讓我去，也知道那是因爲你擔心我的身體。可是我也會擔心你，你出遠門對我來說是種煎熬，你懂嗎？是煎熬。連著幾個月的話，我一定會受不了，會整天幻想你是不是受傷了、太空船會不會故障之類的。我沒辦法留在家裡癡癡盼著你回來，只能跟你一起去，沒別的辦法。」

我的腦袋像電腦一樣瘋狂運轉，嘗試破解密碼——組合各種字詞和道理，構成無懈可擊的論述，一定要說服她留在地球。尋找收割者本身就是所謂死中求活之計，勝算比第一次接觸還要低——低得多了——只能盡人事聽天命。我怎麼能讓自己心愛的人跟著去冒險？

我先從最直接的邏輯下手。「艾瑪，妳的骨質受損已經太嚴重，不可能再進行太空任務。」

「骨質再好，人死了就沒意義。你死了的話，也一樣沒意義。」她用力吞口口水，深呼吸一口氣。「仔細聽我說好嗎？我再解釋清楚一點。」

「好。」

「在地球上，我的身體已經壞了，永遠不可能變回原本那個我，再也不會有登上國際太空站之前的體力。但如果到了太空，我不再受到重力限制，又能夠完整起來。我有能做的事，也可以幫上你的忙。萬一你真的不幸喪生在太空，那就讓我陪著你。詹姆斯，我也要去，我必須去。」

遇上該認輸的時候，我自己總是心裡有數。艾瑪想要上太空確實有好理由，何況我內心深處也希望她能在我身邊，那何苦繼續糾結下去。

我慢慢地點了頭，艾瑪撲過來朝我的頸子一摟，這件事就算是定案了。兩個人一起重返太空，或許也是此生最後一次的旅程。

45 艾瑪

翌日清晨，我準備著裝上班——好久沒這樣做，感覺異常振奮，原來自己一直懷念著過去的生活，希望每天睜開眼睛都知道活著的意義。

離開居住區時，地平線上剛冒出頭的太陽特別暗淡，整個天空灰濛濛的，雪花也一陣一陣灑落。氣候越來越糟糕，惡化速度比起以往更加劇烈。

到了奧林帕斯大廈，詹姆斯與我先去通知佛勒。對於我想重返工作崗位，他只提出一個問題，與當初我要登上國際太空站之前同樣一句話：「妳確定要這麼做？」

我的答案也沒變。「確定。」

❄

三個聯盟都提供了隊員，其實也是因爲裏海要求人員必須平均分配。大西洋聯盟的人集合在七號營，我們抵達時，他們已經在寬敞會議室內忙碌走動。

詹姆斯帶我四處參觀，順便介紹大家認識。斯巴達一號的領航員是德籍的海因里希，隊醫是英國籍的泰倫斯，引擎工程師則是身材苗條的義大利美女柔伊。之後詹姆斯又打開攝影機，開始錄影給另外兩個聯盟的成員，解釋我也會參與無人機製作與維修，同時兼具後備指揮官身分。

影片要靠無人機運送到裏海和太平洋。全球通訊網路計畫提出了許多次，卻也廢止許多次，三大聯盟找不出可行的作法。之前軌道上的人造衛星遭到光伏電芯陣列攻擊，再發射難保不會是同樣結果，然而天氣條件也不允許地面鋪線、設置基地臺的作法。所有選項都需要大量時間和資源，人類現在卻什麼都沒有。目前三大勢力之間的資料傳輸受限於無人機移動速度，這個狀態短期內無法改善。

我不由得留意到他與新成員之間若有似無的距離，也十分明白原因。或許地球上就只有我能懂。懸在詹姆斯心上的，並非重重險阻的未來，而是難以割捨的過往。

回到辦公室，他關上門之後，拿出無人機設計圖。

「最近要做的無人機，結構與之前和平號發射的攻擊機很類似，當然，也做了些升級。」

「很好。」

「妳先稍微看個大概，然後我們再討論怎麼做原型機。」詹姆斯搔搔腦袋。「妳想在這邊上班，還是在家裡弄？」

我聳肩。「無所謂。你覺得怎樣安排好？」

「我也都可以，但一定要說的話，我自己在這邊已經分不開身，光船體和系統設計就占掉所有時間。」

「在家裡做的話，可以節省通勤時間。」

「同感。我在這邊的時候也會更專注些。」

「那我就在家做。」

他點點頭。「好。」

我伸手朝身後掩上的門比了比。「感覺是個優秀團隊。」

「的確。」

「我明白你的心情，詹姆斯。」他聽了挑挑眉。「經過和平號那種事情，現在不敢和隊員太親近吧？」

「妳也是國際太空站出意外之後才上和平號，有過同樣的感受？」

「沒錯。」

「會好轉嗎？」

「需要時間。」

46 詹姆斯

頭幾天，我有些後悔，幹嘛答應讓艾瑪參加呢，實在太危險了。

但是幾星期過後，我還是慶幸自己做出這個決定。現在我一肩挑起整個世界，需要有人在背後相挺、成為我的支柱，而且不能是個會輕易動搖的人，否則無法分攤這個重擔。艾瑪正是最適合的人。我們晝夜不休，精力全放在打造太空船和無人機上頭。我大部分時間耗在奧林帕斯大廈內，艾瑪則都在家裡。對我個人而言是每天值兩班，早班去總部、晚班在家中。

外頭越來越冷了。每天早上陽光都更微弱一些，雪勢逐漸增強、積雪不會融化，車道有如冰塊中間鑿出的峽谷，步道則是旁邊的小溝。

沒時間了。彷彿無論多努力都趕不上。

眞希望有辦法暫停時間。

然而，我卻也很不想出這趟任務，因為那代表我要放棄現在的家、現在的幸福。我與艾瑪一起工作、生活，夜裡同床共枕，無話不談。我們聊過任務內容，彼此的童年和家人，但有兩件事從未提起。首先是未來，因為根本不知道未來是否存在。再者是我的過去，主要是導致入獄的那件事。她曾經試探過，我也明白她的好奇。我確實是該告訴她，沒道理繼續隱瞞，彼此都已是這種關係了，應該互相瞭解與包容。

艾瑪也因爲這原因，願意坦誠自己的身體狀況。她本來以爲我會因此退縮，但我沒有。我也應該開誠布公，但同樣害怕一旦說了就會讓關係變質。

家庭聚餐已經成了習慣，每個星期天晚上佛勒、麥迪遜和艾比，都會帶著另一半與孩子們過來聚聚。亞歷依舊缺席，我也已經不抱指望。

正因如此，某個週六下午聽見敲門聲，在奧斯卡應門之後，我竟聽見了亞歷的聲音，讓我大吃一驚，艾瑪也以眼神示意我要謹言慎行。

她和我一起從餐桌起身。

「我來找詹姆斯。」亞歷開口。

他說完就直接走進來，與我對視良久。我完全不敢輕舉妄動，只等他表明來意。

「我想，我們可以談談。」他也是字斟句酌的語氣。

艾瑪在背後搭腔。「奧斯卡和我出去拿點東西。」

「不必，」我轉頭說。「我們出去散步就好。」

「這種天氣？」艾瑪問。「你沒發燒吧？」

說得對。「重來……」我改口。「我們開車去兜風。」

亞歷的嘴角微微上揚，讓我的心裡踏實些，很久沒看他在我面前放下防備了。

我下指令讓車子往城塞自動駕駛，車輪靜靜滾動在積雪中被清出的堅硬路面。

「聽艾瑪說，你準備再出一次太空任務。」

「嗯。」

「然後很危險。」

「也許。」

亞歷轉頭過來，似乎等著我回望，在無聲中催促我說出眞實情況。

「不是很樂觀。」我盯著他的眼睛說。

「所以，我才趁你出發之前，找時間來見你。」

我只是點點頭。一方面我不知道自己該說什麼，更大原因其實是情緒非常激動，內心的喜悅與悲傷交替混雜，同時很感激艾瑪替我做的一切。我感覺以前自己像是斷了根腿骨，卻一路忍痛走到現在，過程中學會避開崎嶇慢慢前進，或者無視痛楚拚命衝刺，只因爲心底認定它再也無法復原。此時此刻，傷口仍然沒有癒合，很可能永遠都不會癒合，然而彷彿終於裝上護木固定。亞歷一句話就堅定了我的信念，使我重新完整了起來，內心深處那抹痛楚幾乎煙消雲散。他不是那種喜怒形於色的人，我也不是。我們這種人在情緒滿溢的時候反應都一樣——轉移話題。

「要不要看個很酷的東西？」我問他。

「什麼？」

「地底要塞。」

47 艾瑪

很長一段時間之中，我感覺自己的世界逐漸縮小。我在家裡生活、工作，時間都花在任務上。不做正事會有罪惡感，個人時間成了放縱奢侈，甚至是背叛了將希望寄託於我們身上的人。開始工作之後幾個月裡，我們不再於週日舉行親友聚餐，所有人都集中心力在推動太空任務、守護人類存續的目標。

詹姆斯受到的影響特別大，時時刻刻緊繃疲累，每天除了進食、睡覺就是工作，每週大概只休息一小時。他都會用那一小時去見他哥哥，每週六下班後，兩個人玩牌或聊天。我依舊不知道當年究竟出了什麼事，但看得出來對詹姆斯而言，與亞歷相處的時光非常寶貴。每個人都能感覺到時間所剩不多，再不把握就沒機會了。

而且，時間並不是我們唯一留不住的東西。可居住土地逐漸緊縮，人類世界在大家眼前慢慢消失，一點一點被風雪淹沒。感覺彷彿站在孤島，看著水面越漲越高，立足之地已漸失，再得不到救援就要滅頂。

長冬之前，突尼西亞這塊地方是荒漠。現在仍是荒漠，只是風景截然不同：舉目所及淨是冰雪，隆起的不是沙丘而是雪丘，起風時自然也不是颳起沙粒，而是片片雪花。

我在每天早上第一道曙光乍起時出門，期待能看見熾熱的太陽，祈禱異物構成的電芯陣列已經遠離或損毀，而人類能夠逃離滅絕的命運。

但我迎來的總是雲層後的朦朧暗淡，以及雪勢中一丁點稀薄的光芒，彷彿我們與燈塔漸行漸遠，漂流至深邃、未知的黑暗水域，也許再也沒機會回到正常生活。除了缺乏能量，隨之而來的問題亦有缺乏維生素D、孩子們無法出門玩耍、大人也不能在外走動與工作。更難受的是，看著太陽就能感覺地球時日無多。

鏟雪車隆隆行經，鏟刀挖起新雪，擱在道路兩旁，一個個矮丘連起來成了冰雪圍欄。斗式鏟車也已經出動，停在居住區內，曲臂伸到房屋圓頂上，身穿大雪衣、頭戴厚帽與護目鏡的工人們，拿著吹雪機清理太陽能板，白色粉末漫天噴灑。即便如此，微弱的陽光已經產生不出足夠能量填飽電池，居民爲平板充電、甚至煮食所需的電力都開始匱乏。

昨夜詹姆斯在床鋪上多添了一條毯子，我們鑽進裡頭挨在一塊兒。其實兩個人每一晚都靠得很近，但現在無論身上蓋著多少東西，都覺得寒意滲透，隨著呼吸竄進肺葉，在體內周遊循環。人是習慣性動物，我也已經習慣在這種寒意中入睡，問題就在於人類適應力的極限何在。除了寒冷，還有隨寒冷而被剝奪的一切，例如自由、糧食以及未來。

乍看之下，很容易認爲是政府掠奪人民。人民看到的面向確實是如此，宵禁要求大家入夜後不得外出，食物配給限縮每週餐桌菜色的選擇。於是有些居民眞的開始怪罪政府了，甚至檯面下亦有發起暴動對抗政府的聲音。但我想居民心底是清楚明白的，抗爭不會帶來眞正的改變，無法因此生產出更多食物與能源。沒了政府，恐怕連最後一絲生存機會也跟著逝去。

我不禁懷疑，即便任務成功，也就是擊敗竊占太陽能量的電芯陣列，眞的就能扭轉乾坤嗎？

地球已然凍結，冰層底下還剩什麼？遭到冰封的動植物大概已經死絕，陽光回復過去的強度是否就能重燃生命之火？會不會早就過了關鍵時刻？每次思路走到這個死胡同點，我都會直接跳過，也就是在這種時刻，我才明白希望的本質是什麼。希望並不需要道理，它既是因也是果，是人類內心無窮無盡的力量。它也很脆弱，如果心靈蒙上黑暗便可能失去光輝。可是，希望不會徹底熄滅，如同太陽一樣，回復之際就能綻放出蓬勃生機。

❄

我一直沒告訴妹妹自己參加了任務這件事。但拖了太久，還是覺得必須說出來，畢竟過幾天就要準備發射。

大部分居民都搬進了營房，因爲以單位面積計算的話，那邊的暖氣更強，人群聚集也能靠體溫節省電力。政府也祭出誘因，住在營房的人可以領稍微多一點的食物，於是不少人放棄了獨立家戶，多多少少爲社區整體節省資源。若非考量無人機實驗室空間，詹姆斯、奧斯卡和我或許也會跟著搬家了。

上回進入營房找艾比，我對這裡環境的印象類似安養院，然而今天再進來，卻覺得裡頭像監獄。話雖如此，每個房門都敞開著，否則已經不夠流通的空氣會更顯窒悶。居民一個個生無可戀、神情空洞，但我還是看見有些人下棋打發時間，因爲平板都放到垃圾堆去了，恐怕也沒機會再拿出來用（現在這階段根本不能使用插座，而且非工作場合擅自使用平板會遭受減糧處分）。

明明人滿爲患，營房內卻十分安靜。我不確定現在嗅到的氣味是什麼，有一股微酸味，像是空氣循環機太多次沒有換新，如同裡面的人坐困圍城，無路可走，若眞的出去了也只有難以存活的天寒地凍。

一些大人穿上厚重外套，沿著中央走道離開營房。外頭仍是天光蒼淡，可是他們像囚犯那樣列隊出門、準備上工，目的只有求生，做一天工就能換一天糧食。

麥迪遜住處的房門開著。我到了門口後，先稍微窺探狀況，發現艾德琳在讀書，歐文拿著一列模型士兵排好陣型要大戰。兩個孩子變得好瘦好瘦，像沙發上兩根疲憊的豆芽。

再靠過去些，我看見麥迪遜站在餐桌邊。她對著木板用力刷洗衣服，然後再泡在水槽。兩個外甥的模樣已經令我難受，但麥迪遜更叫我心痛。她形容枯槁、臉上一點脂肪也沒有，眼窩凹陷得極不自然，頭髮又粗又乾，手臂像兩條掃帚在洗衣板凹痕上撥來撥去。

我還沒能斂起哀傷神情，妹妹就回頭發現了我。我們四目相交，凝視彼此好久。她好像快哭了，但最後仍擠出笑容，將發熱內衣褲撲通一聲丟進水槽，朝我伸出枯樹般的臂膀。我上前擁抱她，手指摸到麥迪遜背部，肋骨觸感就像凹凸不平的洗衣板。我感覺她好脆弱，在我懷裡用力一壓就會碎裂。

她鬆開手，叫歐文和艾德琳過來。我與兩個孩子擁抱時，發現他們身上的還有些肉，多少放心了點。要是他們和媽媽一個樣子，我絕對更加心痛難耐。

麥迪遜掩上房門，揮手示意我去沙發坐下，小孩被趕到兩人共用的床鋪上。

「我不知道妳要來。」

「臨時想到，趁上班之前過來看看。」

妹妹漫不經心地點點頭，心思像是飄到遙遠的地方，彷彿連著兩夜沒闔過眼。之後她又指著小廚房。「要不要……」

我猜她或許想說咖啡。但現在外頭沒有咖啡了，政府單位還有一些，都被當作珍貴燃料那樣受到嚴密監控和分配。又或者麥迪遜是想說「吃的」，不過顯而易見她家裡也沒多的東西，應該連四個人都塡不飽。

「不用，謝了。」我假裝她有把話說完。

妹妹的眼睛盯著地板。

「麥迪遜，你們有領到配給吧？」

「有，但不夠。」她東張西望，好像聽見誰在說話似的。「妳知道嗎，分配是看年紀，」她稍微停頓。「爲什麼呢？」

「我……」

「不是應該照身高嗎？」

「嗯，身高比較合理。」

麥迪遜很快點了幾下頭。「就算兩個十歲孩子，身高也可以差到一呎啊。比較高的孩子需要的熱量也更多，不是很簡單的道理嗎？」她盯著我，似乎在等我附和。

「是啊。」

「其實大家曾經開會討論。」麥迪遜又望向房門，好像馬上就忘記自己已經關上門。「聯盟政府說他們沒有人力爲每個人量身高，但年齡已經有檔案紀錄。如果讓大家自己申報，又擔心我們會謊報，再來就是說什麼小孩會長高……好像我們不知道一樣，」她雙手一攤。「小孩子理所當然應該長高，可是現在哪一家的小孩長得高呢？即便如此，有些孩子就是——」她壓低聲音，膽戰心驚地說。「有些孩子的需要比較多啊。」

「我找詹姆斯商量吧。」

「不要，」麥迪遜立刻拒絕。「會出問題的……差別待遇一下就會傳開，大家成天沒事就是說閒話。」

她沉默半晌，視線停留在地上。孩子們靜靜地自己玩耍，房間外面傳來窸窸窣窣的腳步聲。

「我今天過來，其實是要告訴妳，我準備出任務去了，和詹姆斯一起。」

麥迪遜抬起頭，彷彿直至此刻才眞正意識到我在場。那一瞬間，我在她眼裡找到一絲火光，終於回復到我認識、深愛的那個妹妹。她的臉上漾起笑意，不是喜悅也並非哀愁，而是強烈的意志與驕傲。

「很好。是妳和詹姆斯的話再好不過了。我們總得做點什麼，要派最優秀的人出去。」麥迪遜骨感冰冷的手抓了過來。「但是，你們一定要回來。」

❄

我無視疼痛地跛著腳，在客廳來回踱步。詹姆斯下班回家，一眼看穿了我的情緒低落。

「怎麼回事？」

「今天去了麥迪遜那邊。」

「她——」

「感覺快餓死了。」

詹姆斯深呼吸一口氣，將背包丟在沙發上。

奧斯卡悄悄走進自己的房間，關上門。

「想個辦法讓他們領到更多吃的吧。」

「她說不要，會惹禍上身。」

詹姆斯眉心一蹙。「什麼意思？」

「我也不完全懂，只能肯定住進營房的每個人都成爲命運共同體。你最近還有去看過嗎？」

「沒有。太忙了。」

「裡面像監獄一樣。」

他過來抱住我。「對不起，我都不知道。」

我下巴抵著他肩膀。「能把他們送到城塞嗎？」

「要生病了才可以。」

「他們那樣是生病了啊。」我本能地脫口而出。

詹姆斯輕輕推開我，眼神充滿同情與關愛，看得我全身一暖。「我們出去兜個風吧。」

他抓起背包，喊來奧斯卡一起出門。詹姆斯因爲工作緣故而有宵禁豁免權，但夜裡出門本來就有危險，風強雪大，能見度很差，小事故也可能傷亡慘重。人多還是安全些。

我們上了自動車後，我問詹姆斯：「情況多糟糕？我是說糧食生產？」

「很糟。」

「該不會冷死之前就先餓死吧？」

他心不在焉搖搖頭。「我不知道，兩件事情會交互作用，沒有陽光就無法種植作物，也無法生出電力製造人工光源——」

「地熱呢？你們不是在城塞鑽地嗎？」

「沒能達到期望的深度。只供應地底碉堡部分還可以，但規模無法如計畫那樣支撐溫室。多鑽幾條的話或許可以，加上風力甚至水力也是選項，問題在於都需要時間和人力，我們卻兩者都不夠。之前沒人料到惡化速度這麼快。」

「話說回來，到底爲什麼會這麼快？考慮太陽的尺寸去計算遮蔽這麼大面積陽光所需的電芯數量，實在不合理。」

「那是因爲妳假設它們會一直停留在太陽周邊，但我們無法確認這點。」

「赫利俄斯艦隊回傳的影像——」

「照片看起來，電芯陣列在太陽周邊，我知道。問題是，它們會不會朝地球移動了？我們無從得知它們是否停在太陽周圍，只能推斷它們還在地球和太陽之間。電芯距離地球越近，就能以越少的數量遮蔽越多的能量。同理可證，月球也就兩千英里遠，卻能擋掉很大一部分太陽。」

「日蝕的情況。」

「沒錯。」

後來一段車程我們都沒說話，靜靜注視著車頭燈的白光刺穿雪花紛飛的黑暗。

「可是，詹姆斯，如果你的預測都正確，接下來任務成功、我們成功阻止敵人繼續生產電芯陣列，然後呢？既有的並不會消失，長冬也就不會終止。」

「這一點或許也有解決方案，那是另一個想給妳看的東西。」

我們來到之前詹姆斯帶我參觀過的工廠，廠房裡面生產斯巴達一號，地底則是城塞。雖然夜已深，裡頭還是停滿了軍方車輛，而且內外各增設了一個新檢查站。處處門窗緊閉，避免寒氣入侵，室內沒點亮大燈，工人靠檯燈繼續奮鬥。縱使光線微弱，我也看得出現場加工的是什麼——

核彈。

「我還以爲，所有核彈都要跟著斯巴達一號出去。」

「不是全部。現在直升機燃料所剩不多，也沒辦法再提煉了，但還是得拿出來，用在回收儲備糧食，然後從美國與俄國的庫存取得核彈。」

「取回核彈是爲了什麼？發熱或發電嗎？」

「改造爲能夠對太空進行長程攻擊的武器。」

我終於反應過來。「你們打算轟炸電芯陣列。」

「斯巴達一號出發以後，基地會再次發射探測器鎖定電芯位置，一定是介於地球和太陽之間。找到以後，就發射核彈。」

我搖搖頭。「可是電芯太多了。」

「對。但如果我們對於陣列的行爲模式預測正確，轟炸成功或許能驅離它們——至少一段時間。」

「也只是稍微爭取時間而已。」

「總比沒有好。」

詹姆斯繼續朝工廠深處走去，來到隧道入口，我們登上小型電動車，車子安靜地鑽入地底碉堡，越往下氣溫越低。

之前見過的地底大空洞已裝上高聳金屬牆做爲隔絕，牆上有道雙開門，門板以大寫字母標示出「**城塞**」（CITADEL）。

通過門後，氣閘開始變得溫暖，小前廳後面幾扇門都有路牌，分別是餐廳、寢室、公用區。

詹姆斯朝櫃檯後面的陸戰隊員點頭打招呼，然後帶我們朝公用區而去。早上我才去過營房，那邊的聲音、氣味、氛圍都令我糾結，然而城塞內的景象更是一記當頭棒喝。眼前目測至少有一百張小病床將原本廣闊的空間擠滿，全都靠繩索懸掛白布隔開。我最先看見的病人是個小男孩，年紀和歐文差不多，但身子比麥迪遜還要枯瘦。孩子閉著眼睛休息，兩條腿藏在被子底下，卻只有微乎其微的隆起，細枝般的手臂插了靜脈點滴。我沒看到診斷，猜測是營養不良。

隔壁床是個不斷呻吟的成年男子，面部裹著繃帶卻還有鮮血滲出。他身上還是工作服，仔細一看，發現我認得這個人——以前還有收垃圾服務的時候，他曾經到我們家幫忙過。他應該是被轉調到工廠，結果出了意外受傷。一位不知是護理師還是醫師的人過來，正彎腰掀開傷患一邊的眼瞼查看。

再過去是個女子，她坐在病床上，就著桌燈閱讀書籍。乍看之下沒生病，不過她一隻手輕輕擱在隆起的腹部，似乎期待能感覺到起伏。女子抬起頭，看見我的神情有些驚恐，但面上擠出一個笑容。

詹姆斯轉身悄悄解釋。「若真的想要，我或許可以讓麥迪遜一家人搬進來……不過這裡床位也很快就會滿……」

「不必了。其他人更需要這裡的設施。」

48

詹姆斯

計畫啓動前兩天，艾瑪和我在家裡舉辦最後一次團圓餐會。大家已經好幾個月沒聚一聚，這回終於到齊，佛勒全家、麥迪遜全家，然後亞歷本人也帶著妻兒過來。現場這麼熱鬧，感覺彷彿還活在氣候溫暖、陽光明媚的年代，表面上看來一切如常。

只不過從外貌就能判斷大家在政府心中的優先順位。與斯巴達一號有關的人，也就是艾瑪、佛勒夫妻和我，顯然營養充足。相對的，亞歷、艾比、麥迪遜和大衛都是一副油盡燈枯的模樣，皮膚失去光澤，甚至微微泛灰，動作以至於對話都變得遲緩，精神似乎很難專注。

有些事情只有經歷過才能理解。總體戰——今夜我心中響起這個詞，以前早就讀到過，多半是與二次世界大戰有關的文獻資料，然而直到今天，我才眞正領悟其意義。總體戰正在我眼前發生，不上戰場便會奪走人命，戰火魔爪也悄悄伸向戰線後方摯愛的家人朋友，若無法贏得終戰，一切都會遭到吞噬。我們絕對無法承受這個代價。

爲了這頓晚餐，我們設法多調了些食物。聯盟高層大概也心裡有數，對於艾瑪和我而言，有點像是最後的晚餐，甚至也許是我們所有人最後一次見面的機會。因此大人們都放慢了節奏，我想艾比和亞歷、麥迪遜和大衛都很努力壓抑情緒吧。孩子們如同往常般狼吞虎嚥，搶著要第一個離開餐桌玩耍。傑克的動作最快，但其他幾個孩子馬上追過去，一群小朋友嘩地衝進客廳。要是能讓他們出去玩該多好，就算去娛樂中心也比這裡好。但是娛樂中心場地過大，開暖氣太費電力，早就關閉了。

成年人之間，大家試著維持氣氛歡愉，卻力不從心。我們清楚害怕這是最後一次相見，沒人願意讓時間溜走，只想細細品嘗，分分秒秒不願錯過。最後佛勒一家先回去了，接著男女自動分開相聚，艾瑪、麥迪遜、艾比在桌子一端，大衛、亞歷和我坐在另一頭。

「有多少艘船？」大衛問。

這不是能公開的資訊。雖然我認爲大衛和亞歷不會亂講話，而且都這節骨眼了沒太大分別，但沒理由冒險。

「還不少，需要後備，還有後備的後備。」

有個孩子哭了起來，吵著說玩具被搶走，聲音大得迴蕩在整間屋子。艾比起身，不過大衛更快一步，揮手要她坐回去，自己到孩子群那兒厲聲說：「還回去，又不是你的東西。」

亞歷平靜地問：「會怕嗎？」

「會啊。」

我很珍惜與亞歷重建的這段兄弟情。兩人還是以前比較親密，常常見面笑鬧、互相幫忙，但要回復那種關係是不可能了，他面對我的時候，仍然有些防備。不過至少亞歷依舊關心著我，只是保持一段安全距離，通常在乎對方卻擔心因對方而受傷就會有這種反應，不敢靠太近但又無法走太遠。我能體會他的感受，因爲我自己面對新的任務夥伴，就是這樣的心情。

「奥斯卡會一起去嗎？」

「嗯。」我回答時，避開他的視線。

「你怎麼跟別人解釋？」

「說是我的助理，需要他在船上幫忙管理實驗室。負責審查船員資格的委員會也接受了。」

「聽艾比說，艾瑪會一起去。」

我望向桌子另一端，艾瑪微笑著不知對艾比和麥迪遜說些什麼。

「嗯。這也是我最害怕的一點。」

之後我們兄弟倆沒再多說什麼，安靜地坐在餐桌邊，看著孩子們無憂無慮地玩耍。他們彷彿希望的路標，證明一切眞的能好轉。孩童比成人想像得更具適應力，否則人類這個物種也無法生存、繁衍如此之久。我在心裡告訴自己，只要任務成功，現在的辛苦過程在孩子們心裡，終會慢慢淡去。希望我這麼想是對的。至於成年人，恐怕沒有誰能忘卻這段記憶，所幸開創未來的世代，也並非我們。

❄

夜裡，我和艾瑪躺在床上，兩個人都盯著天花板，實在太累了，沒辦法繼續讀資料。過了一會兒，她湊過來在我額頭上親了一下，耳語晚安之後稍微大聲地說：「關燈囉。」

霎時，房中只剩下我這邊床頭燈的微弱光線。船即將升空，我心裡冒出好多猶豫。船體設計正確嗎？任務規畫正確嗎？最重要的決定做得正確嗎？

「能不能問妳一件事？」

艾瑪翻身過來望著我。「說啊。」

「妳能考慮留下來嗎？」

她坐起來。「我們不是討論過了嗎？我非去不可。」

「如果任務……如果我們沒成功，妳還可以在地上多生活一段時間，好好陪伴家人。」

「這件事情和我多活幾小時、幾天、幾星期沒有關聯，牽涉的是人類的未來，還有當初國際太空站裡的夥伴、害死他們的元凶。保護他們是我的職責，但我失敗了，即使我不再提起這件事，不代表我沒記掛在心上——在和平號上、後來返航時，以及回到地球的每一天，我都牢牢記著。」

「無論這次最後能找到什麼，摧毀那個東西並不會化解妳的心結。」

「或許吧。但我還是得試試看。何況不止太空站，還有和平號。我想念大家——哈利、桂葛里、閔肇、莉娜、泉美，就連死腦筋的夏綠蒂也包括在內。我在地球上的確有家人，不過在太空裡，還有另一個家，我也將太空站的夥伴當作親人看待。我已經失去太多了，你不要丟下我自己去。」

我嘆口氣，明白沒得爭論。

但艾瑪開了燈。

「嘿……如果我們猜錯了呢？」

「什麼意思？」

「現在我們是假設所謂的收割者在小行星帶，它負責製造光伏電芯，電芯構成陣列去吸取太陽能量。但要是實際上我們面對的東西完全不同呢？例如在穀神星沒找到收割者，結果發現是母艦？如果敵人有上百艘船、準備進攻？或者根本什麼都找不到，那些像電芯的東西其實類似蝗災，在不同星系間穿梭、肆虐，幾百萬、幾千萬年才會回去遙遠的巢穴，卸貨後重新出發？」

她提的這些已經梗在我心上好幾週，也是方才猶豫時在腦海不斷浮現的問題。事實上，萬一預測錯誤時該怎麼辦，我還眞的不知道。說什麼臨機應變去敷衍也沒用，艾瑪太聰明了，不會上當。假如眞的根本沒有收割者，或者收割者所在位置比穀神星還遠，例如木星衛星、土星甚至天王星——那些地方都是我們絕對到不了的所在，那任務注定會失敗。

面對艾瑪，我只能說出我一直告訴自己、告訴NASA、告訴另外兩個聯盟的那番話：「穀神星是最合乎邏輯的選擇，距離太陽夠近，但又不會輕易被地球人發現。所以一定是穀神星。」

希望我是對的。因爲我是拿全人類的命運下了賭注。

❄

發射前夕一片混亂，每個環節檢查再檢查，沒有任何容錯空間。這次升空不成再也沒有下次機會，船員和任務可說是生死與共。

任務內容本來就極其複雜。穀神星位在小行星帶，因此會是有史以來最長程的載人太空航行，船體自然也是人類造過最大、最先進的設計。

三個聯盟共同推舉我爲任務指揮官，一方面大概是我有面對電芯的第一手經驗，另外則是和平號船員們讓艾瑪和我帶回來的影片而致。同胞的呼籲促成裏海與太平洋將自身命運託付給我，我必須全力回報這份信任與情義。

❄

ＮＡＳＡ總部內，艾瑪、奧斯卡和我坐在前排，旁邊是海因里希、泰倫斯、柔伊。不知道其他人如何，我自己是全程屏住呼吸、緊盯螢幕。太空艙衝破雲霄、抵達近地軌道後開始飄浮。敵人沒有行動。

既視感再現，彷彿回到第一次接觸任務時。那時我坐在佛羅里達州ＮＡＳＡ舊總部講堂裡，螢幕全程轉播太空船模組抵達軌道，就看接下來是完成合體或遭到殲滅。今天換了個場地，空氣也冷了很多。整個世界都不一樣了，希望任務的結局也會不同。

我試著不去回想和平號的夥伴，但終究明白了艾瑪在國際太空站事件之後是什麼感受。失去同袍的傷痛不會消失，永遠埋伏在心底，生活中只要有一丁點提醒，就會將那份情緒帶上來。

發射程序大約一半時，基地人員帶成員前去著裝，之後登上直升機，朝海岸飛行。到了海上，我左右張望一陣才找到發射平臺。斯巴達一號，人類存續的最後希望，已經架設完成。接下來這一波要發射主船體，比前面各個組件都大，也因此可能成爲更顯眼的標靶。

到了船內，艾瑪、奧斯卡和我被分配在不同位置，用意是若船體受損或眞的遭受攻擊，希望部分區塊能倖存，人員分散能提高任務得以繼續的機率。但我還是覺得艾瑪沒與自己待在一起很遺憾，否則就能牽著她的手，一起隨這艘大船進入宇宙。現在自己孤伶伶地坐在鋪滿白色軟墊的圓筒裡面，戴上頭盔聽倒數計時，只能從小舷窗看著遠方雪白色陸地與深藍海面。

轟隆作響開始，船體劇烈震動，塔臺語音毫無間斷，將現場發生的每件事情化爲敘述，報告給我們。

艾瑪呼叫我的頻道。「詹姆斯？」

「我在。」

「上面見。」

❄

抵達近地軌道，我解下安全帶和頭盔，開始在太空艙間飄移。

原本設定要等幾小時後才能自由活動。但我等不及了，事實證明艾瑪也一樣，她已經待在艦橋望著我這邊的通道。

見到我，艾瑪一挑眉。「目前一切順利。」

我擠出微笑。

其實微笑底下藏著我從未有過的憂慮。穿著NASA太空裝的艾瑪飄在面前，這景象令我回想起兩人初次見面。那時候她也在近地軌道上，只不過失去知覺、渾身發冷，差點丟了性命。是太空害了她，幾乎害死她。換句話說，艾瑪不能待太久，我想救她、想救地上的任何一個人，先決條件只有步步為營，一步都不能走錯。

❄

出乎預料的是，敵方對於斯巴達計畫沒有任何反應。艦隊共計九艘船，全部抵達軌道待命。發射過後二十四小時，各船呼叫對應模組進行靠接。全部組裝完成後，我們朝穀神星前進。

❄

出航一週後，斯巴達一號派遣首批無人機出動，目的很單純，就只是進行偵察。最主要希望能找到中途島艦隊、並與其會合，我需要取得最新情報。

我躲在個人包廂內半夢半醒時，竟被警報聲吵醒。通訊機傳來了奧斯卡的呼叫。

「先生，請立刻到艦橋來。」

我衝了出去，推著牆壁快速飄移，途中遇上從無人機實驗室竄出的艾瑪。現在明明也是她的休息時間，她這麼加班不行，等緊急事件處理完，我必須跟她好好談談。

「怎麼了？」一進艦橋，我趕快發問。

「一架無人機有了發現。」奧斯卡平靜地說。

「發現什麼？」艾瑪追問。

「一艘船。」

49

艾瑪

無人機從極遠處拍攝到船隻影像，照片充滿顆粒感、十分模糊，但再怎麼樣我都認得出來：

那是和平號。

好幾秒時間裡，詹姆斯和我只是飄浮在艦橋，張大眼睛緊盯著螢幕。奧斯卡沒講話也不催促，給我們時間好好沉澱。他從沒有什麼情緒起伏表現，我後來推測奧斯卡是個情感相當冷淡的人，卻又覺得他對人的理解足夠深入，尤其是對我和詹姆斯——此時此刻，奧斯卡就明白那艘船以及船上的人對我們的意義有多深，知道我們想要、也需要爲那份失落畫下句點。

接著我開始思考和平號在那兒做什麼，與當初發現電芯的坐標距離未免太遠。所以爲什麼？怎麼會這麼靠近地球？難道是在宇宙漂流嗎？可能性很高。

斯巴達一號的德籍領航員海因里希也進入了艦橋。

「怎麼可能呢！」他一看見畫面上的和平號就驚呼出聲。

成員片刻後到齊，都覺得不可思議，再紛紛回到工作崗位。

「改變航道，進行攔截。」詹姆斯的視線完全沒離開過螢幕。

海因里希搖搖頭。「回收和平號並非本次任務內容，會消耗燃料與時間。」

「你們聽到命令了。」詹姆斯的語調柔和，既不是威逼也沒有責難，目光依舊停在螢幕上。

我以為將會大吵一架，成員跳出來要求我們別費時費力去追和平號。但或許他們察覺到了，和我們爭辯這件事情不會有用。於是在毫無異議與衝突之下，斯巴達一號轉換了航道，並送出無人機通知艦隊其他船隻不必跟過來，按原定計畫繼續朝穀神星移動。

回到實驗室，我飄到詹姆斯身旁抱住他。看見和平號使我內心情緒潰了堤，想必他也一樣。兩個人互相擁抱著，飄浮在無重力空間好長一段時間。

「說不定他們還活著。」我低聲說。

「糧食早就吃完了。」

「也許他們……好好分配，或者想出什麼辦法……」

「期待越高，失落越深。」

「我懂，但還是忍不住。」

「我也是。」

❄

我很想念地球，家人、朋友、重力，不過最魂牽夢縈的其實是那棟房子，我與詹姆斯、奧斯卡共有的家。尤其是那張床，每晚一起讀書、聊天、睡覺都在那裡，即使後來冷得叫人快要受不了。

到了太空，下班後基於任務需求，兩個人也無法好好相處。我感覺和他變得有些疏遠，而且詹姆斯也不一樣了。在地球上，他的心思在白天時好比雷射，能量集中在公務上，但晚上回家把剩下事情做完就會拋開煩憂，表現出輕鬆愉悅那一面。我想這是他從過去經驗學會的態度，回家放空才能養精蓄銳。可是現在的詹姆斯，時時刻刻全神貫注，總是在工作和思考，像一臺失控的機器停不下來。我開始擔心他給自己太多壓力，而且發現和平號以後，這份壓力逐漸轉移給其他成員，例如我也要盡快製作高速無人機以取得聯繫。

主控制板即將加工完成時，詹姆斯飄進實驗室。

「狀況如何？」

「差不多了。」

「很好，得加快腳步。」

從這句話就能知道，其實詹姆斯與我一樣懷抱著希望，覺得和平號上的人或許還活著，抓緊時間還來得及援救。上次是我們因他們而得救，這次輪到我們全力以赴援助。他們犧牲自己，或許成了拯救全人類的關鍵，更不用說大家都是夥伴、是我們留在太空的家人。

所有成員集合在艦橋，隔著螢幕目送高速無人機出發。運氣好的話，無人機幾天之內能聯絡上和平號，在一週內返回。

❄

每天下班後都會錄影是任務規範之一，內容是針對值班時取得的數據、完成的工作留下心得。按照計畫，影片會在到達穀神星與收割者正面衝突前整理完畢，經由通訊方塊發送回地球，考量點自然是倘若任務失敗時，人類還能做個參考。

然而數據無法完整呈現現實。想瞭解這樣一個龐大任務，必須從船上每個人的思考著手——

他們爲何做出某個決定，看到聽到什麼但沒收錄在資料內。有時候成員自己都以爲不重要，實際上卻成了決策關鍵。

每次官方紀錄後面，我都會附上給麥迪遜的留言，心裡清楚這些影片或許是他們見我的最後一面。

❄

詹姆斯和我在實驗室討論新型攻擊機設計時，通訊系統傳來奧斯卡的聲音。

「先生，與中途島艦隊取得聯繫了。」

我們衝到艦橋，提心吊膽不知道會看見什麼。

一如往常，奧斯卡像是戴了張面具，從他的神態無法猜測到中途島艦隊回傳什麼資料。

詹姆斯操作房間角落的終端機，資料顯示出來，比我預期多得多。他點了航程圖，影像傳到大螢幕上，我仔細一看，目瞪口呆。無人機移動的距離比當初設定遠了很多，爲什麼？而且怎麼做到的？一定有誰、或者什麼東西，更動了程式。

「所有人員請到艦橋集合。」詹姆斯下令。

斯巴達一號的艦橋與和平號泡泡一樣，中間擺了桌子，還設有數臺多功能終端機。等所有人抵達、綁好安全帶，詹姆斯開口說：「我們從中途島艦隊取得了第一波資料。」

成員們靜靜盯著螢幕，有幾個看得嘴都合不攏，後來有人低呼：「我的天。」

詹姆斯繼續解釋，根據計算結果，目前有兩萬四千一百三十七個光伏電芯朝太陽移動，軌道皆符合由穀神星出發的假設。

雖然是黑白照片，但親眼見證人類面對的威脅規模之大，感受更加眞實。此外重點是，看來詹姆斯這次也推測無誤，應該有什麼東西在穀神星上，利用隱蔽技術避開人類偵察，又或者在同樣軌道的更遠處。

首先必須確認中途島艦隊究竟怎麼回事。但我忽然想到另一種可能性：如果這些觀察是假造的呢？萬一敵人攔截到無人機？我們會不會正朝著陷阱、自投羅網？

❄

詹姆斯和我詳細算了一遍，將無人機從和平號返回時刻以分鐘爲單位做了確認。時間一到，我們兩個已經在會議桌邊繫好帶子就座、開始埋首工作，至少表面上看來如此。後來其餘成員也進來，各自就定位。

無人機回來遲了。沒人特地開口指出來，大家都不想搞砸氣氛，但我十分擔心。

三小時之後，主螢幕終於跳出訊息。

≫通訊模式啓動。

本以爲會捲過一大堆文字，沒想到首先亮出的是圖片。解析度極低，而且只有灰階，卻是畢生罕見的美景：和平號眾人在泡泡裡飄著，眼睛都望向鏡頭。桂葛里和莉娜神情嚴肅，泉美與夏綠蒂臉上寫滿擔憂，只有哈利笑得一臉燦爛。

我仔細打量之後內心一沉。每個人都很憔悴，想必餓了很久。

照片下方，螢幕閃過字幕。

≫致斯巴達一號全體乘員：

》歡迎參加異物版復活節彩蛋尋寶。

這絕對是哈利寫的，我忍不住笑出聲。

》我們推測斯巴達一號任務目的並非尋找和平號，而是終結長冬，所以請不要特地為我們拖延時間或消耗能源。若有需求請發出通知，我們會盡力配合。

》和平號全體

這番話也看得出是哈利的口吻。

海因里希率先開口：「要更改航道嗎？」

「要，」詹姆斯回答：「與和平號會合。規畫路線，排出無人機，告訴他們坐標。」

❄

第一批高速無人機抵達穀神星，遠程探測後返回，沒有任何收穫，看起來就是小行星帶裡巨大卻荒蕪的岩塊。

於是內部又陷入混亂。之前一直假設收割者只是採用某種隱蔽技術，或許是在外殼投影出與穀神星表面相同的材質。我們也以為偵察無人機足以識破偽裝，但目前看來，顯然有某個環節推測錯誤。

詹姆斯對成員們堅稱是故障。可是我們透過通訊方塊啓動診斷模式，無人機回傳資料顯示一切正常，系統檢測完全沒問題。

與中途島取得聯繫之後好不容易堅定的信念再度動搖，現在唯一能肯定的是和平號仍在等待，必須與之盡快合流、交換情報。

❄

第二批高速無人機也在回程中，經由通訊板回傳數據，同樣毫無所獲，沒能在穀神星上察覺異狀。

無人機返回時，規定要求全員在場，所有人到艦橋集合。資料傳輸到螢幕，大家望向詹姆斯。他不動聲色，彷彿撲克玩家抽牌後也不洩漏自己的底細。

他甚至連聲音都毫無波動，似乎早就料到這個結果。

「執行診斷，然後把這次的遙測紀錄完整下載出來。」

❄

詳細研究第二批無人機遙測紀錄之後，眞的發現了異狀。它們抵達穀神星的兩天前，曾經有過電湧（注）現象。雖然或許是偶發，但終究刺激到我們好奇心——而且也是一線希望。如果探測資料是假的，那反而證明穀神星上眞的有東西，不知用什麼手段攔截了無人機、篡改儲存裝置。儘管只是新的假設，卻也代表人類的機會。

第三批無人機回來，同樣沒找到東西。我們再跑檢測，也發現類似狀況，只是這次電湧出現的位置更加靠近穀神星。

所以眞的有母艦或收割者存在？它們爲了隱藏自身而改動我們的無人機？又或者，只是無人機的設計有瑕疵？

❄

我們終於與和平號足夠接近，能夠以通訊機建立菊鏈。我想起當初爲了與火神號聯繫，也做過同樣的事——然而火神號已經回不來了。當下不禁懷疑和平號以至於斯巴達一號，是否也會步上同樣命運，但這念頭一閃而過，立刻被我拋諸腦後。詹姆斯胸有成足，他總是能洞燭機先。

大家集合在艦橋。螢幕上，系統正對與和平號建立連線，進行倒數計時。

» 00:00:04

» 00:00:03

» 00:00:02

» 00:00:01

» 連線成功

詹姆斯飛快在平板上輸入，不過和平號的動作更快，他們的訊息先在螢幕上跳出來。

» 和平號：馬可

他看了嘴角上揚，我也忍不住笑出來。對面一定是哈利在打字。

» 斯巴達一號：波羅！收到了，和平號目前狀況？

» 和平號：一切正常。

詹姆斯朝我瞥了一眼。我們想著同一件事，要從和平號問出眞實情況不會太簡單，他們猜得到斯巴達一號爲何進入太空，而且不願意自己成了耽擱任務進度的阻礙。

注：Power Surge，瞬間超出穩定值的峰值過電壓／電流，又稱「浪湧突波」。

≫斯巴達一號：哈利，我需要詳細的狀況說明，不可能只顧任務而拋下你們不管。你們應該糧食不足，如何支撐到現在？

≫和平號：船體在貝塔爆炸時受損不小。桂葛里修復了引擎，但折損了一部分反應爐燃料。我們搜索火神號殘骸，以機械手臂回收糧食和燃料。

≫斯巴達一號：聰明。再來呢？引擎狀態？艙內環境？

≫和平號：這部分有點麻煩，但自己能搞定。接觸異物之後，我們主要監控中途島艦隊，給了它們新指令和補充燃料。

≫斯巴達一號：難怪中途島可以飛那麼遠，看到無人機的距離時，嚇了我們一跳。原來是你們給的燃料？

≫和平號：嗯，電費單可難看了。

≫斯巴達一號：和平號，請稍候。

詹姆斯解開自己的安全帶，飄到主螢幕前方，轉身面朝斯巴達一號所有成員，其他人都還固定在位置上。

「和平號的眾人曾經犧牲自己活命的機會，將艾瑪和我送回地球。他們這麼做是爲了全人類、爲了你們和你們的親友，以及故鄉幾十億需要拯救的陌生人。他們和我們一樣，將任務看得比性命重要。我們不能棄他們於不顧，應該伸出援手。討論如何執行之前，如果有人不願意救援這些英雄，我想先聽聽理由。」

他這一番話說得漂亮。我認爲詹姆斯待在和平號那段時日，確實懂了人性，尤其所謂的團體動力學。

大部分人看著平板、桌面以及自己的手，沒人眞的想發言。

最後由海因里希打破沉默。

「我是支持的，不過有個很簡單的問題：代價有多大？我們要如何幫忙？只要不會影響到任務進度或必要物資，我支持救援行動。」他朝螢幕伸手。「看起來你的前隊友也有同感。他們其實希望斯巴達一號回到原本任務上。」

會議桌邊的其他人點頭如搗蒜。

「詹姆斯，你現在認爲的選項有哪些？」我提問的用意之一，是希望大家知道我們沒有事前商量、做出決議，這件事情必須是此時此刻全體成員的共識。

「有幾種選擇，其中一些成本高，另一些風險高。」

「可以帶他們過來，」我說。「兩邊對接。」

艦橋陷入沉默。海因里希開口時不敢看我。「我覺得那是超高風險的選項。」

「我同意。」詹姆斯接著說。「成功率太低的選項不値得冒險，何況讓他們上船並非理想狀態。首先，食物與空間的需求就倍增，斯巴達一號會變得太擠。和平號成員雖然也都是一時之選，全部塞在一起代表有人會沒事做，反倒失去意義。」

英國籍隊醫泰倫斯舉手。「在我看來，另一個需要考慮的是他們有沒有受傷。目前只有一張照片，看來似乎沒事，但也有可能是將貝塔接觸事件受到的傷勢隱藏起來。當然，待在太空這麼久，對人體本來就是嚴重的負擔。」他很快瞟了我一眼。我當然明白。

「總之，」泰倫斯繼續說。「我認爲和平號上的人大多需要治療，而且越快越好。」

「你的意思是，」海因里希煩躁起來。「支持將他們帶到船上做治療？還是不要帶到船上，以免他們的醫療需求會消耗資源和分散注意力？」

泰倫斯歪來歪去的頭彷彿是顆球，被人拿在手裡拋來拋去掂重量似的。「我不確定。」

海因里希瞪著他。「什麼不確定？你開口提了意見，結果不知道自己要表達什麼？」

「我知道自己要表達什麼，」泰倫斯也沒好氣地說。「可是現在無法判斷代表意義和我們如何處置才妥當。我的重點就是剛才說的——和平號人員急需醫療救助。」

詹姆斯舉起手。「好了。總之我們不能將人接進來，風險過大。就算一切順利，其實我們也沒有能幫上忙的裝備。」

他轉頭望向泰倫斯。「治療這件事說得沒錯，但實際上這邊的醫療能力並不如和平號來得好。兩艘船出發時攜帶的藥品和醫材幾乎一模一樣，能治療的話，他們想必已經處理過，我們充其量就是補充和平號用光的東西罷了。想要進一步治療，兩艘船都無法提供，得回到地球去。」

「說到這個，」海因里希謹慎起來。「爲什麼他們沒回去？和平號有逃生艙，當初送你和艾瑪回來用的並不是逃生艙。他們怎麼不乾脆棄船返回？」

「答案在之前傳來的訊息中。」詹姆斯解釋。「他們認爲相較於回家保全自己，留在太空監控中途島艦隊更加重要。但這部分工作也已經完成，我們已經知道該去什麼地方了。我猜想或許和平號爲了替無人機充電已經消耗太多，只剩漂流一途。」

海因里希望向義大利籍工程師柔伊。「有辦法轉移燃料過去嗎？」

她蹙眉。「技術面的話，可以。實務面？恐怕辦不到，應該說無法在短時間內供給他們足夠的份量。運作起來規模太大，而且我也需要……唔，不確定，但規畫就得花上幾天時間吧，眞正實行還要一週或更久。」

「有個很簡單的解決方案。」詹姆斯此言一出，所有視線集中過去。

「用我們的逃生艙。在裡面塞滿補給品和多餘的醫藥品，彈射後指示和平號去找。他們搭乘新的逃生艙，就能回到地球。」

太空本就安靜，斯巴達一號也沒有太多噪音，然而現在的死寂卻前所未有。即便我認同詹姆斯的計畫，也下意識知道此時不宜率先表態。計畫本身單純而確實，三十分鐘後即可執行，也能有效救助和平號上眾人，更不會拖延我們前往穀神星，船體甚至因爲重量減輕，還能加快速度，成功率更有保障。斯巴達的逃生艙裝塡了大量燃料，從穀神星回地球都不成問題，就算前往和平號的操作消耗很多，殘存份量也絕對足夠他們回家。

問題在於，我們會回不了家。斯巴達一號船員只能在宇宙漂流，船本身的燃料量沒辦法到了穀神星後再折返。詹姆斯的提議將成員判了死刑，要我們用性命去救人，自己卻有去無回。

50

詹姆斯

現場一陣漫長沉默。我掃視眾人面孔，想從蛛絲馬跡去判斷每個人的傾向。生命某些時刻考驗著我們眞實的人格，現在就是其一。

我瞭解艾瑪，明白她會支持這個計畫。和平號上的人們為我們做了同樣犧牲，用自己的生命保護我們。對我們而言，抉擇不難。

至於奧斯卡，他一定也站在我這邊。無論我去什麼地方，他都會追隨，即使會導致他自身的毀滅。以後我得找時間處理這件事，當然前提是任務結束了，我們還有以後。

其餘成員則無法肯定，和平號上的人對他們而言素昧平生。

然而，結果出乎我意料，連討論也不必，桌邊的人開始一個個點了頭。

「好計畫。」海因里希說。

「我開始挑藥品和醫材吧。」泰倫斯接著說。「應該平均分配到逃生艙裡就好？」

「必須與和平號聯絡，指定合流坐標。」柔伊補充。「這樣才算得出來，他們返回地球需要多少燃料。」

❄

不出所料，和平號那邊非常反對，堅稱自己沒問題。最後我發了訊息過去，說不管他們要不要，反正逃生艙會照計畫發射。通訊中斷許久過後，螢幕上跳出一條簡單訊息：

》和平號：斯巴達一號全體船員，謝謝你們。真的非常感激。

於是他們也鬆口回答了醫藥方面需求。看來沒有大礙，我很欣慰。主要都是些舊傷，類似國際太空站炸裂時艾瑪的狀況。接觸貝塔時造成的骨折和外傷，經過這段時間已好得差不多，不過所有人的骨質密度都到了危險水準。除此之外沒什麼問題，和平號的人能夠存活。

至於斯巴達一號……到時候就知道。

發射逃生艙時，所有人又到艦橋集合。沒人開口說話，但我能感覺到彼此之間的緊密情感聯繫。大家共同做出犧牲，再也回不了頭。逃生艙拖著白色煙霧，衝入黑暗空間，彷彿戰場上的第一聲槍響——意義完全一樣。還有些猶豫的人此刻必然也下定了決心，我們只能齊心向前看。

❄

偵察機返回，結果全部相同：毫無所獲，只在穀神星上找到岩石和塵埃。但我對無人機進行檢測、下載遙測紀錄，發現每一架都出現過故障，只是事發的時間與坐標有所不同。也就是這個不同讓我十分困惑，如果穀神星周邊有什麼東西干擾無人機運作，理論上每次故障應該發生在差不多的距離，數據更具一致性。假設對方也用無人機進行反制，那故障事件會集中在小而固定的空間範圍，但目前看到的分布未免太廣。

我感覺得到船員們心裡的疑惑逐漸堆積，彷彿地平線上聚集的雨雲，即將醞釀爲風暴。但不知爲何，我並不受影響，依舊肯定穀神星那邊有東西正在等待。

斯巴達一號在黑暗中全速前進，船上三枚核彈隨時待命。我覺得自己好像狩獵白鯨的亞哈船長（注），著了魔而不自知。

登上和平號之前，我的生命一片虛無，還不認識艾瑪，親生哥哥也形同陌路。沒有家人，沒有朋友，只剩下奧斯卡。現在我有了能失去的人事物，也因此有了生存與奮鬥的理由。

太空旅程完全改變了我。初次離開地球時，我還是舉世難容的叛逆科學家，無論身在何處都覺得自己是沒有依歸的外人。如今我竟然成了領袖，也學會洞察人心、理解團隊。我過去犯的錯誤就是懷抱滿腔熱血，一股腦兒往前衝，以爲整個世界會願意跟來。事實上，眞正的領頭羊需要掌握每個人的性格，不僅是爲他們做出最佳選擇，也要在他們不明白什麼是最佳選擇時加以說服。職責所在但要保護的對象質疑自己、局勢越來越不利，這種時候的領導能力才見眞章。

每天早上成員會在艦橋集合。奧斯卡與艾瑪在我隔壁，一左一右綁好安全帶，每個人各自針對負責業務進行報告。斯巴達一號引擎動力全開，人員部分也是，儘管會議桌上氣氛明顯不對勁。

「如諸位所知，」我做了開場。「現在仍在前往穀神星的航道上，也沒有通知艦隊內其他船隻更改航道。偵察機沒找到東西不代表計畫改變，敵人科技先進得足以篡改我們的無人機資料，並隱蔽自身蹤跡。即便如此，我還是想藉此機會與大家討論一個可能性——倘若，眞的最後在穀神星上找不到東西。我們還是得預先爲這種發展做好準備。」

海因里希打量其他人神色後，才講話：「有可能是陷阱。」

他總是單刀直入，我欣賞這點。

「沒錯。」我回應。「確實有這個可能性。敵人、收割者，或者說幕後黑手，有可能在別處生產光伏電芯，包括太陽系更遠處，或者小行星帶內其他天體。也有可能是生產電芯以後，先送到穀神星再轉朝太陽移動，製造出發點在穀神星的假象。換句話說，穀神星上也可能埋了巨型炸彈，或有一大群戰鬥機蓄勢待發。」

「可以分散艦隊，」海因里希提議。「分頭前往區域內所有可能的小行星與矮行星。」

「我也在考慮這件事。不過風險在於戰力分散就容易被各個擊破，畢竟目前仍然不確定究竟會遇上什麼。先發制人的機會只有一次，要出手就得投入所有火力。」

「確定是穀神星？」艾瑪問。

「無法確定。但換個角度問我的話，我確定穀神星是最符合邏輯的位置。」

「怎麼說？」她輕聲追問。

「能量。」

所有人盯著我看。

「我統整了一套敵人行爲模式指標，目前看來，它們完全以能量效率爲主軸。其中最難忽略的一點或許就是——敵人不直接攻擊地球。它們應該有能力，卻因爲能量消耗太劇烈而作罷，於是改採最低成本的手段慢慢料理我們。我認爲對方來到太陽系唯一目的只在於收割能量，凍結地球只是除去阻礙種種辦法中，能量運用效率最高的選項。

注：《白鯨記》主角。

「各位也都看到了光伏電芯的移動軌跡全部指向穀神星。當然理論上，收割者可以在別的位置運作，不過那代表它們只是利用穀神星做掩護。對方還有很多方法可以預防地球人介入，但相較之下，其他策略十分浪費能量。」

「那麼就你現在的推論，那邊究竟有什麼？」海因里希問。

「精準來說？我也不知道。只確定會有一場大戰。」

51 艾瑪

斯巴達一號的船員再度令我訝異，不僅僅是技術實力與專業素養，還有他們的善良和奉獻之心。沒想到詹姆斯的計畫毫無阻礙，大家就這麼照著辦了。

結論是我們繼續朝穀神星前進，在那裡與友船會合，完成整隊後，迅速朝矮行星發動攻擊，希望能把握住奇襲優勢。十小時之內就會到了。

作戰前，我們先向地球發送了高速通訊方塊，給ＮＡＳＡ的報告內容包含目前艦隊狀態和計畫。

所有人都清楚意識到抵達穀神星的倒數計時。此刻感覺自己彷彿被一群動物推擠向懸崖，我們受困其中、無法抽身，只能眼睜睜看著萬丈深淵朝眼前逼近。

詹姆斯應該也感覺到了，要求每個人至少去休息六小時。泰倫斯禁止我們服用助眠藥物，這個考量十分周到，萬一有緊急情況，需要大家腦袋清醒才能度過難關。

能幫助我入睡的只有一樣東西。

我拉開簾子，結果詹姆斯已經飄在外頭。

「睡不著？」他悄悄問。

「嗯。」

「要人陪嗎？」

❄

最後幾個鐘頭裡，詹姆斯與我互相擁抱、毫無畏懼暢所欲言，像是兩個人走到了生命盡頭，無需再遮遮掩掩。對我來說，感覺確實是個終點，過了今天一切都會截然不同。

但有件事情，他仍然繼續閃爍其詞，也就是當初他爲什麼入獄。我們彷彿翻滾嬉戲在空曠自由的原野上，可是中間有個深不見底的大坑洞，而且兩個人都知道、都不願靠近，甘願停留在周圍的安全地帶，享受幸福時光，以免毀了最後的美好。於是我也沒有提起。之前好幾次，我捫心自問，知道眞相會不會改變我對他的看法？我不確定。那應該是無法想像的大事件……很難與他聯想在一起的事情。

最堅固的情誼與關係，總是要經過最熾熱的淬煉。我與詹姆斯之間經歷了一連串的挑戰，身體上、心靈上、有時候也是情緒上的煎熬，但他始終陪伴在我身旁，是我隨時能夠倚靠的磐石。我很慶幸此時此刻，自己也在斯巴達一號陪著他，他在的地方就是我的歸屬。

❄

到達穀神星前三十分鐘，斯巴達艦隊九艘船互相靠近，透過通訊板建立即時通訊連線。

進入最後階段，派遣的偵察機都僞裝爲小行星，外殼覆蓋眞正的岩石。但我還是擔心會被敵人識破，如果它們察覺了，想必現在打算守株待兔。

艦橋裡，所有成員就位備戰。大家都非常緊張，唯一的例外是奧斯卡，他依舊毫無波瀾、全神貫注，我很羨慕他。我的手掌心滿是汗，心臟似乎以時速一千英里在跳動。人類歷史的轉捩點就在眼前。

對面牆壁上大螢幕畫面分割成好幾部分，八個黑色方塊裡都有游標跳動，顯示來自艦隊友船的文字訊息。最大的視窗對準前方的鏡頭，轂神星仍在遠處，只是宇宙漆黑背景上的一個小灰點，不過從針尖尺寸漸漸變大、變亮，彷彿自隧道盡頭散發的微弱光芒。

才幾分鐘，那個光點又從橡皮擦大小擴張到一個拳頭的面積。轂神星與月球很相像，灰色表面布滿圓形坑洞。距離更近時，我開始看得見閃耀白斑。早在二〇一五年，NASA就發現轂神星有奇怪的白色亮點，學界提出許多假設，主流論點傾向認定爲冰層或鹽分。

斯巴達艦隊的戰鬥程序經過精心規畫，各種機動動作儲存在船隻導航電腦，與各系統完美結合。

推進器啓動了。

「艦隊隊形散開，」海因里希報告：「開始接近目標。」

NASA按照希臘史給斯巴達一號的電腦取名爲「列奧尼達」。雖然那是個英勇武士，但唸起來長了點，尤其激戰中太繞口，後來簡稱「列奧」。

「列奧，」詹姆斯下令。「向全艦隊廣播，祝大家旗開得勝。」

接著他轉身吩咐海因里希：「送方塊給地球，告訴他們接觸時間。」

一秒後，海因里希就抬頭。「方塊發送完成。」

螢幕上，轂神星更大了，而且逐漸從畫面中央掉到下方。

我感覺得到自己的沉重呼吸，左右張望之後看得出來其他人也很緊繃，只有詹姆斯和奧斯卡不受影響。他們堅定的目光鎖定螢幕，偶爾低頭看看平板，確認系統數據和隨行的無人機狀態。

艦隊船隻由三大聯盟合作打造，其中八艘船幾乎完全相同，本質是戰艦，搭載物以武器爲主，包括核彈與四艇磁軌砲，兩艇對前兩艇對後。

只有第九艘船，也就是我們這一艘不同。它由大西洋聯盟製造，最大特徵是將存放核彈的空間更改爲無人機實驗室。斯巴達一號的定位是任務指揮中心，即便如此，船上也有三顆核彈，還有十架攻擊用無人機，不過目前它們包裹岩石外殼，尚未搭載兵器。

第一次與光伏電芯正面衝突時，和平號與火神號試圖保持聯繫。這回我們學聰明了。

接近穀神星以後兵力分散，八條攻擊艦呈等間距進行包圍，像張大網不讓任何東西脫逃。即使戰略成功，仍要確保沒有任何敵人的單位逃離戰線。

戰艦包圍矮行星後會啓動掃描，接著發射特殊燃燒彈，照亮穀神星表面。視覺辨認是戰鬥的重要關鍵。

同時間，斯巴達一號留在後方，但不會太遠，相較其他船艦只要三秒就能追上。聽起來時間不多，重點在於順序。我們接近時，理論上燃燒彈已經成功點亮穀神星地表，因此能夠看清楚上頭到底有什麼，斯巴達一號根據所見，再對其他戰鬥艦和後方的無人機發送指令。

「各位先生女士，」詹姆斯開口。「十分榮幸能與大家一起走到現在。」

再過十秒，就會知道前方究竟是什麼等待著我們。

52

詹姆斯

眼前的穀神星一片白熾，明亮到我根本看不見表面有什麼，只能瞇著眼睛緊盯螢幕。我不敢動彈，卻又害怕知道接下來的景象。

純白褪去，穀神星位置介於斯巴達一號和太陽中間。畫面上，星體邊緣圍著一圈保險絲般的亮光。面前是穀神星的背光面，燃燒彈留下的火焰照出灰色岩地，與月球十分神似，只是更加崎嶇。鏡頭中間顯示了我們正追捕的白鯨、將數十億同胞逼入絕境的凶手——它躲在這麼遙遠的地方，將地球人當作小蟲子般毫不留情處以死刑。

若它是生物，體積十分巨大。其實巨大這種詞彙仍不足以形容，它從中心伸出十二隻手臂，像蜘蛛腳那樣伸展在遼闊的矮行星地面。每隻手臂外側再長出小觸手，乍看就像汗毛。這種古怪形狀前所未見，令人又敬又畏。

機器蜘蛛攀附在穀神星表面。根據眼前所見，我認爲自己的理論沒錯——它就是收割者。那些手臂用來採集原料並搬運到中央，中間是工廠，製造光伏電芯並朝太陽發射。穀神星成了巨大的生產線，岩石被掏空之後，化作一個又一個電芯。

地表上有許多槽痕交錯，彷彿有人將這顆矮行星當作冰淇淋，拿著湯匙一口一口挖走。我敢打賭那就是收割者手臂所經之處，它採掘原料、提煉為電芯所需，手臂造型就是為了能在地表拖曳。

另外八艘船射出光芒。

核武器朝收割者飛去。「艦隊朝中央物體開火。」海因里希高聲回報。

「不對！」我叫著。「列奧，通知全艦隊朝周圍手臂攻擊，全艦隊進行迴避。」

電腦發出嗶聲，確認指令並執行。

斯巴達一號猛地朝側面擺動。機動規避之下，所有人不得已伸手抓牢桌子。

「列奧，」我的聲音比自己預期來得更堅定。「讓無人攻擊機前進，目標之後指定。」

列奧又嗶嗶叫。螢幕上出現無人機抵達坐標的倒數計時。

穀神星地表上，收割者手臂從雕鑿出的深谷騰起，旋轉之後露出原先隱藏的底部。每條手臂底下有成千上萬的小孔和數百個大孔，看起來就像章魚腳。我推測這些開口用於吸入原料，這個想法立刻得到印證：收割者反過來將原料從孔洞噴出，大大小小的石塊朝艦隊襲來。它朝我們丟石頭反擊！

「列奧，全艦隊發射磁軌砲！」我高聲說。「瞄準手臂與中央接合點。切斷它們！」

話才講完，太空船劇烈搖晃。

本來以為宇宙作戰應該沒什麼聲音。理論正確，實務不然——除非船都沒被擊中，一旦被擊中，那碰撞聲可大了。石塊如散彈噴上汽水罐，斯巴達一號外殼砰砰作響、震耳欲聾。而且最初一批是小石塊，大的還沒來，稍不留神將要命喪太空。

「戴頭盔！」我大吼。

所有人趕緊戴上頭盔，奧斯卡除外。

艾瑪轉頭望過來，隔著玻璃，我仍能感受到她的溫柔和恐懼。我也很害怕，一輩子沒有這麼害怕過。但看著她，我又能夠堅定信念。一開始出任務是想要解救地球上那麼多人，然而此時此刻，我是爲她而戰。我必須救她。

螢幕忽然一片白。核彈爆炸。太早了，恐怕是被收割者發射的岩彈打中。幸好產生的電漿雲應該還是可以燒斷它的手臂。

「武器控制系統斷線。」頻道傳來海因里希的通知。

「奧斯卡，你下去！」我叫著。沒有武器我們就完蛋了。

奧斯卡轉身抓著艙門邊緣，用力一推，像超人般掠過船艙。

「列奧，下令全艦隊發射所有核武。」

船身再次晃動，新一波岩雨砸落，安全帶差點沒辦法固定住我的身體。更糟的是似乎失去了動力，引擎故障，斯巴達一號受損嚴重，或許撐不下去了。

「逃生艙——」我在頻道大喊，不過立刻想起這艘船已經沒有逃生艙了。搖搖頭之後，我趕緊重來。「更正，各自回到工作站，保持位置分散，封鎖艙門後解耦脫離。大家立刻行動。」

船員們紛紛從座位彈飛出去，目的地是平常工作的獨立艙體，到了那裡就能與主船體分離。獨立艙體類似當初艾瑪和我返回地球用的載具，雖然未經改造無法航行，但可想而知收割者會瞄準主船體丟石塊，與我拉開距離就能提高生存機率。

螢幕上捲過一行又一行文字。是全艦隊戰況報告，包括損害程度、武器部署。

下一瞬間，訊息戛然而止。

右上角一個視窗列出當下每艘船的狀態。斯巴達二號由白轉灰，代表斷了線。再來是斯巴達三號、斯巴達四號，一路到斯巴達八號。整個艦隊失去訊號，可能是故障，也可能已經化作碎片，成員全滅。

然後我才察覺艦橋裡還有個人留了下來。艾瑪。

「快出去。」我低語。

她搖搖頭，眼眶泛淚。「我不會走的。」

更多石塊砸過來，船身晃個不停。我們蜷縮身體，像兩個人球被連接會議桌的安全帶甩過來甩過去。安全帶扯緊、振動，如弦樂般發出低沉哀戚的音符，彷彿預示我們的結局。

不過艦橋並未被摧毀，這一點讓我很訝異。

即便如此，太空船絕對承受不住下一波亂石。

螢幕上閃著許多通知：

»引擎模組脫離。

»導航模組脫離。

»貨艙脫離。

»醫務艙脫離。

»船員艙脫離。

「艾瑪，」我透過對講機說。「快走吧。」

她起初沒回話，反而朝我飄得更近。「我們一起為這個任務畫下句點。」

觀測視窗依舊是核爆殘留的一片白。我無法判斷攻擊是否成功，只知道有更多岩塊朝著這裡飛過來。

螢幕上跳出新訊息。

≫武器系統上線。

奧斯卡辦到了。

「列奧！瞄準敵人周圍手臂與主體連結點最後一個確定坐標。先發射磁軌砲，每隻手臂兩發；接著瞄準朝這裡飛過來的物體，三枚核彈全部發射，引爆點設在一百英里外，間隔平均分配，用最大化的電漿雲體積，分解敵人拋射的石塊。」

磁軌砲發射時為一陣轟隆，三枚核彈出去則是悠長的咻咻聲。

可惜太遲了。下一波石雨灑落，螢幕跳出我最害怕的訊息，代表一切到此為止。

≫艦橋空氣減壓中。

艾瑪和我同時朝艦橋側面舷窗彈過去，房間裡沒固定的東西四散飛舞，但下一瞬間，忽然只剩下寂靜、凝滯。碎石掠過身旁，像是垃圾在風中飄零的畫面以慢動作播放。我因為快速動作開始喘息，除了自己的沉重呼吸聲，什麼也聽不到。

低頭一看，安全帶還沒斷，能活下來或許全要歸功於此。

螢幕也沒壞，眞是好消息。艦橋裡的電子裝置都採用獨立套裝設計，並加裝防護殼，此外所有模組都具備遮蔽核輻射能力。問題是艦橋現在被開了個洞，我不確定待會兒核爆後，自己與艾瑪是否活得下來。

但仔細一看，破洞在我們後面，並非面向穀神星那一側。換言之，應該是其他模組被岩石削過，碎片射過來在我們這邊開了孔。這是個有利的局面，代表我們不至於直接曝露在核爆之下。

攝影機都連接到艦橋，掃視螢幕以後，我看見了遭破壞的太空艙。那是武器控制臺，奧斯卡所在的地方。艙體四分五裂，畫面裡看不見他，但想必人還留在那堆碎片後面。

我緊接著就發現碎片裡面有動靜，心底生出一線希望。所以，奧斯卡沒事？

然而跑出來的不是奧斯卡，而是長條形帶著金屬光澤的物體，兩邊長出短短觸手，像一隻太空蜈蚣。我怎麼沒早點想到呢——收割者拋射的東西不可能只有穀神星挖出來的原物料，那些手臂裡面，本來就會夾藏小型機器與引導式炸彈之類的東西做爲自保。機器人在殘骸中搜索生存者，將其趕盡殺絕，我和艾瑪也會死在它們手上？

如今兩個人受困在艦橋裡，根本無處可躲。

螢幕又被白色塡滿。靠安全帶停留在桌邊的我們，握緊彼此的手，縮起身體繼續等待。我的右眼泛出一滴淚，不是爲自己哭泣，而是爲了奧斯卡。奧斯卡一直是我最好的朋友，可是他在武器艙剩下的軀體不僅會被撕碎，還會消融在核彈爆炸產生的電漿雲之中。

艦橋後方那個破洞射進了光線。

我閉上眼睛，但那道光芒太熾烈，一下子就沖走黑暗。再睜開時眼冒金星，很難看清楚東西。

不過我心知肚明艦隊已潰散，斯巴達一號也失去了所有模組，僅存有動力的也就是艾瑪和我所在的艦橋。船上搭載的武器已用光，剩下的招數只有那些僞裝爲小行星的無人機。我一直把它們扣在手裡，也是擔心這種處境，只希望它們的破壞力足夠完成任務。

這些無人機不具傳輸功能、沒有掃描儀器，甚至連主動鎖定目標也辦不到，唯一的操作方式就是以斯巴達艦隊的通訊板下指令。艦橋艙體有三塊通訊板，不知道夠不夠用，而且要無人機鏡頭看得到才行。

「列奧，傳訊給無人攻擊機：目標是矮行星上最大的物體，瞄準中央質量點。」

頻道傳出嗶一聲，可見列奧仍在線上，完成了指令傳輸。

狀態監控視窗跳出一串黑底白字的更新：

» 無人機指令已確認。

» 預估衝撞天體時間剩餘：8:57

接下來就是我生命中最漫長的九分鐘。

還是眼花繚亂，但我稍微看得見經過惡戰之後，穀神星變成了什麼模樣。軌道上一片狼藉，斯巴達艦隊的殘骸、摧毀了船隻的碎石，全數無力地漂流著，偶爾冒出的幾道閃光應該是太空艙減壓之後的空氣噴射，或者電器短路、備用武器走火之類。

鏡頭移到穀神星表面時，我的視覺回復得差不多了。蜘蛛狀的收割者遭到肢解，外圍所有機械手臂被截斷，像是一些貌似裂開又被揉皺的錫箔捲，其餘則是完全粉碎，成了灑在崎嶇地表上的銀色紙屑。主體依舊位在中央，一動不動，表面是個不反光黑色圓頂，彷彿一顆神祕水晶球，藏著我們的未來，卻不肯透露絲毫徵兆。無論眼前這是什麼東西，它意圖消滅我所有的同胞。我們尚未徹底擊潰它，只是造成重創，當然己方折損恐怕更是慘痛。

螢幕上，倒數計時尚未停止。

» 8:42

然後又跳出藍色警告方塊。

» 收到訊息。

還有自己人的船、或至少太空艙沒完全損毀。也許同樣是艦橋。

我精神一下子振奮起來——接著立刻陷入混亂。

來訊沒有標示發送的船隻，應該說完全沒有注明發送源。列奧無法辨識送信者。

回過神後，我恍然大悟，想通了發出訊息的是誰。

現場也只剩下兩個地方還有能力發出訊號。

訊息很簡單：

≫哈囉。

53 艾瑪

我轉頭望向詹姆斯，他像尊石像定在原處。

螢幕上又冒出一行字：

≫看見了。說吧。

立刻浮現一個對話方塊。

≫收到語音通話請求。是否接受？

收割者那邊想和我們語音對話。用英語。

「怎麼可能？」我向詹姆斯耳語。

「無法判斷。」他的聲音很輕很遠。「或許對方早就研究過地球人。」

詹姆斯伸出手，平板電腦用繩子綁在太空裝上。他按下「接受」。

我朝倒數計時那邊掃了一眼。不到八分鐘了。

頻道傳來語音。出乎意料是個慢條斯理、甚至帶著沉鬱感的聲音，而且很像地球人，雖然與我所認識的地球人還是有點差距。儘管不是合成語音，卻又明顯有什麼地方不太對，感覺收割者透過極其複雜的演算法產生成人類嗓音，刻意調整出最能贏取信任的語調和音量。

「謝謝你願意接受來電通知。」

我張大眼睛等著詹姆斯。它剛才開了玩笑？

詹姆斯聲音粗啞。「你想做什麼？」

太不眞實了。這才是貨眞價實的第一次接觸——地球人與外星文明之間有意義的談話。

「我以爲事到如今很明顯。需要你們的太陽能量。」

「更明顯的是你想害死地球人。你根本沒去太陽另一側、不會影響地球的地方吸取能量，而是故意將電芯全擺在地球前面，想要凍結我們的星球。」

「不是針對你們，而是爲了建立節點，必須考量運作效率。」

「節點？」

「詹姆斯，你一定已經猜到整件事情的眞相。」

對方知道他的名字。怎麼回事？

「先各退一步。」詹姆斯保持語氣平穩。「你知道我的名字，但我不知道你的。而且，我也想知道你爲什麼知道我。」

「直接給你看。」

螢幕上冒出新的訊息：

≫收到視訊通話請求。是否接受？

詹姆斯又按下「接受」。

螢幕顯示一名男子坐在皮椅上。椅子老舊發皺，彷彿他始終留停在那房間裡讀書，累積了難以估量的知識。男人的模樣也確實散發睿智氣質，頭髮花白稀疏，臉上的白色絡腮鬍令我聯想到打理整齊的聖誕老人。房裡都是書架，架上都是古籍。他身旁有一扇窗，窗外院子積雪，黃澄澄的路燈光線打在狹長卵石街道上。

我朝詹姆斯使了個狐疑眼神，但立刻意識到對方也能看見自己。這是雙向視訊。

「艾瑪，如果這個畫面讓妳不安，請容我致歉。我以爲合適才選的。」

它也知道我的名字。

「說正事吧。」詹姆斯開口。

「好的。首先是名字，我知道二位的名字，你們也想知道我叫什麼名字。不過這裡有個麻煩，就是我沒有名字，只有描述。」

「是什麼？」

「那對你們不具意義。就像你們稱我爲收割者，也只是個敘述，而且頗有道理。事實上，我負責收集。」

「收集恆星能量。」

「正確。」它停頓一下，接著改口。「那麼就叫我『藝術』好了。」

我感覺得到對方一言一行都帶有目的，現在這個看似隨興的命名也包含在內。藝術，使人下意識連結到美與喜愛，不僅複雜還時常遭到誤解，有可能要經過漫長歲月才能領略。它與我們對話不外乎一個原因：需要從我們這裡得到什麼。若非如此，我倆現在已經命喪宇宙。

「你怎麼知道我們的名字？」詹姆斯問。

畫面切換到軌道上的殘骸堆，黑色背景前面是斯巴達一號某個太空艙，已經被割得破破爛爛。仔細觀察後，我發現那是武器控制系統，影片大概是那些形如節肢動物的機器所拍攝。

敵人的機器蟲降落到太空艙內爬行，鏡頭從一個撕開的洞口窺探。有個人影倒在艙壁邊，那是奧斯卡！

機器蟲朝旁邊一竄，然後衝進艙內。這時候可以看到機器蟲每條手臂有三根指頭，它抓住奧斯卡以後扭到正面，只見奧斯卡的眼神依舊沒什麼波動。但是，爲什麼他沒戴頭盔，眼珠還完好無損？

接下更嚇人的是，奧斯卡的瞳孔居然掃向了機器蟲。

接著舉起手臂自衛。

我居然到現在才看出來。眞蠢。他在我面前晃了這麼久。

奧斯卡根本不是活人。

54

詹姆斯

看到第一條訊息時，我就心裡有數：與收割者的對話存在很大風險。然而我別無選擇，這是理解敵人的唯一機會。目前可以肯定對方有所求，與我們交談是爲了找籌碼。換句話說，戰鬥尚未結束。

我朝旁邊瞥了一眼。無人機攻擊倒數計時剩下不到七分鐘。

艾瑪朝我看過來，眼神裡摻雜很多情緒，有震驚、也有被蒙在鼓裡的錯愕。或許我該早點告訴她奧斯卡的眞實身分，但那會引發更多疑問——很多問題，我還沒有做好心理準備。

必須專注在眼前。這個自稱「藝術」的東西想必讀取了奧斯卡的生化儲存陣列，也就等於掌握了他所有記憶。我沒預料到會有這個情況，奧斯卡知道太多了，關於我和艾瑪、更重要的是關於艦隊與人類的求生計畫……資料太龐大也太細節，連城塞的藍圖、我們改裝的核彈數量、大西洋聯盟每個營區的位置都包括在內。奧斯卡的腦袋裝滿機密資料，這次的洩漏絕不能容許，也就是說已經沒有別條路可走，一定得摧毀收割者。

螢幕上，代表收割者的人物依舊坐著，背景像座圖書館。他的臉上浮現笑意。

「艾瑪，妳不知道，是嗎？」

還好她沒多做反應，收斂情緒並將視線轉向對方，展現出與我同一陣線的決心。

可是她的態度好像反而是對藝術的鼓勵。我感覺對方的策略就是挑動情緒。

「看來三位真的彼此隱瞞很多。」它接著說。

畫面切換，開始播放奧斯卡的記憶。他在七號營一間營房，但我不知道他去過這種地方。怎麼回事？收割者捏造的內容？

艾瑪敲門，來應門的是艾比。影片快轉，她們兩個在餐桌邊聊天。「你們一家能搬過來，都是因為詹姆斯。」艾瑪這樣說。

又快轉，艾瑪雙手擱在桌上十指交扣。「詹姆斯對我而言很重要。我不知道他和妳、和他哥哥之間究竟發生了什麼事，也不知道他為什麼進了監獄。但我瞭解他，相信他是個心地善良的人。」

跳到艾比問話：「妳先前說想要我們搬家？」

「嗯，在我、詹姆斯和奧斯卡的住處隔壁。」

「應該有條件吧。」

「沒有。我知道詹姆斯想對你們好，但同時如果是他開口安排，你們有可能間接發現，然後拒絕接受。所以我想就由我來吧，房子已經準備好，上頭也許可了，你們隨時可以搬過去，沒有任何交換條件。」

艾比似乎為此困惑。「謝謝。」她輕聲回答。

「我只有一個請求。是請求，不是要求。」

「是什麼？」

「希望你們能考慮一下，過去見見詹姆斯。如果亞歷不願意，就讓孩子來也無妨，當然妳也可以跟孩子一起過來。就這麼簡單。」

畫面淡出，新場景裡奧斯卡站在家中，艾瑪與艾比坐在沙發。

「詹姆斯要出任務。」

「什麼任務？」艾比問。

「可能回不來的那種。」

艾比別開視線，思考片刻後才說：「這樣啊。」

「我也不知道任務什麼時候會啓動。硬要猜的話，可能幾個月以後。」

「有我可以幫忙的地方？」

「的確有。」

「要我去說服亞歷，對吧？」

「嗯。詹姆斯沒和我提過半個字，我不知道他和亞歷之間怎麼了，也不知道過去究竟發生什麼事。但我相信詹姆斯離開地球的時候，如果心裡能知道家裡的每個人都支持他、關心他，做起事情會更能全心投入。無論詹姆斯犯了什麼錯，長冬開始以來，他默默地付出很多。因爲有他，我們才能好好活在這兒。他已經救了我們一次，接下來很可能又要爲大家賠上自己的性命。」

艾比站起身，手掌在褲管上抹了兩下。

「這不容易，艾瑪。但我會盡力。」

記憶又切換，這一段依舊是家裡，換成亞歷與艾瑪坐在客廳。

「聽艾比說，詹姆斯準備出一個任務，而且有可能回不來。」

「沒錯。」

「然後我們能搬過來，是他在背後幫忙。」

艾瑪點點頭。影片快轉，來到亞歷要離開，她拄拐杖起身。「你願意和他見個面嗎？」

「還不知道，我需要時間想想。」

後來亞歷確實來與我見面了。原來是艾瑪在背後出力，將亞歷一家接出營房、讓我們兄弟言歸於好。如果可以，我現在眞想過去用力抱著她，摘掉她的頭盔用力一吻，致上心中最深的謝意。

可是艾瑪望著我的眼神夾雜罪惡感與哀愁，剛才我的祕密被曝光，她也是同樣的反應。藝術要的就是讓我們心神不寧，藉機操弄。目的是什麼？獲取信任？拖延時間？兩者皆有？我必須專注。

「你到底想幹要什麼？」我問。「聯絡我們的目的是什麼？」

「以二位的聰明才智，肯定知道原因。和你們一樣，和你們的同胞一樣，我要存活。你們爲延續生命而做出的努力，令我十分欽佩。」

螢幕上閃過一段段短片，是從奧斯卡視角看見的世界。第一段，他在老房子裡，天花板很高、飾條雕刻華麗，窗外下起大雪，彷彿縮時攝影般，積雪在眼前越來越厚，先高過了門廊，接著觸到窗子。奧斯卡走出餐廳、來到廚房，踩著嘎嘎作響的階梯下了地窖。畫面跑出一堆選單——原本只有奧斯卡自己看得見。他啓動環境警戒，接著進入休眠，消耗電力趨近零。

鏡頭全黑，再亮起就是奧斯卡脫離休眠的那天。從畫面來看，也就是我走下樓梯，在地窖找到他那一刻。

影片跳到七號營，我們看著風雪越來越猛烈，軍隊開始操練。奧斯卡和我已經開始設計斯巴達艦隊、城塞和改裝核彈。再來是兩個人在實驗室，組裝出的原型攻擊機，現在正朝著收割者衝過去。

所以它可能知道接下來就是最後一擊。爲了這個才想談判？應該沒有別的理由。

「你想講和？」我問。

「是的，我相信雙方能夠和平共存。」

好機會。關於收割者和幕後主使還有太多未知，爲了人類存續必須調查清楚。但時間非常有限，剩下不到五分半，無人機就要引爆。「共存的前提是相互理解，你得到關於我們這個物種、尤其是我們兩個個體的大量資料，我們卻什麼都還沒有。總得知道你們究竟是誰，有什麼目的，來自何處，一開始爲什麼不肯對話？」

「明白了。那從自我介紹開始。我們是『電網』（grid）。當然這並非我們對自己的稱呼，只是基於你們程度的語言及宇宙觀，電網是最好理解的比喻。」

「你在電網的角色是什麼？」

「微不足道。以你的母語而言，我靠近圖騰柱的底部（注），只是負責取得能源，並且連接到電網。」

「電網爲何存在，有什麼意圖？」

「電網等同於宇宙的命運。你們星球上有些學者已經觸及終極眞理的皮毛，而你，詹姆斯，

注：美語中以圖騰柱位置比喻階級高低。

也已經猜到了，所以你跟隨自己的假設來到這裡，找到了我。你們的偉大科學家愛因斯坦發現『能量等於質量乘以光速的平方』，從這裡可以看出宇宙的兩個基本元素分別是『質量』和『能量』。電網存在的意義就是引導宇宙所有質量走向終點——轉換為能量。」

「這股能量要用來做什麼？」

「由你提出這個疑問實在諷刺。過不了幾年，你們這個物種也會需要龐大的能量。畢竟生物體的存在只是過渡階段，你們的下一個存在形式所需要不是別的，就是動力。肉體沒有意義，留著心智就好。即便此時此刻，儘管你們的大腦依舊原始，消耗的能量與整個身體對比已經不成比例。在電網裡，心智只受限於可運用的能量，因此我們的任務就是獲取及提供能量，這才是宇宙眞正的運作規律。

「地球人觀測到遠方星系中央區域所謂的類星體，實際上是電網裡的超級節點。我們的足跡遍及數十億星辰，存在的歷史也有數十億年，是首批掌控宇宙的先進文明，也是宇宙消亡時唯一能延續的存在。電網是所有生命形式的終點，一切的開端與末尾。全宇宙質量轉換完畢時，電網也就得到足夠能量、創造新宇宙，循環永不止息。」

我的大腦瘋狂轉動，彷彿瞎子第一次見光。這段話太過震撼，對科學家而言是期待已久的突破口——人類所有的無解之問，如今有了明確答案。我們的起源、我們的命運，簡單明瞭地鋪陳在眼前。

儘管我很肯定收割者試圖算計，卻也感覺到它所言不虛。答案一直埋在意識深處，自己早就察覺所見的宇宙是表象，冥冥之中有個規律生生不息、無始無終，就看人類何時能勘破。也在很久以前，我就明白血肉之軀絕對只是人類暫時的狀態。

而且就因爲這個信念，我被關進了監獄。

必須專心思考。它爲什麼告訴我這些？揭開我一輩子追尋的謎底、宇宙的終極眞相，落實我畢生心血的存在價值。但要交換什麼？檯面上能看到的，一是時間，二是信任。但它沒那麼傻，一定知道這麼做不足以使我們回心轉意，除非還有我沒能識破的環節。

我瞥一眼時鐘，不到四分鐘了。它還不要求我們收回無人機？想必有什麼盤算，我得挖出它眞正的動機，這是理解敵人行動模式的關鍵。

「爲什麼要殺光地球人？」我問。「你們明明可以和我們對話、談判，像現在這樣。」

「可以嗎？你以爲現在太陽系的情況，過去沒有發生上百萬遍？地球人自己的歷史就能引以爲鑒。無數次入侵新土地的事件中，你們消滅其他物種、造成大規模滅絕，對象不僅限於動植物，也包括同物種。你們還實施強制遷徙，分配自然資源時，排除心目中沒資格的人，然後更先進的族群又到來，資源又被他們搶走。我們做的事情，與你們對自己同胞所作所爲，沒有什麼不同，都是遵循同樣的規則。」

「你說的都是很久以前的地球歷史，那些黑暗篇章已經過去。」

「不對。你只是用整體生活水準的提升說服自己，避免良心不安。長冬來臨，地球人依舊展現出本質。」

「如果一開始你們願意開口，我們也會接受談判，雙方能夠達成共識。」

「你的論點基於一個假設：地球人與我們接觸過的數百萬物種有截然不同之處。我還是剛剛那句話——難道你以爲我們之前沒有嘗試過談判？眞相是我們已經建立資料庫，用於預判這種場合的各種情節與結果。地球人是奇點（注）前文化，信度過低，傾向暴力。我們需要採取的行動顯而易見，畢竟你們並不構成威脅。」

「不重新評估嗎？」

藝術的人像第一次露出冷笑。「的確，我確實刮目相看。由於命運的曲折離奇，評估時漏掉了一個隱藏變數。」

「變數？」

「就是你本人，詹姆斯。」

完全沒料到會是這種答案。它究竟有什麼陰謀？倒數計時剩不到三分鐘。「我？」

「我們針對地球人的評估有一個部分出了錯：你們的進步速度。事實上，地球人已經超前，足以跨越門檻抵達奇點……只可惜卻又退縮了。使突破成爲可能的人是你，詹姆斯。你爲地球人指引出未來方向，還親自演示，但他們卻因此囚禁了你。地球人選擇留在過去，維持原本的生物形式，於是我們也沒觀測到實際進展、沒發現你們這個物種的眞正潛力。我們未能察覺地球上有你這樣超前時代的心智，而這樣的心智有機會與我們抗衡。下一個意外則是：地球人在危急存亡時，竟又想到向你求助。意外還沒結束——你居然答應了，你選擇原諒迫害你的人，即使你因爲不容於當代的思維而身陷囹圄。」

艾瑪望向我。想必她從這些話語裡，也能拼湊出事情梗概。

藝術將注意力轉向她。

「啊，沒錯，艾瑪，妳還不知道呢。這是詹姆斯不敢告訴妳的另一個祕密，他不知道妳會怎麼想。我來讓妳看看吧。」

藝術與圖書館背景褪去，切換至奧斯卡另一段記憶。很多年前的事情。

影片裡，我站在醫院病房，臥床的父親沒睜開眼，旁邊儀器顯示的生命跡象十分微弱。亞歷和艾比也來探望，哥哥一手摟著我、一手牽著妻子。他們帶著歐文，但孩子還太小，一臉驚懼，不太明白發生什麼事。莎菈根本還沒出生。

病房外，奧斯卡旁觀我與亞歷夫妻對話。

「我可以救他。」

那時候的我看起來未免太年輕、太單純。

「怎麼救？」亞歷問。

「信得過我？」

哥哥點頭。「當然。」

畫面一閃，場景換到實驗室。奧斯卡看著我手忙腳亂打造原型機，四個助手在旁邊幫忙，一整天沒有休息。當時沒料到，其中一人後來竟出賣了我。

「先生，這樣行嗎？」奧斯卡問我。

「待會兒就知道。」

螢幕一黑，再浮現又是病房。我爲父親戴上頭罩，開始掃描。

然後回到實驗室，我開門迎接亞歷和艾比。

「這是全新開始，」我說。「今天我們創造歷史，再也不必擔心要和爸說再見。永遠不必了。」

注：Singularity，天體物理學名詞，指時空中的一個普通物理規則不適用的點。

我按下平板按鈕，身後的原型機坐起來。沒時間讓它有更合適的外觀，但能動最重要。

「這是什麼？」亞歷驚問。

艾比的眉心緊蹙，一臉擔憂。

我轉身望著原型機。「感覺如何？」

「很好啊，詹姆斯。我什麼時候出院的？」

「爸，這個我之後再告訴你，現在要先跑一下診斷。」

背後一聲巨響。

回頭一看，亞歷已跌坐在地上。他一直往後退，被實驗設備絆倒。艾比猛烈搖頭，神情充滿恐懼。

「你究竟做了什麼啊！」亞歷咆哮。

我攤手。「現在看起來很瘋狂，以後就是常態了。末期重症患者不需要撒手人寰。」

「你把我們的爸爸放進這東西裡？」

「這可以取代身體——」

「這是怪物！」

亞歷拔腿衝出實驗室，艾比跟著追出去。

助手盯著我和父親。當初我以爲他們會歡欣鼓舞，理解到人類文明許許多多努力都導向這個終點。眼前所見超越了奧斯卡——人工智能與人工生命。我們創造出嶄新且更爲持久的存在形式，幾乎可謂永生不朽。這是人類的未來走向。

然而，我犯了錯。往事歷歷在目，現在的我已經能夠看清，但當年的我對人性的理解不夠充分。大眾害怕未知，害怕不確定，害怕無法掌控的生存形態。我真正犯下的罪是沒能領悟人性。

螢幕上閃過一幕幕後續。透過奧斯卡的眼睛，艾瑪和我看著FBI搜查實驗室、逮捕年輕的我、關閉了原型機電源。

奧斯卡從會議室大窗目送我被押走，之後又在電視新聞看著我被名嘴唾棄、專家跳出來強調哲學與倫理的細微之處，其中自然少不了專訪里察・錢德勒，他聲稱當我教授的時候就發現我有離經叛道的性格。

現在的情況反而讓我卸下心頭那塊大石。我還瞞著艾瑪的，也就只剩這件事。不知道她有什麼想法，當初我嘗到了眾叛親離的滋味。

我很想問問她，她也一直盯著我。

收割者已經給了我兩樣最想要的事物。其一是艾瑪無條件、互相沒有隱瞞的愛。另一個是我畢生努力的目標，也就是解開宇宙之謎，並證明我對未來的想像正確無誤。但問題始終不變——它爲什麼這麼做？

然後，我總算想通了它的動機。心裡責怪自己的腦筋怎麼轉得這麼慢，同時趕快點擊平板。希望來得及保住我們兩個。

55

艾瑪

我感覺彷彿盯著拼圖連續看了幾個鐘頭，始終找不到關鍵的那一塊。然而，那塊空缺明明一直在眼前。

我回想起詹姆斯說過的話：

「沒錯。我失算了，沒考慮到人性。以前從來不思考別人怎麼看我發明的東西，因此得到了寶貴的教訓……從既得利益者手中奪走權力的改變，都會遭遇抵抗。改變越劇烈，抵制的力量就越可怕。」

再來是奧斯卡也曾經提過：「他試圖拯救自己很珍惜的人。」

那個人就是他父親。

之後亞歷始終無法原諒他。在兄長眼裡，詹姆斯讓父親的死亡何其難堪，是一種褻瀆。其實詹姆斯可以告訴我實情。爲什麼不呢？答案也很簡單，因爲他愛我，擔心我聽完這個故事，就會棄他而去。

可是我對他的感覺並沒有改變。

詹姆斯沒有直視我，反而飛快地操作著平板，啓動了列奧系統中我從未見過的子程式。

》掃描深層侵入病毒。

詹姆斯點了「確認」，開始進行掃描。

我恍然大悟。他認爲收割者趁這段時間上傳病毒，意圖搶奪艦橋電腦控制權。如果被對方得逞，它就能操作船體上的通訊板。

阻止無人機進攻之後，它就會殺害我們。說不定反過來用那些無人機對付我們。

我猜奧斯卡也不知道詹姆斯留有這個後門。應該說，我祈禱他不知道。只有在他不知道的前提下，收割者才無法防範。

眞正能徹底中斷病毒作用的作法是卸下系統的硬體核心，不過那就等於癱瘓整個系統，代表我們必須從此在太空漂流，失去操控無人機的能力。倘若收割者移動的話，將再也無法因應。但眼前別無選擇，只能試圖掃毒，先確認敵人是否眞的使出這一招。

螢幕上的記憶回溯告一段落。藝術又出現在畫面裡，背景依舊是那個像圖書館的場地。

「詹姆斯，如果我們察覺你的發明，或許眞的就會試圖聯繫，而且會考慮與地球人共享收割過來的太陽能，並邀請你們加入電網。當初你父親差點就到達彼岸。你發現了道路，也踏出第一步。我先前說過，這其實是宇宙中所有生命的必然歷程。

「生命體受環境塑造。所謂的環境，最初是實行演化的行星，但經過足夠長久的時間之後，所有生命都會接觸到宇宙常數。我們在方程式的另一端等著，等待你們邁向自己的命運。

「現在我想給你機會。爲自己的族群做出正確抉擇的機會。你揭示了未來，整個物種本就該接納。如今，詹姆斯，選擇權回到了你手中。讀取奧斯卡的記憶之後，我明白你是能夠對話的人，具有超越時代的心智。拯救地球人的機會由你來掌握——做出他們不敢做的決定，帶領他們躍向彼岸。選擇生命，而非戰爭。」

我凝視詹姆斯，試圖從表情判斷他的心思。

「具體而言，你提出的條件是什麼？」詹姆斯這麼問。他沒抬頭，眼睛盯著掃毒進度。

「和平。」

「你得更具體一些。」

螢幕上，藝術朝椅背一靠。

「我會挪走太陽周圍的光伏電芯陣列，你們口中的長冬也將因此結束。地球會回復我出現之前的氣候，不過只是暫時的。這段期間，請你實現自己創造出的奇點，往後地球人進化爲另一種生命形態，自時間與軀體的束縛之中解放，當然也無需再畏懼行星上的極端氣候。人類可以獲得自由，維繫你們存在的就只是能量，由我們來提供。地球人加入電網，體驗難以想像的豐饒新生。」

「你只說了給我們的好處，沒說要求是什麼。」

「合作。首先請你撤回朝我坐標進攻的無人機。如你所想，我目前沒有物理手段能夠阻止它們。詹姆斯，你的戰術十分高明，無人機不發送訊號就不具弱點，我無法以病毒加以干涉。請你中斷攻擊，之後協助我的重建工程。你有這能力，我反而沒有。

「做爲回報，我將提供技術指導，協助你達到過去只能夢想的新高度——也更容易克服地球人對奇點的抗拒。簡而言之，詹姆斯，透過我提供的技術與你的創造力，你將手握前所未有的絕對主導權。電網是必然，在電網之中，時間也失去意義，整個宇宙都會成爲你們的遊樂場。人類可以成爲神。」

詹姆斯回頭凝視我的雙眼。他在想什麼？

如果能知道他此刻的想法，付出什麼代價我都願意，因爲我自己也聽得一團亂。收割者消滅地球數十億人，也是殺死國際太空站隊友們的凶手。過去它數次意圖謀害我和詹姆斯，這樣的對象可以信任嗎？會不會是陷阱？

距離無人機到達穀神星地表，只剩不到一分鐘。

如果不看計時，時間彷彿凍結。

詹姆斯背負的壓力難以想像，此刻的答案將永遠改寫人類歷史。他似乎正在仔細推敲。

「我們怎麼知道你會不會信守承諾？」詹姆斯沒抬頭，一直盯著掃毒進度，或許認定了收割者有陰謀。

「毋需擔心這點，因爲你很瞭解我，詹姆斯。我的一切行動都出於邏輯推演，唯一目的是擴張電網。原本我並不知道地球人也有加入電網的資格，來到太陽系的任務很單純，就是以最低的成本獲取最多的能量。現在我的提案依舊符合這個原則。」

剩下四十秒。「如果我們拒絕？」

「那就是爲地球人判了死刑。下一個你們所謂的『收割者』不會再給機會。之前提過，我是圖騰柱底部層級，電網認爲太陽系文明還很原始，因此派遣時並沒有攜帶多少自衛武力。誤判這種事情並非首例，矯正也很簡單。如果我沒有回覆來自電網的定期聯繫，太陽系的情勢會立即升高，下次負責的收割者會具備強大火力，地球人絕無倖存的可能。」

詹姆斯注視螢幕，眼珠左右竄動，似乎正在計算。

三十秒。

他抬頭望向藝術，露出笑容。

「你來到太陽系進行評估的時候搞砸了，對吧？」

藝術緩緩點頭。「可以這樣描述。」

「你沒考慮到一個異常，」詹姆斯說。「也就是我。」

「是的。」藝術聲音拉得很長。

「你不覺得，或許你又犯了一次同樣的錯誤嗎？」

二十秒。

藝術仰頭。「我不——」

「或許你依舊不瞭解地球人、不瞭解所謂的異常。但我們因此而獨特。你已經注意到了，地球人並不完美，曾經消滅自己星球上無數生命，打著進步的名義迫害自己人，彼此征戰，犯下無數罪孽。但地球人證明了自己可以從錯誤中學習，我也一樣。以前我犯的錯誤是沒能考慮到同胞的感受，無法從他們的角度觀察世界，獨自沉溺在自己的思維與想像的未來之中。我不會再犯同樣的錯誤。」

「你想說什麼？」藝術的聲音忽然沒了情緒，真的變得像機器。

十秒。

「意思很簡單——我的同胞不可能接受這種安排。他們追求生命的意義，目前還無法接受被裝進機器裡。我比誰都懂，也不打算用暴力脅迫別人接受。更何況，你的提議代表未來你們能存活、你們能控制地球人。」

五秒。

「詹姆斯，立刻收回無人機！」藝術大叫。

平板上跳出訊息：

》發現病毒。

》通訊系統遭到感染。

詹姆斯立刻點擊。

》系統核心卸載。

螢幕一黑，藝術跟著消失。

56

詹姆斯

從舷窗可見縠神星地表綻放出熾烈白光化作的花朵——象徵無人機摧毀了收割者。

我呼了口氣，根本沒發現自己一直屏住呼吸。

解開安全帶，我伸手一推，從會議桌飛到窗戶前面。縠神星表面滿是爆炸造成的坑洞，收割者中央黑色圓頂所在處變成最大的凹陷。

我回頭一看，艾瑪動著嘴巴，但我聽不到聲音。電腦已經離線，內部通訊系統跟著失靈。

我飄過去，從太空裝拉出纜線，接到她那頭。

「我們——」

「成功了。」

「電腦呢？」

「不知道。藝術想入侵，大概是利用通訊系統。」

「爲了控制無人機嗎？」

「我猜是吧。」

「還有別的可能性？」

心裡是有個理論，不太想告訴艾瑪。但我已經隱瞞過很多了，不想走回這條老路，我默默做了決定，以後都要對她誠實以告。

「一個可能是要阻止無人機進攻，另一個可能是透過我們的系統朝太陽系外發訊息，向電網呼救或請求增援。」

艾瑪別開視線。「系統核心還有辦法重新載入嗎？」

「可以，但不該那樣做。」

「不做不行吧？」

「風險太高。要是藝術的程式碼已經侵入列奧，重啓系統以後，通訊又會受到敵人滲透。」

「那我們只能太空漂流了。」

「倒也未必。」我指向舷窗，外頭還有一大片殘骸，以及九艘船的殘渣和收割者丟過來的石塊。「其餘幾艘船應該還有能用的救生艙，找出來就能回家了。我保證。」

我的語氣比自己以爲的更有信心。我不想看艾瑪愁眉苦臉的模樣。我低頭看了看，左手臂的控制面板顯示太空裝氧氣量足夠活動十小時三十二分鐘，時限之前必須找到能用的逃生艙，非常緊迫。

❄

我花了三十分鐘拆東西，終於從艦橋拆出列奧的主系統，以及所有任務的遙測紀錄與數據資料。身穿太空衣戴手套嚴重影響靈敏度，但必須把系統核心與黑盒子帶回地球，否則無法分析收割者最後究竟做了什麼。確認它最後的說法是當務之急，也許下一臺收割者已經在路上。

將硬體綁在太空裝之後，我和艾瑪系統化地搜索周圍殘骸堆。在三號艦找到可用逃生艙時，我的太空裝氧氣存量已經不到兩小時。兩人趕快接上逃生艙維生系統補充，趁這個機會，我摘下了頭盔休息。

猝不及防的是，艾瑪在對面牆壁一拍，整個人飛過來抱住我，眼中盈滿了淚。與她緊緊擁抱時，我隔著小圓窗，凝望穀神星戰役後的滿目瘡痍。

心裡從未如此激動和感恩。

有件事情得告訴她。藝術戳破我倆的祕密時，我就想說了。

「嘿。」我朝艾瑪耳語。

她稍微退後些看著我。

「謝謝妳幫我和家人團聚。謝謝妳為我做了那麼多。」

「換作是你，也會為我這樣做的。」

的確。為了艾瑪，我什麼都願意。

57 艾瑪

詹姆斯和我找了些東西吃，後來躺下休息。感覺一輩子沒這麼累過，尤其是花了八個鐘頭太空漫步，在殘骸中找了半天，才找到這個逃生艙。這個時數絕對打破了艙外活動的時間紀錄。

他爬到我旁邊，也是氣喘吁吁。「唔，這個重大任務就交給妳了。」

「什麼重大任務？」我半夢半醒地咕噥。

「告訴地球這邊發生的事情。整件事情的起點是國際太空站遭受攻擊，可以說是太空版的珍珠港事變。我們打了勝仗。」

「和中途島一樣。」

他做了個鬼臉。「好吧，算是啦。」

我揚起眉毛，內心不解。

「中途島是太平洋戰況轉捩點，同盟國的空軍火力癱瘓了日本的航空母艦，穀神星這邊可是最後決戰的等級……」他的手一攤。「不過無所謂啦。軍事史以後再補課就好。」

詹姆斯啓動通訊裝置。「開始囉。」

我用力吞口口水，心想接下來這段話，恐怕會被反覆播放很多年。「斯巴達艦隊致三邊同盟：艾瑪·梅休斯與詹姆斯·辛克雷博士在此報告，目前無法確認是否尚有其他生還者，但任務已經成功。製造光伏電芯陣列的敵軍單位，確實位於穀神星，艦隊發動總攻擊，消滅收割者，目前進入搜救階段，並從三號艦確保一枚逃生艙。一號艦逃生艙在航行過程中已經發送，用於支援途中發現的和平號倖存者。若收到這段訊息時，他們尚未抵達，請注意和平號船員可能有急救需求。」

我結束錄音。「如何？」

「完美。」他回答。

❄

搜索行動勾起了我的回憶。太空站四分五裂以後，我吊著一顆心開始找人，看見謝爾蓋那時多開心，但一抓到他的手臂便徹底幻滅。他的太空衣破裂，絕無生還可能。這回則有了心理準備，我們駕駛逃生艙在殘骸間穿梭，仔細觀察是否存在生命跡象。

在許多層面上，我彷彿回到了原點、歷史重演。差別是那時候的我失去一切，等著自己的死期到來，現在的我們則是勝利者。

從四號艦殘骸找到貨艙，又在裡面看見太空衣，有加壓、外觀無損，但沒任何動作。裡頭應該有人，已失去意識。或許還活著，我的心跳加速。

七號艦武器控制臺也有人，但一樣沒意識。

詹姆斯和我還是要透過直接接線對話。他說：「在這兩個人清醒之前，很難替他們做檢查，看來我們得分頭，一人帶一個走。要再找個逃生艙才行。」

我難掩心中的失望情緒。射出一號艦的逃生艙以後，雖然我放棄了回家的念頭，但還是期待著有機會的話，至少能和詹姆斯同行，就像從和平號返回地球那樣。我還有好多話想跟他說，而且必須告訴他，我並不在乎那些過去，我想抓緊的是未來。只可惜沒時間了，救人分秒必爭。

58

詹姆斯

斯巴達船艦設計流程中，我們給逃生艙部分的名稱是「快速返回模組」。太天真了，從小行星帶回地球能多快？六週。

第一個逃生艙找了很久，找第二個的時候比較幸運，就在附近而已。外表有點凹痕，但加壓與內部系統檢測過關，希望能撐得住。

引擎啟動，艙體開始加速朝地球衝刺。我下意識盯著身上的金屬盒，裡頭裝著一號艦的電腦核心。會不會有下一臺收割者攻擊地球？答案等待著我們挖掘。目前贏了第一仗，就怕只是開端，而回家分析數據之前，完全無從確認。

❄

返航的第二天，與我同艙的倖存者醒來。我調閱逃生艙系統裡的備份名單，得知他的名字是德賓，是太平洋聯盟來的中國籍工程師。

他的眼睛微微睜開，依舊布滿血絲，神情恍惚。

「什麼情況？」

德賓會英語，這樣就好辦了。

「我們贏了。放輕鬆，我要檢查一下你有沒有受傷。」

有種似曾相識的感覺。我之前也從收割者攻擊過後的殘骸救了個太空人，還爲她做了檢查——當然那次的傷患漂亮多了。只不過漂不漂亮都得仔細檢查，我判斷德賓的股骨有條細微裂縫。艙裡的止痛藥很多，只是無法運動，他會損失不少骨質。

❄

德賓的牌技挺不錯的，讓我少了點煩悶，但還是很想念艾瑪。關在這麼小的空間裡就忍不住想起她。也想念亞歷、艾比、麥迪遜、大衛和幾個小朋友。另外是奧斯卡。他犧牲了自己，令人動容。也得讓他自己看一看。

❄

從逃生艙小圓窗看見地球的第一眼，我的心簡直要當場融化。出發時，母星除了藍色海面就是一片霜白，但現在不同了。

雲層下那片陸地散布著一塊塊綠色褐色。雪已融去，長冬告終。

❄

進入通訊距離時，我打開無線電。

「詹姆斯·辛克雷呼叫大西洋同盟，請求准許降落。」

佛勒立刻回應。

「歡迎回家，詹姆斯，我們在下面等你。」

❄

我們落地以後被帶到隔離區，經過不知道多少檢驗，然後獨自待到報告出來，才被送到病房。我知道長時間太空任務結束必須復健，但我還能自己走路。

第一個來探視的是佛勒。

我劈頭就問了懸在心上的事。「艾瑪回來沒？」

「還沒有。」

「有聯絡嗎？」

「也還沒有，抱歉。」

「得開始搜尋——」

「已經發射衛星了。別想太多，可能只是兩個逃生艙的速度有差距。」

佛勒看得出來我的情緒還在波動，立刻轉移了話題。「不過倒是有接到別的逃生艙。」

「和平號的人嗎！狀況如何？」

他笑得很燦爛。「還不錯。你那一招挺漂亮的，還很勇敢。好消息還沒完——太陽輻射強度回到了常態。」

「真的嗎？什麼時候開始的？」

「你們發送訊息之前不久，推測起來大概是交火告一段落，光伏電芯就開始分散。它們還在太空遊蕩，只不過不再封鎖朝地球發散過來的能量。」

「合理。收割者得到奧斯卡的全部記憶，也就知道我們準備好核彈要發射，繼續威脅地球只是讓那些電芯都被炸毀。對方的目標是保存能量，不要威脅我們才能繼續收集太陽能。可是它們分散了就不好追蹤。」我咬著嘴唇。「這件事還沒結束。」

「暫時結束了啦。」

「你們分析了一號艦的核心嗎？」

佛勒斂起笑意。

「發現什麼？」我追問。

「還在跑測試。」

「有送訊出去？」

「恐怕有。另外，詹姆斯，有些人急著要見你。我只是先過來道謝，你們拯救了地球。」

我沒能繼續問下去，佛勒轉身離開時，沒闔緊病房拉門。

亞麻地板傳來腳步聲，感覺人數不少，但其實就四個人：亞歷、艾比、傑克、莎菈。上次見到面時，他們每一個都瘦巴巴的，尤其夫妻倆的狀態很糟。現在雖然談不上健康，但至少回復了元氣，臉頰也豐潤些。這一家人衝了進來，亞歷帶頭就是個大大的擁抱，我感覺這一身被太空折騰過的骨頭都快碎了，還喘不過氣來。他在我耳邊講話，聲音小得幾乎聽不見：「你是我們的驕傲。謝謝你。」

59 艾瑪

我從殘骸救到的人是一位通訊官，名字叫做葛羅莉亞。觀察以後，我決定以極低速駛離殘骸堆，後來也慶幸自己做出了正確選擇。葛羅莉亞雖無大礙但有腦震盪，高速航行將會加重傷勢。放慢速度離開戰場，當然會拖延到家的時間，可是對她的預後情況會有很大助益。

明明只是幾星期，體感卻像是幾個月。感覺好久沒見到詹姆斯和麥迪遜一家人，之前種種，恍如隔世。說實在話，我的人生也彷彿切割成了三段：國際太空站遭到攻擊之前是第一段，中間的太空旅行以及七號營生活是第二段，而穀神星之戰結束之後正式開啓了第三段。離開太空站之後，第一次感覺生命不再遭受威脅，這是個全新的起點。我等不及要回家，體驗嶄新的生活。

❄

這次降落順利多了，畢竟上次我和詹姆斯搭的並非正規逃生艙，而是和平號模組改造湊合出來的載具。

但預防萬一的措施仍不可免。我和葛羅莉亞換上太空衣，並且加壓固定，爲最壞的情況做好準備。

舷窗外是撒哈拉的滾滾黃沙以及南義大利的海岸。雪線正在後退，融冰滾入大海。

我不確定是否能回到一切如常的地球，或許永遠不可能，又或許所謂的常態已經徹底改寫。但當我望向這片大地，心中還是充滿期盼，至少新的常態裡，依舊看得見太陽。

❄

隔離檢疫實在很漫長。後來我躺在醫院病床，盯著牆壁等待結果，環境和上次從和平號返回地球後感覺差不多，差別是那時我身心俱疲、垂頭喪志，幾乎失去所有希望。同樣的，我又覺得回到原點，只是心裡裝滿了希望，並且因此而堅強。這次我們勝利了，即便可能僅是暫時。

好不容易終於等到醫生同意放人。

率先過來探望的是佛勒，他一進來就給我大大擁抱，沒多說話。他的力道很輕，但抱著我很久，後來與我對望時，眼睛泛著水光。

「妳可能是太空人歷史上最幸運的一位了。」

「能和詹姆斯．辛克雷出任務的太空人都很幸運吧。」

「這倒沒錯。話說他一直要過來，」佛勒指著門口。「不過有其他人想先看看妳。」

麥迪遜、大衛、歐文、艾德琳跑進來圍著病床，我覺得自己成了超級盃冠軍隊的教練。但看見他們安好，對我來說就是最大的獎勵，儘管大家還有點清瘦，但已經健康不少，而且能活下來、活得幸福快樂最重要。

我也忍不住冒出眼淚，感覺停不下來。

即使視野模糊，我還是看得見躲在病房門口那個身影，趕快擦乾了眼淚。

詹姆斯微笑看著我與家人擁抱。他也是家人，我伸手示意，他跟著過來抱住我。

「嗨。」我耳語。

「好久不見，」他說。「妳很慢喔。」

下一組人露臉在門口探頭的時候，我的眼淚差不多乾了。他們也是我的家人。笑容可掬的哈利幾乎回復到原本體型，桂葛里站在後頭，然後泉美、閔肇、夏綠蒂、莉娜都在，大家都平安回到地球了。我的情緒好激動，招手叫他們全進來，接著陷進擁抱漩渦裡頭脫不了身。

哈利一臉後悔，搖著頭說：「早知道風頭會被你們全搶走，眞不該放你們離開和平號。」

❄

幾個月的太空生活裡，活動手腳沒有任何困難，現在感受到地球重力，反而是種殘酷的領悟。整個世界糾纏著我，身體彷彿綁了鉛塊。

詹姆斯走路時也有點跛腳，但還是用輪椅將我推到醫院外，上了電動車回到兩個人的小窩去。路上積雪融化，與沙子、冰屑混合成泥漿。這幅畫面確實能夠象徵人類，儘管搞得一團亂，但我們能夠收拾，狀況會好轉，就像頭頂上的大太陽。

回到家，我們先洗了澡、換好衣服，然後坐在沙發上休息，靜靜享受得來不易的美好時光。地球不再面臨毀滅危機，我們之間也不再有說不出口的祕密。

奧斯卡的房門在客廳旁邊緊緊掩上，彷彿提醒著我們勝利並非毫無代價。

「可惜奧斯卡沒能一起回來。」

「抱歉之前一直沒告訴妳。」

「都過去了。」

「那，妳對我的過去有什麼想法？」

「過去了就過去了，我比較在乎未來。」

「那妳對未來又有什麼想法？」

「我想我們兩個可以好好看看之後的每個日出日落，其餘的，就順其自然吧。」

尾聲

詹姆斯下了樓，樓梯嘎嘎作響。箱子很沉重，他進了濕冷地窖之後不斷喘氣。第一個箱子擱在工作臺之後開始拆封，裡頭是食物與飲水，份量足夠撐上好幾天。他推估要花上這麼多時間才做得完。

認眞說起來，詹姆斯並不確定能做出成果。他沒試過這種作法。幸好三天後，努力有了成果。

他坐在板凳上進行最後一次檢查，看上去都很完美。可是要說出聲控命令時，他心裡還是很忐忑。

「喚醒。自體系統上線，確認身分，語音陳述狀態。」

奧斯卡睜開眼睛。

「我叫奧斯卡，備份資料載入成功。」

「你最後一段記憶是？」

「前往NASA總部，斯巴達艦隊發射之前的準備工作。」

他望向詹姆斯。

「先生，後來怎麼了？」

「你救了我們，奧斯卡。然後我們贏了。歡迎回到地球。」

❄

詹姆斯走進NASA總部佛勒辦公室，立刻察覺氣氛不對勁。

「怎麼了？」

「斯巴達一號系統核心的分析做完了。」

「然後？」

「通訊陣列確實有發送紀錄。」

「是用通訊板聯絡無人機？嘗試中斷攻擊行動？」

「不是。」佛勒別過臉。「是傳統訊號。」

「目的地？」

「太陽系外。內容加密。恐怕我們永遠也無法破解，能肯定的是對象在極遠處。」

「電網。」

「有這個可能。」

「所以它們會捲土重來。這次的收割者已經說得很明白。下一次的收割者會有更強大的武力。」

佛勒起身繞過桌子。「或許吧。但那不是急著在今天解決的問題，趁著地球還安全溫暖，有機會就該享受人生。」

❄

家裡擠滿了人。艾瑪很喜歡這種氣氛。

回到她與詹姆斯、奧斯卡同居的三房小屋之後，艾瑪醒著的時間幾乎都用在裝潢上頭。詹姆斯堅持要把運動器材搬回來，而且不肯讓步，她也知道這一回自己只能接受。

詹姆斯大部分時間耗在NASA，心力投注於稱爲「太陽之盾」的計畫上，但中間他有一週自己躲了起來，照他的說法是「去見老朋友」。回來以後，他先去了趟NASA，進家門時神情很明顯蒙上陰霾與憂慮。

所幸在家人朋友陪伴下，詹姆斯似乎重新振作起來。艾比和亞歷帶著傑克和莎菈，麥迪遜、大衛、傑克、艾德琳也到了，連和平號的人都參與今天的盛會。哈利在後院接管烤肉架，嘴裡不停說著和平號後來的故事和趣聞。艾瑪已經聽過了幾回，但發現他每次講的新版本都比原本更誇張一些，想必過個幾年，就會膨脹到《星際大戰》續作的程度了吧。

陽光很大，積雪幾乎全部融解，已經開始有人提起搬回北美、歐洲、中國等地居住的想法。地球彷彿重獲新生，充滿無限可能性。

她在廚房準備沙拉，詹姆斯湊過去在耳邊說：「一會兒回來，有個驚喜。」

坐在餐桌邊的艾比聽見了，忍不住挑眉。艾瑪聳聳肩。「妳也知道他那個人，說是驚喜的話，天知道會是什麼玩意兒。」

但親眼看見奧斯卡跟著他進了門時，艾瑪還是瞠目結舌。

屋內一下子陷入沉默。艾瑪這才想起，和平號船員其實沒見過奧斯卡。更何況，奧斯卡在亞歷眼裡，完全是另一種意義。

艾比也轉頭盯著丈夫。亞歷端著啤酒杯，整個人僵住，句子說到一半斷掉。

他先看看詹姆斯，再看看奧斯卡，最後親自走上前伸出手。

「歡迎回家，奧斯卡。聽詹姆斯說了你的英勇表現，幹得漂亮，還好有你跟著他去。」

❄

客人回家以後，詹姆斯堅持由他來清理，要艾瑪去休息，奧斯卡在一旁幫忙。

打掃結束，詹姆斯進了臥房，艾瑪正拿著平板電腦讀小說。

他朝床鋪一坐，彎腰脫鞋。「好看嗎？」

「剛進入高潮呢。」過了幾秒，艾瑪又補上一句。「亞歷能對奧斯卡說那種話，眞令人欣慰。」

「是呀。以後還需要很多他這樣的人。」

艾瑪放下平板，坐直身子。「什麼意思？」

詹姆斯轉頭，彷彿這才意識到艾瑪也在房裡。「喔，沒什麼，就是還有很多工作要忙。」

她點點頭，心想詹姆斯其實沒將話說完。

後來小說差不多到了結尾，艾瑪忽然湧上一陣反胃感，比在太空的任何症狀都強烈，從體內深處蔓延整個身體。

她雙腿顫抖地衝進浴室，忍到關好門才對著馬桶狂吐。

沒過幾秒，詹姆斯走到門外。「妳還好嗎？」

她擦擦嘴巴旁的穢物。「嗯，」說起話來還有點喘。「沒事。」

「該不會吃壞肚子了？漢堡肉沒烤熟？」

「不是吧。我覺得跟吃的東西無關。」

「還是生菜？」

「我沒事，詹姆斯。」

「有狀況叫我喔。」

艾瑪在浴室裡休息了片刻，覺得體力回復了才敢站起來。她拉出鏡櫃抽屜，取了裡面的家用生理分析儀，按在指尖抽了一滴血。

接著她就坐在馬桶上，盯著儀器執行一連串檢驗。

結果顯示在螢幕上。艾瑪捲到驗血部分，內容欄位包括許多傳染疾病，但畫面清楚表明：

》未偵測到病原體。

她再看看理學檢查部分，膽固醇、白血球都正常。

讀到最後一行，艾瑪瞪大了眼睛。

》妊娠試驗：已受孕。

（冰凍地球首部曲．寒冬世界　完）

來自作者的一封信

感謝大家讀完《寒冬世界》。這是我第七部作品，也是目前爲止下筆最艱難的一部，主因是我個人走過了新的生命階段。

小說最能反應創作者自身，這是連結作者信念、恐懼和想像的一扇窗，有時候也反映出寫作期間的身心狀態。撰寫《寒冬世界》時，我也眞的經歷了人生的寒冬，因爲母親被診斷出罕見的肺病（而且是兩種，一個是PVOD『肺靜脈阻塞症』、另一個是PAH『肺動脈高壓』），醫生判斷她的壽命所剩不多。當時她六十四歲，但醫生表示目前尙無有效的治療手段。

想要延續她的性命，唯一可能是雙肺移植。縱使她十分虛弱，爲了把握渺茫的一線生機，母親搬過來與我、安娜和愛默森同住，每週數度往返杜倫醫院，進行移植前必要的復健準備，以求身體達到能承受手術的強度。即使完成復健，要進入移植等候名單也不容易，或許最大的阻礙來自判定標準。理所當然，醫療體系自有一套標準，目的是在需求與存活率之間取得平衡。我們等了很久，從幾星期拉長到幾個月，時時刻刻提心吊膽，深怕漏接電話。期間母親住院兩次，所幸都恢復過來，但顯而易見時間之急迫。醫療團隊盡其所能，不過母親的身體反應很差，彷彿生命的光輝一點一滴溜走。她賜予我生命，是全家的中心點，凝聚我們所有人的力量泉源。我們的世界隨著她病程慢慢地結凍、衰亡。

後來某一天，毫無預兆地在凌晨兩點鐘來了通電話。早上十點時，移植手術已經完成，大家心中滿溢希望，那份欣喜筆墨無法形容，大概像是墜崖前被人拉了回去吧。又過了兩天，母親能下床了，狀態看上去相當好。只可惜命運一再逆轉，她身上出現少見的移植併發症（首先是高血氨症），還不止一種（後來是血小板增多症）。醫生兩度採取非常態手段爲她續命，不過謀事在人成事在天，五星期之後，母親還是離世了。就像這個故事裡的人物一樣，我感覺太陽從生命消失，經歷人生最黑暗的一段時間。那時候不僅不再寫作，而是什麼都不想做了。

我覺得生命再也回不去。但過了一段日子，我終於繼續動筆，完成作品、編修潤飾，開始進辦公室上班午餐，和過去一樣。生活會繼續，有時候甚至會忘記母親已經不在，不過當兩歲女兒玩得開心、我拍完照片想傳過去給她的時候，現實又會驚醒我再也沒機會了，那個聯絡人永遠不可能回應。

遺憾就像地雷般揮之不去，踩到就是一陣痛楚。儘管明知不可免，我們仍然必須忍著傷痛，不斷前進，因爲失去的那個人也不會希望我們停留在原地。

太陽逐漸回到生命裡，這一點也和本書的人物雷同，即使我的世界從此變得截然不同。如果讀者有過同樣的感觸，請相信我懂你們的心情。至於尚未走過這段歷程的人，恐怕也是時間早晚問題，屆時希望你們能想起這封信的分享。太陽會暗淡，有時甚至會被遮蔽，不過它總會回歸。時間能治癒傷痛，但我們得先鼓起勇氣承受。身處生命的寒冬，請記得照顧好自己。我會爲大家祈禱。

致謝

感謝身邊優秀的夥伴，少了他們，《寒冬世界》將會難產。

首先是妻子安娜，我在寫作期間歷經種種煎熬，還好有她一路支持、陪伴。過去幾年裡，我們度過的難關超乎一般婚姻能承受，但相信美好燦爛的明天依然會來。

接著感謝文學團隊，包括Danny與Heather Baror、譚光磊，以及Brian Lipson。寫作本身很孤獨，不過要成爲好作者卻必須理解團隊合作的重要。有大家幫忙，才能將作品呈現給世界各地的讀者和影視製作人，爲此我感激不盡。

編輯本書的是David Gatewood，他提出了許多高明的修正和建議。四位貢獻很多的初稿讀者分別是Lisa Weinberg、Judy Angsten、Fran Mason及Carole Duebbert。謝謝你們多年來爲我的作品付出的時間和心血。

最後向各位讀者致上謝意，沒有你們，一切都不具意義。謝謝拿起這本作品的每一個人。

傑瑞・李鐸

中英名詞對照表

A

Abigail Sinclair　艾比蓋兒・辛克雷
Adeline　艾德琳
Al Aziziyah　阿齊濟耶省
Alamo　阿拉莫
Alex Sinclair　亞歷・辛克雷
Alpha　阿爾法
Andrew Bergin　安德魯・孛根
Andy Watts　安迪・瓦茨
Antonio　安東尼奧
Art　藝術
Artifact　異物
Atlantic Union　大西洋聯盟

B

Baikonur　貝科奴
Beta　貝塔

C

Carl　卡爾
Caspiagrad　裏海城
Caspian Treaty　裏海聯盟
Ceres　穀神星
Charleston　查爾斯頓
Charlotte Lewis　夏綠蒂・路易斯
Citadel　城塞
comm brick　通訊方塊

D

Dan Hampstead　丹恩・漢普斯泰德
David　大衛
Delta　德爾塔
Deshi　德實

E

Edgefield Federal Correctional Institution　艾吉費爾德聯邦矯正中心
Enterprise　企業號
Emerdld Princess　翡翠公主號
Emma Matthews　艾瑪・梅休斯

F

Finley　芬利
Fornax　火神號

G

Gloria　葛羅莉亞
Goddard　戈達德網路整合中心
Grid　電網
Grigory Sokolov　桂葛里・索可洛夫

H

Harmony　和諧號節點艙
Harry Andrews　哈利・安德魯斯

Harvester　收割者
Heinrich　海因里希
Helios　赫利俄斯
Hornet　大黃蜂號
Hygiea　健神星

I

Icarus　伊卡洛斯
International Space Station (ISS)　國際太空站

J

Jack Sindair　傑克・辛克雷
James Sindair　詹姆斯・辛克雷
Janus　雅努斯
Jeffords　杰佛德
Jiaquan　酒泉

K

Kebili　吉比利

L

Lawrence Fowler　羅倫斯・佛勒
Leonidas　列奧尼達
Lewis　路易斯
Lina Vogel　莉娜・沃杰
Long Winter　長冬
Lat Desert　盧特沙

M

Madison　麥迪遜
Madre　瑪德烈
Marcel　馬塞爾
Marco　馬可
Maria Fowler　瑪利亞・佛勒
Marriane　瑪麗安
Martinez　馬丁尼茲
Michoacán　米卻肯州
Midway　中途島
Mighty Mo　大莫號
Min Zhao　閔肇
Missouri　密蘇里號

N

Natasha Richards　娜塔莎・理查茲
Nathan　納森
Nauka　科學號實驗艙
NOAA　美國國家海洋暨大氣總署

O

Oliver Karnes　奧利佛・卡恩斯
Olympas　奧林帕斯
Omega　歐米茄
Orlan　海鷹太空衣
Oscar　奧斯卡
Owen　歐文

P

Pac Alliance　太平洋聯盟
Rallas　智神星
Pax　和平號
Pearson　皮爾森

Pedro Alvarez　佩德羅．奧法瑞茲
Perez　裴瑞茲
Phoenix　鳳凰號
Photovoltaic Solar Cell　光伏電池
Pirs　碼頭號對接艙
Poisk　探索號小型研究艙

R

Rassvet　晨曦號迷你研究艙
Raymond Larson　雷蒙．拉爾森
Richard Chandler　里察．錢德勒
Rosyth　羅塞斯

S

Sarah Sinclair　莎菈．辛克雷
Sergei　謝爾蓋
Solar Array　太陽能電池陣列
Solar Cell　光伏電芯
Solar Shield　太陽之盾
Sora Nakamura　中村空
Soyuz　聯合號運載火箭
Sparta　斯巴達
Spartanburg　斯帕坦堡
Stephen　史蒂芬
Summer Sun　夏日號

T

Tanaka Izumi　田中泉美
Tanegashima　種子島
Total War　總體戰
Terrance　泰倫斯
Tranquility　寧靜號節點艙

U

Unity　團結號節點艙

V

Verdun　凡爾登
Vestal　女灶神號

W

Wadi Halfa　瓦迪哈勒法
Winter Experiments　凜冬實驗

Y

Yorktown　紅克鎮號

Z

Zoe　柔伊
Zvezda　星辰號服務艙

BEST 嚴選 124

冰凍地球首部曲：寒冬世界

原 著 書 名／Winter World
作　　　 者／傑瑞・李鐸（A. G. Riddle）
譯　　　 者／陳岳辰
企畫選書人／王雪莉
責 任 編 輯／王雪莉

版權行政暨數位業務專員／陳玉鈴
資深版權專員／許儀盈
行 銷 企 畫／陳姿億
行銷業務經理／李振東
副 總 編 輯／王雪莉
發　行　人／何飛鵬
法 律 顧 問／元禾法律事務所　王子文律師
出版／奇幻基地出版
　　城邦文化事業股份有限公司
　　台北市 104 民生東路二段 141 號 8 樓
　　電話：(02)25007008　　傳眞：(02)25027676
　　網址：www.ffoundation.com.tw
　　e-mail：ffoundation@cite.com.tw
發行／英屬蓋曼群島商家庭傳媒股份有限公司城邦分公司
　　台北市 104 民生東路二段 141 號 11 樓
　　書虫客服服務專線：(02)25007718・(02)25007719
　　24 小時傳眞服務：(02)25170999・(02)25001991
　　服務時間：週一至週五 09:30-12:00・13:30-17:00
　　郵撥帳號：19863813　　戶名：書虫股份有限公司
　　讀者服務信箱 e-mail：service@readingclub.com.tw
　　歡迎光臨城邦讀書花園　網址：www.cite.com.tw
香港發行所／城邦（香港）出版集團有限公司
　　香港灣仔駱克道 193 號東超商業中心 1 樓
　　電話：(852) 2508-6231　傳眞：(852) 2578-9337
　　e-mail：hkcite@biznetvigator.com
馬新發行所／城邦（馬新）出版集團
　　【Cite(M)Sdn. Bhd】
　　41, Jalan Radin Anum, Bandar Baru Sri Petaling,
　　57000 Kuala Lumpur, Malaysia.
　　Tel: (603) 90578822 Fax:(603) 90576622
　　email:cite@cite.com.my

封面設計／朱陳毅
排　　版／極翔企業有限公司
印　　刷／高典印刷有限公司
■ 2021 年（民 110）1 月 26 日初版
■ 2021 年（民 110）12 月 22 日初版 4 刷

售價／ 399 元

國家圖書館出版品預行編目資料

冰凍地球・首部曲：寒冬世界 / 傑瑞・李鐸（A.G. Riddle）作；陳岳辰譯．-- 初版．-- 臺北市：奇幻基地出版，城邦文化事業股份有限公司出版：英屬蓋曼群島商家庭傳媒股份有限公司城邦分公司發行，民 110.01
面：公分．-（Best 嚴選；124）
譯自：Winter world.
ISBN 978-986-99310-7-6（平裝）.
874.57　　109017880

ISBN 978-986-99310-7-6
Printed in Taiwan.

廣　告　回　函
北區郵政管理登記證
台北廣字第000791號
郵資已付，免貼郵票

104台北市民生東路二段141號11樓

英屬蓋曼群島商家庭傳媒股份有限公司城邦分公司 收

請沿虛線對摺，謝謝

奇幻基地

每個人都有一本奇幻文學的啓蒙書

奇幻基地粉絲團：http://www.facebook.com/ffoundation

書號：**1HB124**　　書名：冰凍地球首部曲：寒冬世界

請於此處用膠水黏貼

奇幻基地

讀者回函卡

謝謝您購買我們出版的書籍！請費心填寫此回函卡，我們將不定期寄上城邦集團最新的出版訊息。

姓名：＿＿＿＿＿＿＿＿＿＿＿＿＿＿＿＿ 性別：□男 □女

生日：西元＿＿＿＿＿＿年＿＿＿＿＿＿月＿＿＿＿＿＿日

地址：＿＿＿＿＿＿＿＿＿＿＿＿＿＿＿＿＿＿＿＿＿＿＿＿

聯絡電話：＿＿＿＿＿＿＿＿＿＿傳真：＿＿＿＿＿＿＿＿＿＿

E-mail ：＿＿＿＿＿＿＿＿＿＿＿＿＿＿＿＿＿＿＿＿＿＿＿

學歷：□1.小學 □2.國中 □3.高中 □4.大專 □5.研究所以上

職業：□1.學生 □2.軍公教 □3.服務 □4.金融 □5.製造 □6.資訊

□7.傳播 □8.自由業 □9.農漁牧 □10.家管 □11.退休

□12.其他＿＿＿＿＿＿＿＿＿＿＿＿＿＿＿＿＿＿＿＿＿

您從何種方式得知本書消息？

□1.書店 □2.網路 □3.報紙 □4.雜誌 □5.廣播 □6.電視

□7.親友推薦 □8.其他＿＿＿＿＿＿＿＿＿＿＿＿＿＿＿＿

您通常以何種方式購書？

□1.書店 □2.網路 □3.傳真訂購 □4.郵局劃撥 □5.其他

您購買本書的原因是（單選）

□1.封面吸引人 □2.內容豐富 □3.價格合理

您喜歡以下哪一種類型的書籍？（可複選）

□1.科幻 □2.魔法奇幻 □3.恐怖 □4.偵探推理

□5.實用類型工具書籍

您是否為奇幻基地網站會員？

□1.是□2.否（若您非奇幻基地會員，歡迎您上網免費加入，可享有奇幻基地網站線上購書75 折，以及不定時優惠活動：http://www.ffoundation.com.tw/）

對我們的建議：＿＿＿＿＿＿＿＿＿＿＿＿＿＿＿＿＿＿＿＿

＿＿＿＿＿＿＿＿＿＿＿＿＿＿＿＿＿＿＿＿＿＿＿＿＿＿＿＿

＿＿＿＿＿＿＿＿＿＿＿＿＿＿＿＿＿＿＿＿＿＿＿＿＿＿＿＿

請於此處用膠水黏貼

— the —
LONG WINTER